나를 좋아하는 건 너
냐②
You're
the only
one who
likes me
라쿠다 지음
브리키 일러스트
한신남 옮김
KB104732

아스나로 / 하네타치 히나
놀라거나 감정이 고양되면 사투리가 나온다. 아오모리 출신, '나'와 같은 반. 아스나로의 유래는 본명의 한자 '羽立(하네타치) 檜菜(히나)'를 조합하면 '翌檜(아스나로)'가 되기 때문. 신문부의 민완 편집부원으로 교내의 정보는 거의 다 알고 있다고 해도 과언이 아닐 정도로 정보 수집 능력이 뛰어나다.

"머라!
죠로가 학년 1등을
딴다 했사?"

“저기,
괜찮으면,
나도,
끼워 줬으면….”
코스모스 선배 / 아키노 사쿠라
‘나’의 선배이자 학생회장. 코스모스의 유래는 본명의 한자 ‘秋野(아키노) 桜(사쿠라)’에서 한 글자를 빼면 ‘秋桜(코스모스)’가 되기 때문. 쿨한 외모에 교내의 평판도 높은 우등생이지만, 사실은 꽤나 덤벙쟁이에 소녀틱.

히마와리 / 히나타 아오이
'나'와 같은 반이자 소꿉친구. 히마와리의 유래는 본명의 한자 '日向(히나타) 葵(아오이)'를 다르게 나열하면 '向日葵(해바라기)'가 되기 때문. 테니스부의 에이스로 운동 신경'만큼'은 발군. 본인은 모르고 있지만 행동이 조금 가벼운 녀석.
"에헤헤!
역시 아침에는
죠로랑
같이 가야 해!"

팬지가 땋았던 머리를 풀
고 안경을 벗고 가슴에 동
여맨 무명천을 끌렀을 때,
이 녀석의 용모에 대한 내
평가는 180도 바뀐다고
해도 과언이 아니다.
내 바람. 그것은 지극히
심플해서 '이 녀석의 진
짜 모습을 본다'는 건데…
'그날' 이후로 한 번도 내
게 진짜 모습을 보여 주질
않아.
정말로 이 녀석은
날 좋아하나?

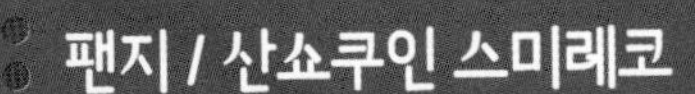

도서실의 주인. 팬지의 유래는 본명의 한자 '三色院(산쇼쿠인) 菫子(스미레코)'를 생략하면 '三色菫(팬지)'가 되기 때문. 기품 있어 보이는 이름이지만, '정말로 눈에 띄지 않는다'. 안경을 쓰고 머리를 양 갈래로 땋았으며, 어째서인지 '나'에게만 엄청 독설!

"안 돼, 죠로.
싫어, 놔….
정말 이제….
한계…."

c o n t e n t s

나를 좋아하는 건 너뿐이냐
You're the only one who likes me
2
라쿠다 지음
브리키 일러스트
한신남 옮김
eXtreme novel

나를 네가 만나러 온다

"분명히 고의잖아! 이 망할 납작가슴에 땋은 머리에 안경!"

시간은 점심시간. 장소는 도서실의 독서 스페이스. 그곳에서 나—죠로=키사라기 아마츠유는 일어서서 온 힘을 다해 정면에 있는 여자에게 고함을 질렀다.

"어머? 당신 흉내를 내서 장난을 좀 쳤을 뿐인데 말이 너무 심하잖아."

상대하는 여자—팬지=산쇼쿠인 스미레코는 그런 노성을 전혀 개의치 않는 기색으로 내 옆에 있는 의자에 얌전히 앉았다.

"네가 나한테 한 짓 쪽이 훨씬 너무해!"

…아니, 이 상황만 보면 내가 여자를 상대로 느닷없이 소리를 질러 대는 못된 녀석으로 보일지도 모르지만, 잠깐만 기다려 봐. 그건 섣부른 생각이다.

분명히 나는 그릇이 작기로 정평이 나 있다.

하지만 그렇게 쪼잔한 나라도 아무런 이유도 없이 여자한테 소리치지는 않는다.

그러니 일단 간결하게 이유를 알려 주도록 하지.

이 여자가 자기가 신은 실내화를 나더러 핥으라고 했기 때문이다.

'나를 기쁘게 해 봐라'라고 이 녀석에게 말했더니 한다는 짓이 이거다. 당연히 화를 내지.

상식적으로 생각해서 큰 가슴을 좋아하는 건전한 남자 고등학생이 '기쁘게 해 봐라'라고 말했더니 부끄러운 듯이 실내화를 핥으라고 하나? 답은 NO! 결단코 아니다!

"오늘만큼은 더 못 참겠어!"

1권의 프롤로그부터 쌓일 대로 쌓인 분노를 지금이야말로 폭발시켜 주지! 각오해라!

"…그렇구나. 미안해."

"애당초 너는… 어?"

어이. 예상 밖의 사태가 발생했는데.

매일같이, 내가 아무리 설교를 해도, 내가 아무리 분노에 떨어도, 결코 반성을 하지 않는 팬지가… 바로 그 팬지가… 사죄의 말을 하다니!

"뭐야…. 갑자기 사과를 하고…."

팬지는 기본적으로 반성을 하지 않는다. 완고하고 제멋대로에 마음에 들지 않는 일이 있으면 바로 토라진다. 그리고 토라진 만큼 추가해서 나에게 심술을 부려 대는 최강최악의 여자다.

그런 녀석이 내게 사과하다니… 내일은 해가 서쪽에서 뜰지도 모르겠군….

"그도 그렇잖아? 당신의 진짜 바람을 이해하면서도 그와 전혀 다른 짓… 게다가 심술을 부리다니 아무리 생각해도 내가 잘못했어.”

내 바람. 그것은 지극히 심플해서 '이 녀석의 진짜 모습을 본다'는 것이다.

평소의 팬지는 수수하게 양 갈래로 땋은 머리. 촌스러운 안경. 빨래판처럼 납작한 가슴. 이런 삼박자가 갖추어져서 지극히 아쉽기 짝이 없을 만큼 고색창연한 여자인데, 사실 이 녀석에게는 또 하나의 모습이 있다.

그 모습을 보았을 때 나는 '기뻐한다'.

“정말로 나는 틀렸어…. 당신을 기쁘게 하는 방법은 하나밖에 없는데….”

팬지가 땋았던 머리를 풀고 안경을 벗고 가슴에 동여맨 무명천을 끌렀을 때, 이 녀석의 용모에 대한 내 평가는 180도 바뀐다고 해도 과언이 아니다.

비단처럼 살랑거리는 세미롱 헤어, 온화해 보이는 눈동자, 단정한 코, 작으면서도 귀여운 입술.

그 모든 것을 돋보이게 하는 멋진 몸매.

분명히 말해서 나에게 있어 (성격을 제외하면) 세계에서 제일 아름다운 여자가 이 녀석이다.

…본인에게는 입이 찢어져도 말하지 않지만.

참고로 그런 이상적인 외모에 멋지게 속아서 '매일 도서실을 찾아온다'는 약속을 1주일 전에 나눈 킹 오브 바보가 바로 나이기도 하다.

그 이후로 한 번도 그 모습을 보지 못했음에도 매일 기특하게 도서실을 계속 드나들고 있으니까 슬슬 보상을 받고 싶다.

본론으로 돌아가서.

"으, 으음…."

아무튼 나는 팬지의 너무나도 의외인 태도에 독기가 빠져서 의자에 앉았다.

"하지만 들려주고 싶은 게 있어."

우와… 반성하던 눈동자가 왠지 활기를 되찾고 나를 똑바로 바라보는데….

독기 대신 불길한 예감이 좍좍 주입되잖아.

"…뭐야?"

"당신을 좋아하는 내 마음이야."

이 시점에서 현명하신 분들은 알아차렸을지도 모르지만, 여기 있는 팬지… 믿기지 않게도 나를 좋아한다고 호언장담한다.

"네 마음이라고?"

참고로 나는 팬지를 (외견 이외는) 아주 싫어한다고 호언장담한다.

왜 사실은 미인인 여자애를 싫어하냐고? 그야 이 녀석의 성격이….

"그래. 죠로라면 그 모습이 된 나를 먹이 앞에서 알랑대는 돼지 같은 눈으로 바라봐도 좋아. 왜냐면 그건 평소와 전혀 다름없는 거잖아?"

이렇게 지극히 자연스럽게 내게 독을 뿜어 대는, 더없이 흉흉한 성격이기 때문이다.

좋아하는 남자를 돼지 취급하는 여자가 이 세상 어디에 존재할까? 바로 여기 존재했다.

"하지만 다른 사람에게 그 모습을 보이는 건 싫어. 도서실이면 누가 올지도 몰라. 그러니까 다른 장소에서 당신에게 그런 모습을 보여 주는 게 어떨까?"

"그런 장소가 어디에 있다고."

그 질문을 기다렸습니다! 라고 말하듯이 팬지의 눈동자가 반짝.

"그래. 단둘이 될 수 있고 아무도 안 오는 장소라면… 딱 좋은 곳이 있어."

"어디?"

"당신 방이야."

"진짜냐…. 너 상상 이상으로 밝히는구나…. 우왓!"

순간 팬지의 오른손에서 날아온 책 한 권이 내 안면에 격통을 안겨 주었다.

울상을 하면서 흉기의 정체를 확인하자 『파브르 곤충기』였다.

"야한 착각을 하는 죠로에게는 파브하는 벌을 주었어. 그냥 놀러 가고 싶을 뿐이야. 상식적으로 생각하면 알 수 있잖아?"

저기, '파브하다'란 말은 '파브○즈 같은 탈취제를 뿌리는 행위'지, 결코 '『파브르 곤충기』를 흉기로 이용하는 행위'가 아니야. 상식적으로 생각하면 알 수 있잖아?

"당신 방에 갈 수 있다니, 아주 기대돼."

내 괴로움을 전혀 개의치 않고 담담한 어조인 채로 두 손을 가슴 앞에서 모은다!

특기인 포지티브 싱킹을 팍팍 굴리더라도 안 되는 게 있다는 걸 가르쳐 주지.

"쯧쯧쯧…. 절대로 오지 마."

"왜? 부모님에게는 센스와 청결감을 어필하기 위해, 지금 신은 검정색 양말과는 달리 흰색 양말도 준비했으니까 빈틈없는데?"

근본적으로 빈틈이 너무 많아.

"다시 한번 말하지. 절대로 오지 마."

"어머? 혹시 스커트 길이 이야기일까? 어쩔 수 없네. 그럼 평소보다 2센티미터 짧게 해서—"

"몇 번이든 말하지. 절대로 오지 마."

"…너무해."

켁. 추욱 풀이 죽는 걸 보면 허락해 줄 거라고 생각했나? 그럴 리 없잖아.

팬지를 내 방에 들여 놔 봐. 분명 좋지 않은 일이 일어난다.

내가 알리고 싶지 않은 온갖 취미와 기호가 까발려지고, 후에 그걸로 신나게 놀림을 받거나 힐책당하고…. 아아, 더 이상 생각하지 말자. 왠지 오한이 든다.

“응? 괜찮지 않아?”

“괜찮을 리가 없지.”

포기할 줄 모르는 여자, 팬지가 의자와 함께 자기 몸을 내 옆으로 스스슥 붙였다.

그 바람에 이 녀석의 독특한 부드러운 향기가 코를 간지럽히지만, 거기에 넘어갈 내가 아니다.

“다정하게 대해 주면 멋진 보상이 기다리고 있을지도 모르는데?”

호오. 여기서 아쿠타가와 류노스케의 『거미줄*』을 슬쩍슬쩍 어필하나.

즉, 천국으로 이르는 실을 한 가닥 늘어뜨리…는 척하면서.

“결국 내가 지옥에 떨어지고 있는 것 같은 건 기분 탓일까?”

“안심해. 거기서 기다리는 게 바로 나야.”

자기 방이 지옥으로 변하는데 안심할 수 있는 남자 고등학생이 이 세상 어디에 있을까?

“그래? 안 기다려도 되니까 얌전히 집으로 돌아가.”

※거미줄 : 죄를 짓고 지옥에 떨어진 주인공이 석가모니가 내려 준 거미줄을 타고 극락으로 갈 수 있는 기회를 잡지만 이기심 때문에 다시 지옥으로 떨어진다는 내용을 담은 작품.

"…부탁이야. 당신 방에 꼭 가 보고 싶어."

팬지가 내 교복 소매를 붙잡고 꾹꾹 잡아당기며 졸랐다. 아주 귀찮다.

"끈질기긴. 귀찮으니까 얼른 포기해."

"……그래, 알았어."

방금 전보다 한층 낙담한 모습으로 내게서 손을 떼는 팬지. 그 외모로 풀 죽어도 말이지~

"그럼 아주 아쉽지만, 돼지우리에 가는 건 포기할게."

좋아. 이 말을 끌어냈으면 내 승리는 확정이다꿀.

무슨 고집인지는 모르지만, 팬지는 내게 절대로 거짓말을 하지 않지꿀.

여러모로 수수께끼가 많은 여자지만, 그 점만큼은 신용할 수 있어꿀. 꿀꿀.

"그렇게 해. 나는 네 진짜 외모를 좋아하지만, 내면은 아주 싫어하니까."

"그럴게. 나는 당신의 외모가 마음에 안 들지만, 내면은 아주 좋아하니까."

정말로 이 녀석은 나를 좋아하는지 여러모로 의심쩍은데, 그건 됐어.

지금은 내 방이 지옥으로 변하는 것을 막은 내 공적을 칭송하자.

"그럼 나는 간다."

자, 오늘은 이 녀석의 그 모습을 볼 일이 없을 것 같으니 얼른 도망치자.

이 이상 여기에 있으면 내 방이 지옥으로 변할 가능성이 쑥쑥 올라간다.

"그래. 오늘도 같이 이야기해 줘서 고마워. 아주 즐거웠어."

의자에서 일어서서 도서실 출구로 향하는 내게 팬지가 만족스러운 목소리를 보냈다.

이쪽은 불만밖에 없으니 납득이 가지 않는 상황이다.

※

"하아…."

도서실을 나온 나는 내가 속한 교실로 돌아가는 도중에 무심코 한숨을 쉬었다.

이 한숨 말인데, 원인은 팬지가 아니라 우리 반에 있다.

이전까지 나는 내 성격을 감추고 둔감순정BOY를 연기하며 모두에게 인기를 얻으려고 했다. 하지만 애석하게도 그 계획은 어그러지고, 지금은 이 성격을 제대로 들켜 버렸다. 여기까지는 내 인내심이 부족한 탓이니까 달게 받아들일 수 있지만, 거기에 우리 학교의 양대 미녀를 속였다는 혐의까지 받아 학교 안에서 처지가 안 좋아진 것은 아무래도 힘들었다. …하지만 이것 또한 한숨의 원인은 아니다.

이미 그 혐의가 풀렸고, 다른 반이나 다른 학년… 그리고 일부 몇몇을 제외한 우리 반 아이들에게 이 성격이 받아들여졌기 때문이다.

"아, 죠로! 잠깐 괜찮을까요?"

이거 봐. 이렇게 교실로 돌아가자 같은 반 아이가 말을 붙여오기도 한다.

날 미워한다면 이러지 않지.

"왜 그래, 아스나로?"

내게 밝은 미소를 보이는 여자는 하네타치 히나(羽立 檜菜). 통칭 '아스나로'.

이 녀석의 성을 위아래로 붙이면 '翌'. 거기에 이름에서 '檜'를 따오면 '아스나로(翌檜)*'가 되는 게 이 통칭의 유래다. 약간 넓은 이마와 어깨보다 조금 더 긴 포니테일. 귀엽게 처진 눈이 소박한 귀여움을 드러내서 일부 남자들 사이에서 남모르게 인기를 모으는 여자다.

"실은 지금 교내에 배포할 신문의 기사를 위해 앙케트를 모으고 있어요! 그런고로 죠로에게 질문입니다! 중간고사에 얼마나

※아스나로(翌檜) : 편백과에 속하는 일본 특산의 상록 교목. 나한백(羅漢柏)이라고도 한다.

자신이 있나요?”

아스나로는 신문부에 속해 있기 때문에 이렇게 앙케트 형식으로 기삿거리를 모을 때가 있다. 고개를 갸웃거리고 웃으며 빨간 펜을 마이크처럼 내미는 모습은 조금 귀엽다.

참고로 그거와는 별도로 이 녀석에게는 아주 재미있는 점이 하나 있다.

“그야 물론 당연히 학년 1등이겠지.”

“머라! 죠로가 학년 1등을 딴다 했사?”

이렇게 아스나로는 놀라거나 감정적이 되면 사투리가 나온다.

아오모리 현 출신으로 중학교 때까지 아오모리 시에 있는, 원숭이와 사슴이 뛰어 노는 공원 근처의 학교에 다녔기 때문이라나. 그래서 평소에는 사투리가 나오지 않게 경어로 말하는 것이다.

“농담이야.”

“우우! 사람 놀라게 하지 말아 주세요! 그래서 사실은 어떤가요?”

얼굴을 붉히면서 고개를 돌리고, 자기가 사투리를 썼다는 수치심을 얼버무리며 다시 질문. 이 이상 놀리면 화낼 테니까 자중하자.

“보충 수업에 걸리지 않을 정도로는 자신이 있어.”

“그런가요. 그렇다면 우리 반에서 자신이 없는 건 한 명뿐인 모양이네요."

빨간 펜으로 끄적거리며 만족스러워하는 아스나로.

아무래도 내가 앙케트의 마지막 대상이었던 모양이다.

"헤에…. 딱 한 명인가."

"오! 그럼 그게 누군지 짚이는 데가 있나요?"

"그야 뭐. …저 녀석이지?"

질문에 대답하면서 내가 시선을 뚜뚜뚜 옮기자, 아스나로도 따라서 뚜뚜뚜.

시선 끝에는 울상을 하고 노트와 씨름하는 여학생이 한 명.

"우우~! 모르겠어~!"

머리를 감싸쥐고 힘들어하는 사람은 내 소꿉친구인 히마와리=히나타 아오이다.

여전히 귀여운 얼굴이지만, 그 표정은 가라앉을 대로 가라앉아 있었다.

"정답! 반에서 유일하게 자신이 없다고 대답한 게 히마와리입니다."

"그야 그렇겠지."

히마와리는 공부 쪽은 별로니까.

자신이 없다고 대답했으면 저 녀석밖에 없겠지.

…이렇게 남의 일처럼 저 녀석을 보는 입장이 된 내 자신이 조금 서글프다.

"하아…. 큰일이야…. 이대로 가다간 보충 수업이야. 어쩌지…."

원래대로라면 중학교 시절부터 계속 공부를 가르쳐 주던 내가 이번에도 히마와리의 공부를 봐줘야 하겠지만, 한 사건이 계기가 되어서 우리 사이가 그럴 수 있을 만큼 양호하지 않다.

뭐, 저쪽이 가르쳐 달라고 말한다면 못 할 건 아니지만….

"누구한테 가르쳐 달라는 게 좋을까~ …읏!"

그 말과 함께 교실을 둘러보던 히마와리의 시선이 우뚝 멎었다. 나와 눈이 마주쳤기 때문이다.

그리고 그대로 시선을 피하지 않고 힘없는 눈빛을 보내 왔다.

…이거 혹시나 그런 건가? 그렇다면….

"어이, 히―"

"그럼 히마와리, 제가 봐줄게요!"

어이! 아스나로가 나보다 먼저 히마와리 쪽으로 가 버렸어!

"어어… 아스나로, …괜찮아?"

조금 더 빨리 결의했으면 히마와리에게 힘이 되어 주는 건 나였을지도 모르는데!

"그렇게 빤히 쳐다보는데 내버려 둘 수 없죠! 어디를 모르겠나요?"

"어…. 응. …고마워! 어어, 여기랑 여기를 모르겠어…."

"알겠습니다! 그럼 설명할게요! 여기는 말이죠―"

제길. 지금 나와 히마와리의 관계로는 저기에 끼어들기 어렵군. 포기하자.

꼭 내가 히마와리에게 공부를 가르쳐 줄 필요는 없다. …없다면 없다!

"아! 이런! 히마와리, 잠깐 기다려 주세요!"

"으, 응…. 알았어."

그런 두 사람의 모습을 멍하니 바라보는데 아스나로가 뭔가 떠오른 것처럼 내 옆으로 돌아와서 얼굴을 귓가로 가져왔다. 그 바람에 내 코를 간지럽히는 사과향 샴푸 냄새에 살짝 두근거렸다.

"죠로. 자신이 없다고 대답한 사람은 히마와리뿐이지만, 사실은 자신이 없어 보이는데도 고집을 피우면서 자신 있다고 말한 사람이 한 명 있었어요. 괜찮으면 그 사람을 좀 봐주면 어떨까요? 말을 붙일 계기로 좋다고 생각해요."

"어?"

"그럼 저는 이만! 히마와리, 기다렸죠!"

마지막에 귀엽게 찡긋 윙크를 하고 아스나로는 히마와리에게로 돌아갔다.

그런가…. 사실은 자신이 없는 또 한 명이라….

"제길! 이건 노아웃 만루만큼이나 빡세!"

마치 내 생각에 호응하듯이 다른 곳에서 한 남자의 목소리가 들려왔다.

그 목소리에 반응해 얼굴을 돌리자, 혼자서 책상 앞에 앉아 공부하는 녀석을 확인.

뭐, 아스나로가 말했던 '사실은 자신이 없는 녀석'이란 저 녀석이겠지.

지기 싫어하니까 '자신 있다'고 대답하면서도 고전하는 녀석이….

저 녀석도 중학교 때부터 내가 계속 공부를 봐줬지.

좋아. 모처럼 아스나로가 준 기회다! 이번에야말로!

"어이. 써—"

"썬, 시험이 위험할 것 같거든 내가 가르쳐 줄 테니까. 같이 애써 보자."

제길, 배경남! 너, 왜 나보다 먼저 말을 거는데!

타이밍을 놓쳤잖아! 나도 배경이니까 거기에 끼어들 힘은 없다고!

"흥! 무슨 소리야. 중간고사 정도야 혼자서 돌파하지 않으면 남자가 아니지!"

반 아이의 조력을 열혈 스마일로 거절하는 남자는 썬=오오가타이요.

야구부의 에이스이며 스포츠머리가 잘 어울리는 열혈한.

중학교 때부터 계속 친하게 지낸 나의… **과거의** 절친이다.

뭐, '과거의'라는 말로도 알겠지만, 나와 썬의 사이는 지금 상당히 좋지 않다.

4월 중순부터 하순에 걸쳐 일어난 어느 대사건이 계기가 되어서.

아니, 그게 없었더라도 언젠가 우리 사이는 붕괴했겠지.

썬은 이전부터 계속 나에 대해 원한을 가져 왔으니까.

원한의 근간은 중학교 시절. 썬이 좋아했던 여자가 좋아하는 남자가 나였던 것에 있다.

그 사실을 알고도 썬은 필사적으로 그 여자에게 어필했던 모양인데, 현실은 무상. 결국 그 마음이 전해지는 일은 없었다. 그 바람에 썬은 나에 대해 원한을 품고 몰래 나를 함정에 빠뜨릴 기회를 엿보았다.

그리고 그때는 올해 4월에 찾아와서, 썬은 내 앞에 함정 하나를 준비했다.

나는 그 함정에 제대로 걸려서 둔감순정BOY 행세를 하며 모두를 속였던 것이 백일하에 드러났으며, 학교 안 카스트 제일 밑바닥의 칭호를 손에 넣었다.

이게 나의 소중한 교우 관계를 산산조각으로 박살낸 사건의 개요다.

하지만 그런 궁지에 몰린 나를 구한 것도 썬이었다.

우여곡절 끝에 썬은 자기가 한 짓을 반 아이들 앞에서 당당하게 폭로하고 '속여서 미안했다'라는 말과 함께 엎드려 빌기까지 하면서 내 혐의를 풀어 주었다.

다만 애석하게도 그 사과는 **나 이외**의 반 아이들을 향한 것이지, 나는 포함되지 않았다.

어디까지나 썬은 자기가 한 짓을 확실히 뒤처리했을 뿐이지, 나와 화해한 것은 아니다.

또한 그런 절실한 사죄의 보람이 있어서 썬은 학교 안에서 자기 위치를 잃지 않았다.

썬도 모두에게 용서를 받고 반 아이들과 잘 어울리고 있다.

이렇게 사건은 일단 해결을 보았지만, 그래도 커다란 화근을 남겼다.

오랫동안 기다리게 해서 미안하다. 이게 내 한숨의 원인이다.

그 사건 이후로 썬과의 관계는 물론이고, 거기에 휘말린 이들과 나의 관계는 최악이 되었다. 그리고 그중 한 명이 히마와리다.

같은 반임에도 불구하고 서로 의식적으로 피하고 제대로 대화를 하지 않는다.

그래서 나는 교실에 있으면 아무래도 마음이 불편하여, 점심시간이 시작되는 것과 동시에 도망치듯이 도서실로 간다.

뭐, 팬지와의 약속이 없었다면 다른 곳에 가겠지만.

"고마워, 아스나로! 아주 잘 이해됐어!"

"좋아! 승부는 지금부터야!"

하아…. 오늘이야말로 저 녀석들한테 말을 붙여 볼까 했는데….

※

종례가 끝남과 동시에 가방을 들고 터덜터덜 집으로 향하는 길에 오르는 나.

원래 방과 후에도 팬지와 나눈 '매일 도서실에 간다'는 약속을 지키기 위해 도서실로 향하던 나지만, 오늘은 아니다.

아까 팬지에게서 「오늘 방과 후에는 할 일이 있어.」라는 메일이 왔기 때문이다.

팬지는 점심시간엔 항상 도서실에 있지만, 방과 후에는 없을 때가 있지.

녀석에게 할 일이 있다니 잘 상상이 안 가는데, 대체 뭘 하려는 거지?

…뭐, 됐어. 녀석이 방과 후에 뭘 하든, 나랑은 관계없는 일이야.

"다녀왔습니다."

현관문을 열고 인사를 했지만 대답은 없다. 어라? 엄마, 나갔나?

분명 거실에서 좋아하는 아이돌의 DVD를 보고 있을 줄 알았는데….

아, 그러고 보니 최근에 말이 잘 통하는 친구가 생겼다고 그랬으니까, 그 사람을 만나러 갔을지도. …그럼 얼른 방으로 갈까.
신발을 휘릭. 계단을 쿵쿵.

방에 들어가서 가방을 툭. …그리고 교복 차림으로 침대에 다이빙!

"아아아아아아!! 진짜 어쩌면 좋지?!"

베개에 얼굴을 파묻고 두 다리를 버둥거리면서 한심한 꼴로 한껏 소리치는 나.

소리치는 이유는 물론 팬지…가 아니라 학교에서 어색해진 녀석들 쪽이다.

아무리 변명을 해 본들 마음은 정직하다. 솔직히 말해서 나는 녀석들과 화해하고 싶다.

그야 당시에는 엄청 싫었거든? 얼굴도 보고 싶지 않았거든?

하지만… 이러니저러니 해도 녀석들은 마지막에 날 도와주었다.

그러니까 감사하고 있고, 감사의 말도 하고 싶다. 즉… 화해하고 싶어! 제길!

특히나 썬이랑은 꼭. 중학교 때부터 계산해서 4년 동안 줄곧 친하게 지내 온 소중한 친구와의 관계를 되찾고 싶다고 생각하는 건 지극히 당연.

하지만 타이밍이 안 좋거나 여러 가지 원인으로… 아니, 변명은 그만두자.

내가 멋대로 쫄아서 어중간한 행동밖에 할 수 없는 게 원인이다.

오늘도 억지로라도 대화에 끼어들 여지는 충분히 있었다.

그러지 않았던 것은 내가 겁쟁이이기 때문이다. 말을 붙이면 녀석들이 싫어하지 않을까 싶은 마음에 다리가 굳고 말이 나오지 않았다. 그렇게 아무 행동도 하지 못하는 나날이 반복되었다.

"하아~ 이건 뭐…. 한심하네."

뭔가 계기만 있으면…. 그러면 나도….

"아마츠유~! 엄마 왔다~!"

그때 1층에서 들려온 것은 엄마 목소리다. 아무래도 외출했다가 돌아온 모양이다.

"오, 왔어요?!"

그럼 얼른 현관에 나가 봐야지. 왜냐고? 그게 우리 집안의 룰이니까.

'누가 돌아왔을 때에는 집에 있는 사람이 현관에서 맞아 준다'.

아빠가 가족의 유대를 위한 것이라며 정한 룰은 한 번도 깨지지 않았다.

"다녀왔어. 너 오늘은 일찍 왔구나. 마침 잘됐네."

계단을 내려가자, 마루코네 엄마*랑 똑같은 파마를 한 여성이

※마루코네 엄마 : 만화 『마루코는 아홉 살』의 등장인물. 마루코의 엄마는 우리가 흔히 '아줌마 파마'라고 부르는 머리를 하고 있다.

한 명.

키사라기 케이키. 두터운 화장이 눈에 띄는 내 어머니다.

나이는 영원한 29세. 단순 계산으로 나를 열세 살에 낳았다는 소리가 되는 강자이기도 하다.

"음. 오늘은 우연히…. 응? 마침 잘됐다!"

"자, 그렇게 부끄러워하지 말고 얼른 들어와, 들어와! 같이 DVD 보자!"

어라? 엄마가 친구를 데려왔나? 그럼 인사하고 나는 얼른 방에—

"저기… 그럼… 실례하겠습니다."

"……어라?"

어? 꼼지락거리며 조심스럽게 우리 집에 들어온 인물이 이상하게 낯익은 양 갈래 머리 안경녀로 보이는데 이건 대체? 쓱쓱 눈을 비비고 재차 확인하지만… 응. 있네.

아하! 과연! 환각인가! I see, I see.

이거 안 되겠네! 나는 정신적으로 꽤나 지친 모양이야! 오늘은 이만 자자.

"어머! 그렇게 정중하게 굴지 않아도 돼, 스미레코! 아, 아마츠유, 알 거라 생각하지만 너랑 같은 학교에 다니는 스미레코야! 팬지라고 부른댔나?"

어라, 청각까지 맛이 간 모양이다. 설마 엄마 목소리를 환청으로 듣다니.

난 딱히 마더콤이 아니거든? 하지만 마음속으로 가족에게 도움을 청하는 걸지도.

자! 그럼 방으로 Here we go! 해 볼까!

"아마츠유! 너 왜 방으로 돌아가려는 거니! 자, 얼른 인사해야지!"

환각, 너무하지 않아? 엄마가 손을 붕붕 흔드는 동작까지 재연하지 말라고.

"안녕, 죠로."

부끄러운 듯이 미소 지으면서 내게 꾸벅 고개를 숙이는 양 갈래 머리 안경의 환각.

정중하게 가죽 신발을 벗은 발에서는 하얀 양말을 확인할 수 있다. 청결감 어필은 확실하다.

"어머! 스미레코가 먼저 인사해 버렸잖니! 얼른 이리 와서 너도 인사해!"

"우, 우와!"

어이어이. 계단 중간에서 멍하니 서 있었더니 엄마가 팔을 잡아당겼다.

설마 환각까지 날뛰다니…. 아니, 이 이상의 현실 도피는 그만하자.

아주 유감이고 절망적인 사실이지만,

"…여어, 팬지."

지금 내 집은 지옥으로 변했다.

"와 버렸어♡"

어이, 올려다보며 혀를 날름 내밀면 귀여울 줄 알았어?

"어, 어어…. 엄마, 엄마랑 팬지가 아는 사이야?"

"어머? 말 안 했던가? 나랑 스미레코는 곧잘 같이 놀거든! 사흘에 한 번은 만나니까!"

설마 이전부터 종종 있었던 팬지의 볼일이란 게… 그거?!

"정답."

여전한 에스퍼 능력 감사합니다. 지금 당장, 썩 돌아가 주세요.

"아! 이런! 현관에서 이야기하면 안 되지! 거실로 오렴! 자, 아마츠유도 스미레코를 환영할 준비를 거들어!"

잠깐, 엄마. 나는 그 마왕을 환영할 예정이 없어. 지금 당장 송별하자. 그러자.

"아, 아니… 나는…."

"뭘 쫑알거리니! 얼른!"

"…네."

이게 어머니의 강함인가…. 한심하지만 도저히 거스를 수가 없다. 하아…. 갈까.

…하지만 그 전에. 내 분노를 뒤에 있는 악마에게 쏟아 내야겠

지.

"너 우리 집에 오는 걸 포기한다고 말하지 않았던가?"

"당신의 '방'에 오면 안 된다는 말은 있었지만, 당신의 '집'에 오면 안 된다는 말은 없었어."

"장난 치냐…. 그런 궤—"

"아마츠유, 얼른 와!"

제엔자아아아앙!

"아, 스미레코, 편한 데에 앉아! 아마츠유, 너는 이쪽에서 거들어!"

좋아. 엄마 일을 거들면 잠깐이지만 팬지와 거리를 둘 수 있어!

"저도 거들게요, 키사라기 케이키 아줌마. 오늘은 마들렌을 만들어 왔어요."

그 말은 원래 고마운 말이지만 지금은 전혀 고맙지 않다는 것을 그녀는 모르는 걸까?

"고마워~ 스미레코! 그리고 집에 왔다고 그렇게 딱딱하게 부르지 않아도 돼! 평소처럼 '로리에'라고 불러 줘!"

"알겠습니다. 로리에 씨."

잠깐 기다려. 당신들 친하게 이야기하는 도중에 미안한데, 뭣 좀 물어봐도 될까?

"저기, 엄마…. 로리에란 건 대체?"

"뭐?! 너 이제 와서 무슨 소리니? 키사라기 케이키(如月桂樹)에서 따서 '월계수(月桂樹)', 그러니까 '로리에*'잖아!"

자기 이름에서 꽃이나 나무 이름을 만들어 별명으로 삼는 행위.

설마 엄마… 히로인 자리를 노리는 거야?!

일단 거울을 좀 봐. 그러면 알겠지. 아줌마 파마에 짙은 화장을 한 주부에게는 무리야.

"케이크처럼 달콤~한 로리에. 보여 줄 테니까!"

마무리 대사까지 완비! 이 아줌마, 진심이다.

"우후후후, 스미레코의 마들렌 기대되네. 아마츠유도 잘됐구나. 전에 받은 마카롱도 '나는 장래에 이런 마카롱을 만들 수 있는 여자랑 결혼하고 싶어!'라면서 아주 맛있게 먹었으니까!"

끼에에에에엑! 내가 대체 무슨 소리를 했던 걸까!

"어머. 그건 저도 아주 기쁘네요."

어이. 그 행복한 미소를 지금 당장 지워. 나도 과거를 지우고 올 테니까.

"아마츠유. 넌 접시를 팔에 올리고 뭐 하는 거니?"

"아, 잠깐 아케미식 타임리프*에 도전해 볼까 하고."

※로리에 : 프랑스어로 월계수는 로리에(laurier)라고 한다.
※아케미식 타임리프 : 아케미 호무라는 애니메이션 〈마법소녀 마도카☆마기카〉의 등장인물. 팔에 장착한 원형 방패를 돌려서 시간을 멈추거나 과거로 되돌아갈 수 있다. 원래는 안경을 끼고 머리를 땋은 수수한 캐릭터였지만, 어떤 일을 겪으면서 안경을 벗고 생머리 외모로 바뀌었다.

"외모로는 내 쪽이 적임 아닐까?"

초열화 호무라는 닥치고 있어! 당신 포지션은 QB*야!

절대로 계약 안 할 거다! 아! 이미 했다! 매일 도서실에 가는 계약을 했어!

…아니, 그런 현실 도피를 할 상황이 아니지만!

"저기… 엄마."

가능하면 이 말을 하고 싶지 않다. 하지만 이 이상 엄마가 나에 대해 괜한 정보를 흘리는 것을 피하기 위해서는 말할 수밖에 없다. 이미 늦은 것 같지만….

"왜 그러니~ 아마츠유?"

"저기, 팬지 말인데. 내 방에 데려가도 될까?"

"…부끄러워."

꼼지락거리지 마. 끔찍해.

"뭐엇?! 안 돼, 안 돼! 스미레코는 엄마랑 같이 DVD 볼 거니까! 안 돼☆"

엄마, 소녀틱한 동작으로 이마를 때리는 건 안 돼요~! 안 돼☆

"아니면 너, 스미레코랑 단둘이 있고 싶은 거니? 그럼 혹시 둘이서 사귀는 거라든가~? 어머나~! 로리에, 두근두근~☆"

※QB : 애니메이션 〈마법소녀 마도카☆마기카〉의 마스코트 캐릭터 '큐베에'에게 네티즌들이 붙인 별칭. 인간 소녀와 계약하여 소원을 한 가지 들어주는 대신 마법소녀로 만든다. 계약서에 도장을 찍기 전에 반드시 잘 읽어야 한다는 교훈을 남긴 캐릭터.

자기 입으로 자기 이름을 말한다. 친어머니의 그런 모습을 본 내 절망력은 53만입니다.

“아냐. 난 이 녀석과 사귀는 게 아냐.”

“아닙니다. 저와 그는 장래를 약속했을 뿐입니다.”

“어머나! 그래?!”

“무슨 약속?!”

“내일도 도서실에서 만나기로 약속했어.”

“너무 가까워! 그 장래!”

틀렸다. 부엌에 있으면 있을수록 상황은 악화된다.

어떻게든 팬지를 내 방으로…. 아니, 엄마랑 떼어 놔야….

“하지만 그래. 아마츠유가 여기서 스미레코랑 더 친해지면 장래에 스미레코가 며느리가 될 가능성도… 없지는 않네….”

있을 리가 없다… 싶지만 상황이 이렇다. 뭐든지 이용해야만 한다.

“그, 그렇지? 그걸 위해서라도 팬지는 오늘 내 방으로 안내할게. 괜찮지?”

살을 내주고 뼈를 자른다. 설마 현실에서 그걸 실행하는 날이 올 줄은 몰랐다.

우와아…. 엄마가 아주 방긋방긋 웃고 있어. 분명히 착각하는 거야.

“어쩔 수 없네. 그럼 오늘은 엄마가 참아 줄게!”

고마워, 엄마. 소녀다운 윙크를 찡긋 보내는 바람에 내 마음의 눈물은 다 말랐다.

"그럼 스미레코. 미안한데 오늘은 아마츠유랑 놀아 줄 수 있겠니?"

"알겠습니다. 그럼 로리에 씨와 DVD를 보는 건 다음 기회로 하겠어요."

어이, 은근슬쩍 또 우리 집에 올 구실을 만들지 마.

"죠로. 어쩔 수 없으니까 당신 방을 안내하게 해 줄게. 특별이야?"

이 녀석, 진짜 뭐라도 된 줄 아나?

"…그럼 얼른 가자, 팬지."

"손을 안 잡아 주면 안 따라갈 거야."

"적당히 해!"

※

평온했을 터인 집이 지옥으로 변하고 벌써 15분.

나는 속으로 짜증을 내면서 팬지를 내 방으로 초대했다. …왜 이렇게 됐지?

"실례할게."

들어가는 것과 동시에 흥미진진하게 주위를 두리번거리는 팬지.

평소에는 느긋하게 행동하는 이 녀석치고 드물게 제법 재빠른 행동이다.

그동안에 나는 문을 닫았다.

최대한 소리가 새어 나가지 않도록 하려는 배려지, 결코 이상한 짓을 위해서가 아니다.

"너 설마 엄마를 이용하다니…."

나는 털썩 침대에 앉아서 입을 떼자마자 불평부터 했다.

주부의 보기 안쓰러운 마음을 이용해서까지 내 방에 오는 스토커에게는 벌이 필요하다.

"그건 오해야. 오늘은 로리에 씨에게 초대를 받았으니까 놀러 왔어."

"그럴 리 없잖아. 적당히 둘러대지 마."

"정말로 당신은 날 몰라주네. 어쩔 수 없지. 특별히 오늘 오후에 로리에 씨에게서 온 메일을 보여 줄게."

팬지가 질렸다는 어조로 말하며 가방 안에서 스마트폰을 꺼내 내게 건넸다.

다다미 무늬의 핸드폰 케이스는 처음 봤는데, 그건 상관없겠지. 그래서 메일이 뭐?

「스미레코냥~! 괜찮으면 오늘 로리에네 집에 놀러 안 올래냥?」

말도 안 돼! 냥냥 말투는 아니다냥!

"나는 분명히 점심시간에 포기했으니까."

거기서 의기양양한 얼굴을 하는 의미를 나는 전혀 모르겠다냥.

"그럼 엄마랑은 어떻게 친해졌어?"

"학교 하굣길에 서점에서 책을 읽고 있는데 로리에 씨가 말을 붙여 왔어. '그거, 오카다 군이 멋진 거잖아~!'라고. 내가 읽던 책이 로리에 씨가 좋아하는 아이돌이 주연이었던 실사 영화의 원작이었어. 얼마 전에 유행했던 영화 말이야."

"주인공이 전쟁 때의 항공병인 그건가. 분명히 타이틀은…."

"〈영원의 자로*〉야."

그렇게 한없이 계속되는 광고심사기구 같은 이름*이었던가?

"그 뒤로 가끔씩 만났고, 그 외에 니노미야 군 주연의 〈도련님〉이라든가 토마 군 주연의 〈인간 실격〉이라든지… 실사로 만들어진 소설 이야기로 꽃을 피웠어. 아주 놀랐어. 설마 죠로의 엄마일 줄은 몰랐는걸. 이거야말로 기적이지?"

독서 애호가와 아이돌 애호가 사이의 기적의 공통점이 내게 잔혹한 운명을 가져다준 모양이다.

"이걸로 납득했을까?"

※영원의 자로 : 2006년에 발행된 하쿠타 나오키의 소설 『영원의 제로(0)』의 패러디. 만화, 영화화되었다.
※광고심사기구 같은 이름 : 일본광고심사기구 'Japan Advertising Review Organization'의 머리글자는 JARO.

"…그래. 아주 내키지 않지만."

"그렇다면 다행이네. 그럼 슬슬… 시작해 보도록 할게."

대화가 일단락 났을 때 팬지가 웅크려 앉더니 침대 밑을 엿보기 시작했다.

"어이, 너 뭐 하는 거야?"

"트레저 헌팅을 조금 즐겨 볼까 해."

"지금 당장 그만둬."

이 마왕. 내 컬렉션을 찾으려는 모양인데 그렇게는 안 된다.

그렇긴 해도 그런 장소에는 없지만. 내 컬렉션은… 아니, 안 되지.

이 녀석은 에스퍼니까 생각을 읽힐 가능성이 있다. 생각하지 않도록 하자.

"여기에는 없네. 그럼 책장일까? 커버를 다른 거랑 바꿔쳤을지도…."

아쉽군. 그것도 아니다. 하지만 그렇다고 해서 네 행동을 용인할 이유는 안 된다.

그래서 나는 책장으로 가려는 팬지의 팔을 덥석 붙잡았다.

"어이. 그 이상 괜한 짓 하지 마."

"놓지 않으면 후회할걸?"

"웃기지 마. 네 사정이겠지."

"아냐. 당신을 위해 하는 말이야. 얼른 놔. 이제 한계에 가까워."

"영문 모를 소리 하지 마. 그건 내가 할 말이야."
"안 돼, 죠로. 싫어, 놔…. 정말 이제… 한계…."
"시끄러. 구시렁거리지 말고 얌전히 내 말대로—"
"아마츠유, 스미레코, 마들렌이랑 홍차 가져왔어~!"
리미트 브레이크으으으! 말씀처럼 놔드렸습니다!
"…어, 어머? 어머어머~"
이건 그거로군요. 자기 아들이 싫어하는 여자에게 억지로 뭔가 이상한 짓을 하려다가 고전하는 걸로 착각하는 엄마로군요.
어떻게 하지?
"어머나~! 엄마가 방해했어~? 우후후후, 미안해라~"
"괜찮습니다. 아직 아무것도 시작하지 않았으니까요."
"엄마, 다음부터 방에 들어오기 전에 노크 좀 해 주면 안 될까?"
"알~았~어~요! 그럼 여기에 마들렌이랑 홍차 두고 갈게."
내 방 안에 성큼성큼 들어와서 책상에 2인분의 마들렌과 홍차를 놓는 엄마.
그게 끝나고 힐끗 팬지를 보며 한마디.
"스미레코, 아마츠유의 살색 책과 DVD는 책상 서랍의 이중 바닥을 밑에서 볼펜심으로 들어 올리면 나와~"
"엄마! 됐으니까 얼른 거실로 돌아가!"
"아마츠유, 무서워~! 그럼 스미레코, 뒷일은 잘 부탁해!"

“네, 감사합니다.”

살랑살랑 손을 흔들며 문을 쾅 닫는 엄마.

왜지? 엄마는 기본적으로 자식을 구해 주는 존재 아닌가?

“어디, 그러면….”

하지만 그런 불평을 말할 틈조차 내게는 없다.

이미 눈앞에는 어딘가에서 볼펜심을 꺼낸 팬지가 있었다.

“팬지, 기다려.”

“왜?”

꽤나 즐거운 얼굴을 하며 빙글 돌아보는 팬지.

왜 이 녀석은 날 난처하게 만들 때에 더없을 만큼 생생한 얼굴이 되는 걸까?

“여기 앉아.”

“알았어.”

침대의 내 옆자리를 팡팡 두들기며 팬지에게 앉을 장소를 지시하자, 무슨 포지티브한 착각을 했는지, 꽤나 발걸음도 가볍게 지시에 따랐다.

“휴우…. 너무 들떠서 좀 지쳤어.”

자연스럽게 내 어깨에 머리를 올리려고 하기에 그 즉시 침대에서 탈출.

“너는 거기서 움직이지 마. 조금이라도 이상한 짓을 하는 순간 안 봐준다.”

일어선 채로 침대에 앉은 팬지를 째릿 내려다보았다.

괜한 움직임을 조금이라도 보여 봐라. 그 즉시…. 아니, 잠깐만.

혹시 여기서 내가 팬지에게 위해를 가하려고 했을 경우, 그가 튀어나오지 않을까?

교내에서 외톨이인 팬지에게 유일하게 존재하는 친구—긴톱날집게사슴벌레인….

"스팅어는… 가방 안에 있어?"

"그라면 좋아하는 상수리나무 '스피리터스'에 수액을 먹으러 갔어."

세이프! 알코올 농도가 높을 듯한 이름의 상수리나무지만*, 한동안 그거나 핥고 있어 줘.

"저기, 죠로. 나 말이지, 오늘은 조금 멋을 부리고 왔는데 알겠어?"

기쁜 듯이 다리를 흔들면서 팬지가 내게 뭔가를 어필했다. 진짜 아무래도 상관없다.

"양말이 하얗군."

"절반 정답. 또 하나는?"

"스커트가 평소보다 2센티미터 짧아."

※알코올 농도가~ : 스피리터스는 폴란드 산 술로 알코올 도수 96도를 자랑하며 세계 최강의 술이라 불린다.

"하아…. 오답이야. 여전히 썩은 달걀 같은 눈이네. 2.5센티미터나 짧게 했는데."

"그럼 썩은 달걀인 나라도 알 수 있게 하든가."

무릎 아래 18센티미터와 17.5센티미터의 차이 따윈 없는 거나 마찬가지다.

"그건 더 멋을 부리라는 의미일까?"

"잘 알잖아. 지금 당장 안경을 벗고 땋은 머리를 풀고 가슴의 무명천을 끌러."

"…그렇게 내 그 모습을 보고 싶어?"

왜 거기서 서글픈 어조가 되는 거냐고. 진짜 이해가 안 된다.

"당연하지. 나는 분명히 매일 도서실에 간다는 약속을 지켰으니까 슬슬 좀 보여 줘."

솔직히 말하자면 더 이상 도서실에 가는 의미가 없다고 생각될 정도로 나의 욕구 불만은 쌓여 있었다. 아무리 원해도 항상 도서실에 있는 것은 땋은 머리에 안경.

게다가 매일 독설이 쏟아지는 최악의 나날이다.

"사정이 있어."

이 녀석 뭐야? 평소보다 꽤나 무거운 목소리를 내뱉고.

"사정이라고?"

"나를 노리는 악마가 있어. 그 악마에게서 몸을 숨기기 위해 나는 지금 모습을 하고 숨어 있는 거야. 누군가가 나를 지켜 준다면 좋겠는데….”

이상하네? 아직 2권인데? 인기 개선을 위한 새로운 전개인 ‘이세계 배틀 편’으로 들어가기엔 너무 일러.

담당 편집자에게서도 그런 이야기는 전혀 안 들어왔다.

“뚱딴지같은 소리 하지 마!”

“죠로는 나를 알려는 노력을 해야 한다고 생각해.”

“그 노력에 맞는 보수를 선불로 내놔. 내 방에서라면 보여 줘도 좋다고 말했잖아.”

“좋아.”

“거봐, 결국 또 안 보여 주잖아. 참나, 정말이지 너는… 지금 뭐라고 했어?”

“좋다고 말했어. 내 그 모습을 보고 싶지?”

어? 정말로? 정말로 보여 주는 거야? 잠깐! …지, 진정하자!

팬지는 나에게 거짓말을 하지 않지만, 교묘한 말로 속일 때는 있어!

“그 모습이란 건 안경과 땋은 머리와 가슴의 무명천을 없앤 모습이라고 생각하면 되지?”

“그래. 난 분명히 약속을 지켜. 그러니까 뒤돌아서 좀 떨어져 줄 수 있을까? 보는 앞에서 갈아입는 건 창피해.”

“어, 어어….”

나는 서둘러 뒤돌아서 흥분한 채로 방구석까지 갔다.

그러자 뒤에서 옷자락 스치는 소리가 들리지 않는가!

오오오오오! 이 녀석, 진짜로 갈아입습니다! 이건 오랜만에… 아니, 잠깐.

냉정하게 방금 전에 일어난 사건을 떠올려 보자.

방금 전에 내가 팬지의 손을 잡았더니 1층에서 히로인 자리를 넘보는 인물, 엄마가 올라왔다.

그리고 나는 지금 방구석에 존재하는 문 앞에 서 있다.

이건 즉, 괜히 들떴다간 엄마가 갑자기 문을 벌컥 여는 바람에 내가 날아가고 팬지를 덮쳐서 오해를 낳는 패턴이다!

귀를 잘 기울여 보니 위험하기 그지없는 발소리가 쿵쿵 들려오니까 그게 틀림없어!

하지만 그 플래그를 깨달은 시점에서 내 안전은 보장된다.

왜냐면 내 방에는 사생활의 수호신 '자물쇠'가 달려 있으니까!

"닫혀라! 참깨!"

휴우…. 이걸로 안심… '찰칵'.

"아마츠유~? 세탁물 있냥~?"

옆방에서 베란다를 타고 창문으로 왔다냥! 창문은 안 잠가 놨다냥!

곧바로 몸의 방향을 턴! 이건 오해를 부르기 전에 먼저 설명하지 않으면냥!

"엄마, 기다려! 일단 내가 사정을 설명할 테……냐옹."

"왜 돌아보는 걸까? 보이고 싶지 않다고 말했는데."

…그래. 그랬다. 팬지는 지금 옷을 갈아입고 있었다.

돌아보니 역시 옷을 갈아입고 있다. 하지만 한마디 해도 될까?

왜 땋은 머리에 안경을 쓴 채로 가슴의 무명천을 풀어서 단정치 않은 모습인 상반신을 교복으로 숨기고 있지?

아무리 가슴이 커도 땋은 머리에 안경이면, 효과는 없는 정도가 아니라 마이너스거든?

"너 스미레코한테 무슨 짓을 하는 거니?!"

이런, 왕가슴에 땋은 머리 안경에게 넋을 놓고 있을 때가 아니었다.

엄마가 전광석화 같은 속도로 내 눈앞에 다가오지 않는가.

"아, 아냐! 나는 아무것도…."

"죠로. 단순한 우연이고 행운이라고 말할 생각이야?"

불행이라고 말해 줬으면 싶다. 거듭 말하지만 땋은 머리에 안경이거든?

중요한 부분을 교복으로 숨기는 건 좋지만, 그대로 슬금슬금 내게 다가오지 말아 줄래? 그래도 다가오는군요. …이거 큰일이다.

"아마츠유! 그런 건 어른이 된 다음에 하라고 분명히 말했잖니!"

"약속을 깬 죠로에게는 벌이야."

“미, 미안! 내가 잘못했어! 이렇게 사과할게! 그러니까….”

내 사죄 따윈 마이동풍. 정면에 선 파마 주부는 왼손을 처억 들고, 왕가슴 미녀(라고 쓰고 미묘한 여자라고 읽는다)는 오른손의 책을 처억 들었다. 그리고….

“아야야야…. 우읍!”

오른쪽 뺨을 얻어맞거든 왼쪽 뺨에 『파브르 곤충기』.

아주 참신한 경험이다. ‘죠로 복음서 제5장 39절’에 쓰기로 하자.

바닥을 기면서 그런 생각을 하는데, 엄마가 내 멱살을 덥석 붙잡았다.

“스미레코, 당장 옷 제대로 입어! 아마츠유, 너는 이리 와!”

그대로 질질 방에서 끌려 나가는 나. 잠깐, 엄마! 이런 상황에서 팬지를 내 방에 혼자 두면… 아앗, 볼펜심이 나온다아아아! 그만둬어어어어!

“놔줘, 엄마! 이대로 있다간 내 방이….”

“안 돼! 안 돼, 안 돼!”

놔주면 안 될까?

※

그 뒤 한 시간이나 걸려서 나는 엄마에게 무사히 설명을 마쳤다.

하지만 그게 사태의 해결에 이르지는 않는다. 뿐만 아니라 악화되었다고 할 수 있겠지.

엄마를 설득하는 동안 주인 없는 꼴이 된 내 방은 팬지가 샅샅이 뒤져서 내 취미와 기호가 전부 들통났다. 덤으로 엄마가 '이제 저녁 시간이니까 스미레코도 먹고 가지냥?'이라는 귀찮기 짝이 없는 발언을 하는 바람에 우리 집 식탁 풍경에 한 세대 전의 여학생이 추가되었다.

"헤에~ 스미레코는 전철로 통학하는구나!"

"네. 저희 집에서는 학교가 좀 멀어서."

거실에 있는 테이블에는 평소보다 비용이 들어갔을 저녁 식사가 호화롭게 차려지고, 테이블 앞의 자리 순서는 정면에 엄마, 옆에 팬지라는 지옥도.

언제 어느 때에 어느 쪽에서 폭탄 발언이 나올까 생각하니 밥이 무슨 맛인지도 모르겠다.

하다못해 아빠가 돌아와 주기를 기대했지만, 현재 아빠는 일로 수라장 중.

방금 전에 나와 엄마에게 심야에나 돌아온다는 내용의 메일이 도착했다.

"근처 학교에 갈 생각은 안 했어?"

"글쎄요. 전혀 생각하지 않았습니다."

“하지만 중학교 때 친구들과 헤어지는 건 슬프지 않아?”

“괜찮습니다. 전 친구가 거의 없었고요.”

뭐, 이 녀석 성격이라면 그렇겠지.

엄마랑은 친한 모양이지만, 기본적으로 무감정에 담담한 이 녀석은 무슨 생각을 하는지 알 수가 없다. 그런 녀석이 학교에서 붕 뜨는 건 당연하다면 당연하지.

“뭐어?! 스미레코는 이렇게 착한데 왜? 아마츠유, 넌 알고 있니?”

“…글쎄. 몰라.”

엄마, 나한테 말 걸지 말아 줘. 대화에 끼고 싶지 않아.

“아마츠유, 아까부터 태도가 안 좋아.”

아무리 엄마가 째릿 노려보더라도 알 바 아니다. 이런 지옥에 있는 것만으로 칭찬을 들어야 한다.

“죠로. 로리에 씨의 밥, 아주 맛있어.”

“그거 다행이네. 얼른 먹고 돌아가.”

남의 방을 마음껏 뒤진 주제에… 용케 밥까지 얻어먹으며 태연하게 말을 걸 수 있군. 진짜 뇌 구조가 망가진 걸로밖에 생각되지 않아.

“아마츠유, 정말 왜 그러니? 아까 그건 오해라고 이해했으니 됐잖니?”

“엄마, 그건 상관없어. 난 기본적으로 이 녀석이 싫어.”

내가 짜증을 내면서 말을 한 순간, 엄마의 움직임이 우뚝 멎었다.

"…너 지금 뭐라고 했니? 스미레코는 여자애거든?"

정지하고 1초 뒤, 배 속에서 나오나 싶은 꽤나 낮은 목소리가 엄마의 입에서 나왔다.

이런…. 이거 진짜로 화났을 때의 엄마다.

"아무리 태연하게 보여도 얼굴을 맞대고 '싫다'는 말을 듣고 아무 생각이 없는 여자애는 없어. 나는 그런 못된 말을 하는 애로 키운 기억 없어요."

"윽…!"

제길. 지금 이건 내가 잘못한 걸지도 모르지만, 애초에 원인은 다—

"아마츠유. 스미레코에게 사과하렴."

틀렸다. 이 이상 엄마를 화나게 하는 건 득책이 아냐. 괜히 다투지 않는 게 좋아.

"…미안했어."

"신경 쓰지 않으니까 괜찮아."

내가 사죄의 말을 하자, 팬지는 이쪽을 돌아보지도 않고 단적으로 대답했다.

"미안해~ 스미레코. 얘가 사실은 입이 험해서…."

밝은 목소리로 바꾼 후 팬지를 향해 웃으며 말을 붙이는 엄마.

일단 분노는 가라앉은 듯하지만, 이거 나중에 설교 코스로군…. 최악이다.

"괜찮습니다. 죠로, 말은 난폭하지만 아주 착하니까요."

"어머? 그래?"

어이, 엄마의 기분이 회복될 만한 말은 고맙지만, 그 선택은 틀렸어.

"팬지, 괜한 소리는…."

"너는 조용히 있어!"

위험한 폭탄의 냄새가 났기에 곧바로 처리하려고 했더니 사정없이 입이 틀어막혔다.

"저기, 스미레코. 아마츠유에 대해 좀 가르쳐 주겠니? 이 애는 학교 이야기를 전혀 안 해 주거든."

신이 난 엄마를 앞에 두고 팬지가 담담한 눈동자로 나를 보았다.

"…말해도 괜찮을까?"

"…상식의 범위 안에서."

사실은 막고 싶지만, 난 방금 전에 엄마를 잔뜩 화나게 했다.

그걸 고려하면 지금 여기서 팬지를 막는 건 대단히 안 좋다.

"알았어. 그럼…."

괜한 소리는 하지 말아 줘…

"죠로 덕분에 저는 학교생활이 아주 즐겁습니다. 매일 도서실에서 이야기를 나누지만, 그는 가끔 도서실 일을 도와줍니다."

"헤에! 그래서, 그래서?"

"죠로는 항상 무거운 책이나 정리하기 힘든 책을 먼저 들어 줍니다. 평소에는 심술궂지만 그럴 때는 절대로 불평을 하지 않아요. 그렇게 은근슬쩍 보이는 다정함이 아주 기쁩니다. 게다가 그는 모두가 즐겁게 있을 수 있도록, 모두가 행복해지는 장소를 지키기 위해 자기를 희생할 줄 아는 사람이에요. 그런 일, 저는 절대로 할 수 없어요. 그렇기에 정말 멋진 사람이고, 존경스럽기도 합니다."

BOOOOOOM! 대폭발이다! 그런 건 본인이 없는 곳에서 말해 주세요!

얼굴을 맞대고 그런 소리를 듣는 건 진짜 부끄러우니까 참아 주세요!

"제법이잖니! 아마츠유!"

"엄마, 그만! 그만해!"

팬지 앞에서 머리를 북북 쓰다듬지 말아 줘! 그것도 아웃이니까!

"그래! 이 애는 아주 착해! 옛날에 말이지, 가족 넷이서 여행을 갔을 때 내가 애 아빠한테 받은 소중한 목걸이를 잃어버린 적이 있었는데, 그때도 애는 아무 말도 않고 계속 혼자서 찾아서 결국 되찾아 주었어! 그때는 '아마츠유가 아무 데도 없어!'라며 난리가 났었는데, 그립다~"

엄마, 그런 에피소드를 들먹이지 말아 줘! 정말로 안 돼! 그거 안 되니까!

"우후후, 스미레코, 앞으로도 아마츠유랑 잘 지내 주렴!"

"아뇨, 그런 부탁을 드릴 건 저입니다. 앞으로도 잘 지내 줘, 죠로."

"……어엉."

이미 충분한 치사량이 쌓인 나는 죽은 사람 같은 목소리로 그렇게 말하는 게 고작이었다.

※

저녁 식사와 잡담을 마치고 오후 8시가 되었을 때 오늘의 지옥은 종료.

나를 소재로 삼은 두 사람의 대화가 더는 없을 거라고 생각하니 감격스러워서 눈물이 나올 것 같았다.

"오늘은 여러모로 고마웠습니다. 정말로 즐거웠습니다."

"괜찮아~ 나도 아주 즐거웠는걸! 또 놀러 와!"

현관 앞에서 예의 바르게 꾸벅 인사하는 팬지에게 웃으며 손을 흔드는 엄마.

"읏!"

거기서 내 머리를 눌러 대는 바람에 강제적으로 인사하게 된 것은 참기 힘들었다.

"그럼 저는 이만."

"응! 또 봐~"

그리고 쾅 하고 현관문을 닫으니 간신히 우리 집에 평온이 찾아왔다.

"그럼 엄마. 난 잠깐 나갔다 올게."

"우후후~ 역시나 내 아들. 말하지 않아도 잘 아네! 착해라!"

"…네에네에."

엄마의 히죽거리는 얼굴에 진절머리를 내면서 나는 신발을 신고 밖으로 나갔다.

조금 걸음을 서두르자, 금방 익숙한 땋은 머리 안경을 발견.

저쪽도 내 존재를 깨달았는지 빙글 이쪽을 돌아보았다.

"어머. 혹시 역까지 바래다주려는 걸까?"

"아냐. 편의점에 갈 일이 있으니까 거기까지만 같이 갈 뿐."

오른손 엄지와 검지를 비비면서 대답하는 나.

"그래. 알았어. 그럼 거기까지 같이 가자."

다소 가벼운 발걸음으로 내 옆을 걷는 팬지. 얼굴은 무표정하지만, 기분이 좋은 눈치다.

"저기, 죠로."

그 뒤로 내가 침묵을 유지한 채로 걷는데, 팬지가 꽤나 진지한 목소리로 말했다.

"왜?"

"당신은 언제까지 그 사람들과 화해하지 않을 생각이야?"

"……너랑은 관계없잖아."

이 녀석은 하필이면 그딴 화제를 꺼내냐. 진짜 짜증나.

"관계가 없으면 물어보는 것도 안 돼? 그런 룰은 들은 적 없어."

"그야 그렇지만, 내가 대답할 거라 생각했어?"

"그래. 대답해 줘어. 아직 한동안은 화해할 것 같지 않네."

"그딴 소리는 한마디도 안 했어."

"방금 한 말로 바로 알았어. 대답하기 싫다는 소리는 아직 화해할 수 있을 것 같지 않다. 계기가 보이지 않는다는 거지?"

쳇. 평소의 놀리는 목소리가 아니라 진지한 목소리로 말하고 있어….

"계기 같은 건 간단해. 당신이 말을 걸면 그게 계기가 돼."

"그딴 게 되겠냐. 그 녀석들이 나랑 엮이기 싫다고 생각하잖아."

"그럴 리 없어."

이 녀석, 곧바로 부정하고 있어….

"네가 뭘 안다고? 말해 두는데, 난 그 녀석들하고 하루 이틀 같이 지낸 게 아냐. 그러니까 너보다도 훨씬 더 그 녀석들을 잘 알아."

"질문에 질문으로 답하네. 당신이 아는 그 사람들은 당신의 본성을 알고 싸웠지만 화해하지 않고 고집부리는 사람? 아니면 사실은 화해하고 싶은데 어떻게 해야 좋을지 몰라서 갈팡질팡하는 가엾은 사람?"

"……글쎄. 먼저 간다."

이 이상 이 대화를 계속하기 싫다. 얼른 목적지까지 가자.

그렇게 판단한 나는 걷는 속도를 올려서 팬지와의 거리를 벌렸다.

"기다려."

그런 내게 종종걸음으로 쫓아온 팬지가 손을 붙잡아 움직임을 멈추었다.

"귀찮아. 놔. 나는 네가 싫어."

"그거야."

"뭐?"

이제까지 담담한 모습으로 감정을 보이지 않던 팬지가 갑자기 작은 웃음을 지었다.

"그렇게 죠로는 내 앞에서 솔직해질 수 있잖아? '지금'의 당신처럼 그 사람들에게도 당신의 생각을 똑똑히 전하면 분명히 알아줄 거야."

"……."

"사과하기 싫다면 사과 안 해도 돼. 화내고 싶거든 화내면 돼. 관계가 무너지는 걸 두려워할 필요는 없어. 이미 무너진 뒤잖아? 실패해도 지금까지랑 같아. 성공하면 지금까지보다 좋아져. 나빠질 건 하나도 없잖아?"

"…네가 그런 소리 안 해도 알아."

분명 이 녀석 나름대로 내가 고민하는 걸 이해하고 격려하는 거겠지.

언제까지고 끙끙대지 말고 행동하라고. 제길…. 이래서 이 녀석이 싫다니까.

"친구는 많이 있는 편이 좋아. 즐거운 추억도 만들 수 있고."

"……그건 네 경험담이야?"

"그렇게 생각해도 상관없어."

"헤에…. 그럼 그렇게 생각하도록 하지."

"마음대로."

그럼 너도 친구를 만들려는 노력 정도는 하란 말이야.

언제까지고 도서실에 틀어박혀서 나 이외의 녀석과는 대화도 제대로 하지 않는 주제에.

"그리고 슬슬 놔줘. 귀찮다고 했잖아."

"어머. 이대로 손을 잡고 걷고 싶었는데 아쉬워라."

팬지의 손을 뿌리치고 나는 발길을 옮겼다.

※

그 뒤로 우리는 일절 대화도 없이 묵묵히 걸었고, 낯익은 건물이 눈에 들어왔다.

"우리가 같이 걸을 수 있는 건 여기까지네."

"그래."

겨우… 겨우 나는 팬지에게서 해방된다. 정말이지 후련한 기분이다.

"저기, 죠로. 잠깐 나랑 어디 좀 가 줄래?"

"뭐? 왜 내가 너랑… 어이, 어디 가는 거야?"

내 대답을 듣기도 전에 옆길로 빠지는 팬지.

황급히 따라가자, 오가는 사람도 없는 장소의 꽤 커다란 나무 밑에서 팬지가 걸음을 멈추었다.

"여기서 기다려 줄 수 있을까?"

"…알았어. …음?"

이 녀석, 뭐 하는 거지? 갑자기 나무 뒤로 돌아들어 가서.

"기다렸지."

"아니, 갑자기 영문 모를 짓을…. 우왓!"

"방에서 못 보여 줬으니까. 가슴은 이대로지만 참아 줄 수 있을까?"

까, 깜짝 놀랐다…. 설마 나무 뒤에서 나타난 팬지가 평소의 땋은 머리 안경이 아니라 안경을 벗고 머리를 푼 모습이 될 줄은….

여전히 내 취향 한가운데 스트라이크. 무심코 껴안고 싶어질 정도의 아름다움이다.

"후후후. 부끄러워하긴…. 귀여워."

요염한 웃음을 지으며 조금씩 곁으로 다가오는 팬지.

그대로 뭐에 묶인 것처럼 움직이지 못하는 내 머리에 가만히 손을 얹었다.

"아주 착한 죠로. 당신이라면 분명히 잘할 수 있어. 그러니 안심해. 혹시 잘되지 않았을 경우에는 내가 확실히 책임을 지고 위로해 줄 테니까."

내 머리를 쓰다듬으면서 평소와 다르게 부드러운 목소리로 팬지가 말했다.

서로의 얼굴의 거리가 꽤나 가깝기 때문에 숨결이 얼굴에 닿아서 간지럽다.

"…그 위로라는 건 선불로도 가능해?"

"욕심도 많긴…. 하지만 조금뿐이라면 좋아…. 자, 눈을 감아 볼래?"

"…어, 어어!"

서로의 사이에 흐르는 묘한 분위기. 팬지의 부드러운 향기. 오른손에 이는 찌릿찌릿하는 감촉.

이런…. 뭔가 이상하게 간지럽고… 음? 마지막 건 좀 이상하지 않아?

"어머, 어서 와. 스팅어."

"우오오오오!"

오른손을 잘 보니 어느 틈에 거대한 스팅어가 떡 하니 달라붙었어!

황급히 펄쩍 뛰는 나를 아랑곳 않고 팬지의 어깨로 파다닥 이동하는 냉정한 움직임은 왕의 위엄을 띠었다고 해도 좋을 듯.

"설마 여기는…."

"그래. 이게 스팅어가 좋아하는 상수리나무 '스피리터스'야."

이건 진짜 말 그대로 훼방충! 이란 소리는 안 할 테니까!

"그럼 아쉽지만, 이걸로 참아 줄 수 있을까?"

어라? 위로의 선물은 넘어가는 줄 알았는데, 그것도 아냐?

왜 이 녀석은 두 손을 토끼 귀처럼 머리 위로 올리지?

"'주인님~♡ 오늘은 어떤 책을 같이 읽을까뿅?'"

"아…! 그…!"

그건… 내 서랍의 이중 바닥 밑에 있던 컬렉션 중 하나… 『토끼 메이드와 무흐흐한 독서 모임』이잖아! 이, 이 여자… 내용까지 확인했나!!

"어때? 자신은 없지만 열심히 해 봤어."

아연해질 수밖에 없습니다. 그런 노력은 필요 없습니다.

"감상을 말해 주지 않다니 못됐어. …그럼 이만 가자."

"…그래. 그러자."

왜 위로의 선물이 이런 게 되는 걸까?

이상한 게 아니라서 어떤 의미로 세이프였을지도 모르지만, 대가가 너무 크다.

"오늘은 고마워, 죠로."

의기소침해진 내 옆을 걷는 팬지가 담담한 어조로 내게 말했다.

"어? 뭐가?"

"방에 안내해 줘서, 즐겁게 이야기해 줘서, 그리고…."

팬지가 입을 다물었다.

뺨을 살짝 붉게 물들이고, 그러면서도 결코 내 눈에서 시선을 떼지 않고 계속해서 말했다.

"역까지 제대로 나를 바래다준 거."

마지막에 그렇게 말하더니 팬지는 안경을 끼고 정면에 있는 건물—역 안으로 들어갔다. 그것을 확인했을 때 나도 빙글 몸을 돌려서 온 길을 되돌아갔다.

"자, 돌아가는 길에 편의점에라도 들를까."

하아…. 그 녀석은 역시 무진장 예뻐….

내가 애쓴 결과

하기로 마음먹었으면 한다(아무리 시간이 걸려도). 그것이 내 모토다.

"자, 어떻게 할까…."

눈앞에 있는 '히나타'라고 적힌 문패를 보며 고민하는 나.

아침, 평소보다 한 시간 일찍 집에서 나선 나는 소꿉친구인 히마와리의 집에 들렀다. 들른 이유를 말하자면 지극히 간단. 히마와리와의 관계를 회복하기 위해서다.

집이 가까워서 만나기 쉬운 녀석부터 먼저 화해한다. 이것이 내 계획의 제1스텝.

하지만 거기에 따르는 문제가 있다. 여기까지 왔으면서도 나는 계획이 딱히 없었다.

언제까지고 끙끙대지 말고 얼른 행동하자고 결의한 후 움직인 건 좋았지만, 아무래도 아무런 계획도 없는 채로 히마와리에게 도전하기란 어렵다.

그러니 히마와리가 나타날 때까지 작전을 몇 개 세우기로 했다.

황당무계한 것부터 현실적인 것까지 생각해서 가장 좋은 작전이라고 생각한 방법으로 히마와리와의 화해를 실행한다! 항상 하는 작전 고안 타임 스타트!

1 : 평소와 같은 태도로 자연스럽게 말을 붙인다.

불쑥 나타난 히마와리에게 "여어, 히마와리."라고 전혀 아무

일도 없었던 것처럼 말을 붙여서 지극히 자연스러운 형태로 화해하는 방법.

…이건 안 된다. 아무래도 일이 좀 컸다. 그런 큰 사건을 아무일도 없었던 것 같은 느낌으로 해결했다간 서로 답답함이 남는다.

서로 뒤끝 없이 원래 관계로 돌아간다. 이것이 바로 화해다.

따라서 기각.

2 : 불평을 잔뜩 쏟아 내어 사과를 받는다.

이번 사건에서는 나에게도 히마와리에게도 문제가 있었다. 하지만 여기서 내 죄는 모른 척하고 히마와리에게 온갖 폭언을 쏟아 낸다. 그리고 풀 죽은 히마와리에게 어쩔 수 없다는 듯이 한숨을 내쉬고 용서해 주는 방식이다.

…이것도 틀렸다. 애초에 이번 일을 살펴보면 아무리 봐도 내가 잘못했다. 나는 히마와리에게 협력한다고 말해 놓고서 한 차례 제대로 배신했다.

게다가 히마와리의 성격상 내가 화를 내면 토라지든가 오히려 더 화를 낸다.

따라서 기각.

3 : 일단 엎드려 빈다. 그리고 신발을 핥는다.

…아니지. 이건 아냐. 사죄는 중요하지만, 아무리 그래도 지나쳤다.

게다가 혹시나 어쩌다가 실행했다가 땋은 머리 악마에게 알려지면 어떻게 되지?

최악의 경우 매일 실내화를 제공받는 나날이 계속될 가능성마저 있다.

따라서 기각.

…이런. 또 전부 '따라서 기각'이 되어 버렸다.

어쩔 수 없지. 여기선 무난한 작전인 1번으로….

"…죠로?"

"어?"

어느 사이에   눈앞에 자리 잡은   히마와리다.

갑작스러운 일이라 5-7-5조로 시까지 완성했다. 주제는 히마와리로 부탁해.

아니, 그게 아니지! 생각에 집중했다고 해도 나를 관찰하듯이 빤히 바라보는 히마와리를 눈치채지 못하다니…. 아무튼 '1번'이면 되는 거지? 괜찮지?

"저기, 히마와리…"

"!"

이런! 히마와리 녀석, 나와 눈이 마주친 순간 이쪽을 보는 채로 슬금슬금 물러나기 시작했어! 이 녀석, 도망칠 생각이다….

남녀의 차이는 있지만, 히마와리는 테니스부의 에이스. 도망치면 절대로 따라잡을 수 없겠지. 거리가 벌어지기 전에 얼른 막아야 해! 어어, 어어….

"히마와리 씨, 죄송했습니다! 내가 잘못했으니까 용서해 주세요오오오오오!"

이러어어언! 왜 나는 하필이면 '3번'을 택했을까!

"엄청난 모습이네. 머리가 지면에서 딱 1센티미터로 고정되었어. 장래가 기대되는데."

"히마와리라는 게 저 애? 왜 저렇게 사람을 엎드리게 한 거지…? 싸웠나?"

아아…. 길을 가는 행인들의 시선이 따갑다….

"아, 아니, 죠로, 그만해, 이런 데서! 나까지 이상한 눈으로 쳐다보잖아!"

하지만 효과가 없는 건 아니었다.

히마와리가 도망치지 않고 내 옆으로 와 주었다! 그럼 다음으로 넘어가서 계속하면!

"알겠습니다! 신발 핥겠습니다!"

"뭐?! 싫어! 아, 아무튼 일어나! …응?"

신발은 핥지 않아도 되는 모양이다. 히마와리 씨, 착해. 날름날름.

아무튼 히마와리가 일어나라고 해서 나는 벌떡 일어났다.

휴우, 아무튼 이걸로 이야기를….

"그, 그럼! 나는 이만!"

"아니, 기다려!"

그렇겐 안 되지! 갑자기 빙글 몸을 돌리고 도망치려고 해도, 마음대로는 안 될 것이야! 팔을 덥석 붙잡아 주었다!

"놔! 난 죠로한테 잔뜩 폐를 끼쳤어! 같이 있으면 또 그렇게 될 거야! 그러니까 놔!!"

버둥거려도 안 놔! 이대로 전력을 다해 내 사죄와 감사를 듣게 해 주지!

"딱히 폐라고 생각 안 해! 됐으니까 내 이야기 좀 들어!"

"우우우우! 그렇지 않아! 죠로 거짓말쟁이! 잔뜩 폐를 끼쳐서 미안하지만, 죠로도 너무해! 진짜 너무해!"

"내가 너무했다는 건 안다니까! 그러니까 사과하고 화해하려고 왔잖아! 그리고 내가 힘들었을 때 네가 도와주었으니까 감사의 말을 하러 왔어! 그런 것도 모르겠냐. 이 멍텅구리! 그러니까 너는 바보라고!"

"난 바보 아냐! 계속 죠로랑 화해하고 싶었는데, 어떻게 해야 좋을지 몰랐을 뿐이야! 죠로 바보! 몰라주는 바보!"

"너도 몰라줬잖아! 나도 계속 화해하고 싶었어! 너는 내 소꿉친구잖아? 열도 받고 싫어지기도 했지만, 역시 소중해! 완전히 싫어할 수 없다고! 그런데 바보라고? 말이 너무하잖아! 아무리 발버둥 쳐도 화해하고 말 거니까 각오해!"

"죠로!"

"히마와리!"

얼굴을 바짝 맞대고 서로 노려보며 일촉즉발, 아니 이미 폭발 상태인 나와 히마와리.

"음?" "응?"

하지만 여기서 문득 서로 사이좋게 고개를 갸웃거렸다.

어라? 지금 이 대화 뭔가 이상하지 않아? 히마와리, 나랑 화해하고 싶다고 하지 않았나?

"저기, 히마와리…"

"어어… 왜?"

조심조심, 그러면서도 시선을 돌리지 않고 똑바로 나를 보는 히마와리. 조그만 동물 같다.

"히마와리도 나랑 화해하고 싶었어? 저기, 나는 하고 싶은데…."

"…으, 응."

이봐이봐, 히마와리 녀석, 부끄러운 듯이 고개를 끄덕였어!

"그, 그럼 말이지… 저기… 나랑, 화해해 줄래?"

"하고 싶어! 나, 죠로랑 화해할래! 꼭 할래!"

오오오오! 히마와리와 화해했다! 진짜 다행이다~ …어, 어라?

"어, 어이!"

이런! 히마와리 녀석이 갑자기 뒤로 쓰러지잖아!

다급히 허리에 손을 둘러서 받친 덕분에 쓰러지지 않았지만,

지금 건 위험했어!

"다행이다~ 안심했더니 몸에서 힘이 빠졌어. 에헤헤~"

서서히 몸의 힘을 되찾은 히마와리는 그대로 정면으로… 내 가슴으로 뛰어들었다.

오오! 역시나 무자각 bitch! 화해에 이런 특전이 따라오다니 끝내주는군!

"고마워, 죠로! 나 아주 기뻐!"

히마와리가 내 등에 팔을 두르고 꼭 껴안으면서 천진난만하게 웃으며 말했다.

이 녀석이 이런 식으로 웃는 걸 보는 건 오랜만이군. 뭐라고 할까, 아주 기쁘다.

"그럼 앞으로 다시 잘 부탁할게. 히마와리."

"응! 잘 부탁해, 죠로! 저, 저기, 그래서…."

괜찮아, 히마와리. 그렇게 난처한 얼굴 안 해도 네가 무슨 생각하는지는 알아.

분명히 내가 먼저 말할 생각이었어.

"중간고사 공부는 나한테 맡겨 줘."

그 말과 동시에 히마와리의 표정이 화악 빛났다. …응, 엄청 귀엽다.

"에헤헤! 역시 나한테 공부를 가르쳐 주는 건 죠로여야 해!"

뭐…. 솔직히 이 녀석을 가르치는 건 고생이지만….

※

무사(?)히 화해를 한 나와 히마와리는 나란히 학교로 향했다.

히마와리는 기분 좋은 기색으로 내 팔에 딱 달라붙어 있고, 그래서 나도 행복하다.

VIVA 무자각 bitch! 고맙습니다! …뭐, 그건 그렇고.

"그래서 말이지, 히마와리. 의논할 게 있어."

"나한테? 어떤 건데?"

사실 처음 화해하는 사람을 히마와리로 정한 것에는 집이 가깝다, 만나기 쉽다, 라는 이유가 있었지만, 그 외에도 또 하나의 이유가 있다.

"어… 그게… 썬 말인데."

"썬?"

나는 내가 가장 화해하고 싶은 남자… 썬=오오가 타이요와의 화해에 혼자 임할 용기가 없었기 때문에 동료를 탐내고 있었다. 이게 히마와리를 택한 또 하나의 이유.

하지만 여기에 한 가지 문제가 있다. 히마와리가 썬을 어떻게 생각하느냐다.

분명히 말하자면 지난번의 비틀릴 대로 비틀린 사건에서 썬은 히마와리에게 상당한 잘못을 저질렀다. 일단 썬이 히마와리에게 사죄를 했다고 생각하지만, 그걸로 용서받았는지 아는 것은 아주 중요하다.

"응. 나 말이지, 썬이랑도 화해하고 싶어. 그래서 히마와리는 썬이랑—"

"나도 썬이랑 화해하고 싶어! 계속 대화를 못 해서 쓸쓸해!"

사람의 말을 좀 끝까지 들어 줬으면 싶지만, 기쁜 대답이니까 OK!

"그 뒤로 썬은 말이지, 나한테 아주 정중하게 사과했어! '속여서 미안. 내가 잘못했어'라고! 하지만 그 뒤로 전혀 이야기도 못 했고…."

완전 풀이 죽어서 무슨 일이 있었는지를 간결하게 설명하는 히마와리. 그러고 보면 이 녀석은 아직 썬을 좋아하나? 뭐, 그건 아무래도 좋지만.

"저기! 나 말이지, 썬은 좋은 친구라고 생각해! 어어… 그게… 좋아하는 사람은 아니게 되었지만, 그래도 아주 소중한 친구야!"

어, 그래? 하지만 그거 나에 대한 플래그는 아니지? 절대로 안 속을 거니까.

"그럼 어렵지만, 썬과의 화해 작전을 함께 생각해 보지 않을래?"

"응! 생각할래? 같이 힘내자! 죠로!"

히마와리에게는 내가 압도적으로 잘못했기에 사죄라는 계기가 있어서 괜찮았지만, 썬 쪽은 그렇지 않다.

그 사건의 종반, 나는 썬에게 마음껏, 감정이 가는 대로 분노를 터뜨렸다.

내가 썬에게 사죄하는 것은 그때 했던 말이 거짓말이 되는 것 같으니까 그럴 생각은 없다. 아아… 불안해지네.

"뭐, 나랑 화해하고 싶지 않을지도 모르지만…."

"그렇지 않아!"

내가 약한 말을 흘린 순간 히마와리가 그걸 부정했다.

"썬도 분명 죠로랑 화해하고 싶어 해! 썬은 최근 계속 죠로를 몰래 쳐다보는걸! 그리고 아주 쓸쓸하게 한숨을 쉬어!"

뜻밖에도 소녀틱한 썬이다.

"그, 그래?"

"응! 분명 그래!"

히마와리의 밝은 미소에 용기를 얻어서 어떻게든 할 수 있을 것 같은 기분이 들었다.

소녀틱한 남자의 공략인가…. 아이사카 씨라든가 쿠시에다 씨*와 의논하고 싶지만 시간이 없다. 포기하자.

"그럼 히마와리는 어떤 식으로 썬이랑 화해하는 게 좋을 것 같

※아이사카 씨, 쿠시에다 씨 : 라이트노벨 『토라도라!』의 캐릭터인 아이사카 타이가와 그 친구 쿠시에다 미노리를 가리킨다. 청소와 요리 등 집안일에 수준급인 남자 주인공 타카스 류지와의 삼각관계가 이야기의 포인트.

아? 나도 일단 생각해 봤지만, 잘될 것 같지 않아서….”

“으음…. 아! 그렇지! 썬이 탐내는 걸 주는 건 어때?”

“썬이 탐내는 게 있나?”

“전에 듣기로는 코나 니가리*에서 만든 스포츠드링크를 마셔 보고 싶다고 그랬어!”

“기각. 내가 파산해.”

플레이스테이션4보다 비싼 물은 고등학생에게 짐이 너무 무겁다.

“어어! 그럼 코시엔의 흙?”

“그건 썬이 스스로 가지러 가야겠지. 우리가 줘도 의미가 없잖아.”

“그런가~ 근데 죠로! 나한테만 말하게 하고, 너무해!”

히마와리가 햄스터처럼 뺨을 부풀리며 불평을 했다.

이런, 이런. 나도 내 계획을 전하자. 별로 자신은 없지만….

“그래…. 중간고사 공부를 가르쳐 주겠다고 하는 건 어때?”

“무리야! 썬, 고집쟁이인걸! 자기 혼자 열심히 하겠다고 할 거야!”

“그렇지…. 그럼 아무 일도 없었던 것처럼 자연스럽게 말을 거는 건 어때?”

※코나 니가리 : 세계에서 가장 비싼 물 중 하나로, 하와이 연안 약 600m 깊이에서 채취한 물로 만든 상품. 미네랄이 응축돼 있어 보통 물을 타 마신다.

"무리야! 썬, 확실히 하지 않는 걸 싫어하는걸! 확실히 가려야 해!"

"그렇지…. 그럼 이쪽이 화내면서 작작 하고 그만 화해하자고 말하는 건 어때?"

"무리야! 썬, 지는 거 싫어하는걸! 분명 흥분해서 실패해!"

"그렇지…."

히마와리의 말이 맞긴 한데, 썬의 가드가 너무 단단하잖아.

왜 그렇게 고집쟁이에 확실히 가리고 싶어 하고 지기 싫어하는지….

"그거다!"

"왜, 왜 그래, 죠로?"

"있어! 있었어, 히마와리!"

"어어… 뭐가?"

훗. 나의 급격한 텐션의 상승에 안절부절못하는군. 하지만 걱정 마라.

"그래! 썬은 고집쟁이에 확실히 하지 않는 걸 싫어하고 지기 싫어해! 그러니까 그 점을 찌른다! 잘했어, 히마와리!"

"으, 응…. 잘 모르겠지만, 알았어!"

"크크큭. 각오해라, 썬…. 네 운명은 정해진 거나 마찬가지다! 얌전히 화해를 해 줘야겠어! 크크크큭!"

"죠로…. 본모습이 되니까 여러모로 많이 심해…."

내 상큼한 웃음소리에 대해 질린 반응을 보이다니, 거참 무례한 소꿉친구군.

뭐, 됐어. 아무튼 작전은 정해졌다. 이제 실행할 뿐이다!

"히마와리, 미안하지만 먼저 학교 옥상에 가서 기다려 줘! 그리고 다른 놈들이 오면 쫓아내 줘! 나는 편의점에 들렀다가 합류할게!"

"어? 옥상? 편의점? 으, 응! 알았어!"

나는 다시 히마와리와 헤어져서 편의점으로 돌격했다.

※

등교한 나는 신발장에서 어떤 일을 마치고 그대로 히마와리가 있는 옥상으로 직행했다. 여기에 나타날 남자—썬을 기다리기 위해서.

"저기, 죠로. 왜 팔짱을 끼고 그렇게 가슴을 떡 펴고 있어?"

"양식미야."

불러낸 상대를 기다릴 때는 가이낙스식 자세*라고 정해졌잖아. 정말이지 상식 없는 녀석.

"썬이 정말 올까?"

※가이낙스식 자세 : 애니메이션을 제작하는 일본의 가이낙스라는 회사가 만든 작품에서 주로 등장하는 자세를 말한다. 대개 팔짱을 끼고 우뚝 서 있는 모습.

"그래, 분명히 와."

크크큭. 그렇게 불안한 얼굴 하지 마, 히마와리. 내 작전은 완벽해.

"아!"

고개를 숙이고 있던 히마와리가 번쩍 고개를 들기에 나도 그 방향을 보니, 옥상 문이 슬며시 열리고 한 남자의 모습이 보였다.

스포츠머리에 단련된 근육질 몸. 180센티미터의 장신. …썬이다!

"대단해! 정말로 왔어, 죠로!"

"그렇지? 내 작전대로야!"

아직 아무것도 해결되지 않았는데 벌써부터 떠들어 대는 우리를 전혀 신경 쓰는 기색도 없이 썬은 오른손에 뭔가를 들고 다가왔다.

그것이 이번에 내가 썬을 여기로 불러내기 위해 준비한 비밀 병기.

고집쟁이에, 확실히 가리고 싶어 하고, 지기 싫어하는 썬의 성격을 가장 자극하는 유효한 아이템. 그것은….

"**도전장**이라니, 꽤나 재미있는 걸 꺼내 들었잖아, 죠로."

그런 것이다. 나는 이걸 썬의 신발장에 넣어 두었다.

편의점에서 봉투를 사서 큼직하게 '도전장'이라고 적고, 안에는 '옥상에서 기다린다. 나와 승부해라. 키사라기 아마츠유'라고 정중하게 적어 놨다. 다만 승부 내용은 숨기고.

물론 승부의 내용은 싸움이 아니다. 썬은 야구부의 에이스니까. 다칠 만한 짓을 시키기 싫다. 애초에 싸움으로 내가 이길 만한 상대도 아니고….

그래서 내가 생각한 것은….

"그래서 승부 내용은 뭐지? 야구? 연식 야구? 아니면 크리켓? 아무튼 옥상이면 밑에 있는 사람이 위험하니까 얼른 그라운드로 이동하자."

승부 내용을 쓰지 않은 나도 잘못했지만, 왜 전부 그쪽 방면이지?

"아니, 승부 내용은 구기가 아냐. …공부로 승부하자."

"뭐?!"

우와! 공부라고 한 순간 아주 떫은 표정을 짓는군! 이런…. 작전 실패일지도.

"하찮아. 그런 승부를 할 리가 없잖아. …그럼 난 교실로 돌아간다."

아! 잠깐만, 너! 아니, 그렇게 급하게 몸을 돌리고 돌아가지 말아 줘!

"썬, 기다려!"

나이스, 히마와리! 옥상에서 떠나려는 썬의 앞을 민첩한 발걸음으로 이동해 팔을 펼치며 막아서다니, 역시나 테니스부의 에이스!

"비켜, 히마와리."

"싫어!"

180센티미터 신장의 썬이 내려다보듯이 노려봐도 히마와리는 지지 않고 맞서 노려보았다. 하지만 사실은 무섭겠지. 다리가 희미하게 떨렸다.

"가면 안 돼!"

"웃기지 마. 모두에게 폐를 끼쳤으니까 사과했지만, 죠로만큼은 예외야. 나도 너도… 모두를 속이고 실실거리는, 남자답지 못한 녀석 따윈 난 싫어. 얼굴도 보기 싫어."

그래… 그렇겠지…. 내가 내 자신의 모습을 꾸미고 모두를 속인 것은 틀림없는 사실이다. 그런 남자는 분명 썬이 가장 싫어하는 타입이다.

역시 무리인가….

"우우우우! 썬 바보! 죠로 이야기를 좀 들어 봐!"

"나는 죠로와 할 말 따윈 전혀 없어. 화해도…… 할 생각 없어."

…어? 썬, 지금 뭐라고 했어?

나는 도전장을 썼지만, 거기에 '화해'라고는 한 글자도 안 썼어.

게다가 지금도 한마디도 말 안 했어. 그런데 그렇게 말했다는 건….

"썬, 도망치는 거야?"

나는 일부러 도발하는 어조로 썬에게 말을 던졌다.

괜찮아. 이제 알았어. 썬도 나랑 화해하고 싶다고 생각하고 있다.

그러니까 순간적으로 그런 말을 한 거야.

"도망친다고? 무슨 의미지?"

내 쪽으로 방향을 돌리며 얼굴에 분노를 드러내는 썬.

"아! 죠, 죠로!"

괜찮아, 히마와리. 그렇게 걱정스러운 얼굴 하지 마. 뒷일은 내게 맡겨.

썬, 정면에 서서 무섭게 노려봐도 더 이상 나한테는 안 통해.

"먼저 내용을 말하도록 하지. 공부 승부란 건 이래. 썬이 나한테 배워서 중간고사에서 낙제점을 받지 않으면 그쪽의 승리. 나한테서 배우고도 중간고사에서 낙제점을 받으면 그쪽의 패배. 알겠지?"

정면으로 다가온 썬에게서 눈을 돌리지 않고 나는 똑바로 그렇게 말했다.

"나는 아무한테도 안 배울 거고, 그런 승부를 할 생각도 없어."

평소처럼 열혈 보이스가 아니라 얼어붙을 듯한 냉혈 보이스가 내게 쏟아졌다.

하지만 애석하게도 팬지가 화났을 때가 훨씬 무서워. 그 정도론 안 먹혀.

"흥! 뭐야. 역시 도망치는 거잖아. …꼴사납긴."

"뭐라고?! 그러니까 아니라고—"

"거짓말 마. 시험에서 낙제점을 받으면 보충 수업 플러스 야구부 활동 금지잖아? 그런데 나한테 배우려고도 하지 않아. 어떤 때라도 야구를 최우선으로 하는 녀석이라고 생각했는데. 하찮은 자존심을 우선하는 녀석이라고 가르쳐 줘서 고마워. 한심한 썬."

"웃기지 마!! 나는 야구를 무엇보다도 소중하게 생각해!"

"그러면 승부를 당연히 받아들여야지. 어차피 그거잖아? 실패했을 때 나중에라도 '누구한테 배우면 좋았을걸' 같은 변명을 하려고 거절하려는 거잖아? 나한테 배워도 그걸 이해할 자신이 없다고 쫄아 가지곤 도망치려는 게 뻔히 보이거든?"

썬의 성격상 이런 말까지 들으면 절대로 물러날 수 없다.

그러니까 이걸로 내 작전 성… 아니, 역시 그만두자.

"그렇게까지 말한다면—"

"아니, 기다려. 승부 이야기는 취소."

"뭐?"

분명히 여기서 썬에게 공부를 가르쳐 주면 대화할 기회는 늘어난다.

그 뒤로 관계가 양호해지는 것도 충분히 가능하겠지.

…하지만 그게 아니라. 히마와리와 화해하는 작전을 생각했을 때를 떠올려.

서로 뒤끝 없이 원래 관계로 돌아간다. 이것이 바로 화해다.

그렇다면 그 땋은 머리 안경의 말처럼 솔직히 생각하는 바를 전하자.

"결투장처럼 썬의 성격을 이용하는 짓을 하면서 억지로 불러내서 미안해. 솔직히 말해서 승부도 공부도 전부 구실이야. …바른대로 말할게."

꿀꺽 침을 삼키고 다소 뜸을 들였다. 그동안 썬은 묵묵히 기다려 주었다.

"난 썬이랑 화해하고 싶어. 예전처럼 같이 친하게 지내고 싶어."

"저기, 나도 썬이랑 같이 있는 게 좋아! 또 셋이서 함께 사이좋게 놀자!"

땡큐, 히마와리. 원호해 줘서 고마워.

"…너치곤 보기 드물게 한가운데 직구로 승부를 걸었군."

잠시 침묵한 뒤에 썬은 그렇게 말했다. 힐끗 그 얼굴을 보니 방금 전까지의 차가운 표정은 사라지고, 내가 잘 아는 후덥지근하고 뜨거운 피가 넘치는 미소로 돌아와 있었다.

"어디의 친구가 보기 드물게 변화구를 썼으니까. 대신 내가 직구 승부야."

그 미소에 낚여서 나도 자연스럽게 얼굴이 풀어졌다.

"그래…. 좋아! 그럼 역시 그 승부는 유효해!"

이 답답할 만큼 뜨거운 목소리. 이게 썬이다.

해냈다…. 돌아왔어. 평소의 썬이 돌아왔어!

"히마와리, 같이 죠로의 코를 납작하게 해 주자!"

"응! 같이 힘내자! 죠로한테 배워서 깨갱하게 만들어야지!"

썬의 말에 반짝반짝 빛나는 표정으로 히마와리가 고개를 끄덕였다.

"어이, 죠로! 말해 두는데, 나는 친구에게 배우는 걸 무진장 잘하니까! 그러니까 이 승부는 이긴 거나 마찬가지야!"

어이어이. 이런 데서 갑자기 손을 내밀지 마. 여전히 후덥지근한 미소로군.

"그런 걸 자랑하지 마."

물론 이 손을 잡겠지만. 화해의 악수잖아? 그럼 해야지.

"앞으로 잘 부탁해! 위선자 행세를 하는 쓰레기인 최악의 키사라기 아마츠유!"

"이쪽이야말로. 음험하고 질투 많은 최악의 오오가 타이요."

옥상에서 이런 짓을 하는 건 왠지 조금 낯부끄럽지만, 압도적으로 기쁜 마음이 앞서서 우리 셋은 사이좋게 대화하면서 교실로 향했다.

※

점심시간, 썬은 학생 식당에 밥을 먹으러 가고, 히마와리는 최근 친해졌다는 선배와의 약속으로 옥상에 간 것을 확인한 뒤 나는 교실을 나가서 도서실로 향했다.

그 발걸음은 이미 가볍고 가볍다고 해도 좋겠다.

해냈다! 히마와리랑도 썬이랑도 화해했다!

역시 솔직하게 나가는 게 중요하구나! 으음, 다 해결되어서 속이 시원해!

"여어! 팬지!"

도서실 문을 열고 접수처에 있는 땋은 머리 안경에게 밝게 인사.

"화해해서 다행이네."

역시나 에스퍼. 내가 아무 말 안 해도 다 알아차리는 게 무시무시하다.

"음, 고마워! 얼른 독서 스페이스에 가서 밥 먹자!"

"그래, 알았어."

그 뒤 독서 스페이스에서 식사를 마쳤을 때 나는 옆에 앉은 팬지에게 말을 붙였다.

"네가 충고해 준 덕분에 썬이랑 히마와리랑 화해했어. 땡큐. 그리고 오늘도 쿠키 맛있네."

팬지가 준비한 과자는 항상 맛있지만, 오늘은 왠지 평소보다 딜리셔스~!

"…어머?"

내가 기분 좋게 쿠키를 와작와작 먹자, 팬지가 고개를 갸웃거렸다.

"내 예상하고 조금 달랐네."

"어? 너는 어떻게 예상했는데?"

"신경 쓰지 마."

그렇게만 말하고 담담히 홍차를 꿀꺽꿀꺽 마시는 팬지.

대체 어떤 예상을 했는데? 괜히 더 신경 쓰이지만, 뭐, 됐어. 그보다도….

"그래서 말인데, 팬지. 너한테 묻고 싶은 게 있어."

"나를 알려고 노력해 주게? 기뻐라. 뭐든지 물어봐."

"너는 히마와리랑 썬을 어떻게 생각해?"

방금 전까지 고양되던 마음을 누르며 냉정한 목소리로 묻는 나.

지난번 사건에서는 팬지도 휘말렸으니까. 앞으로 내가 하려는 일을 생각하면 이 녀석이 지금 두 사람을 어떻게 생각하는지 아는 것은 매우 중요하다.

"히나타는 죠로와 소꿉친구라서 부러워. 오오가는 죠로와 친구라서 부럽다고 생각해. 두 사람 다 내게는 없는 당신과의 유대를 가지고 있어.”

“그래? 싫어하는 건 아니지?”

“그래. 싫어하는 건 아냐. 두 사람 다 솔직하고 밝아서 아주 좋은 사람들이잖아.”

정말이냐! 팬지는 의외로 마음이 넓군!

히마와리는 그렇다고 해도, 지난번에 그런 일이 있었던 썬을 싫어하지 않다니.

“참고로 당신은 눈에 들어가도 아프지 않을 만큼 좋아해.”

“그야 그렇겠지! 내가 넣는 쪽이니까! 이쪽은 무지 아프니까!”

괜한 말을 끼워 넣는 점은 여전하지만, 그렇다면 설명할 필요가 줄겠어!

“그럼 오늘 방과 후에—”

“싫어. 두 사람과 화해하고 시험 준비를 하게 되었다고 해서, 나까지 그걸 거들게 하지는 말아 줘. 얕은 속셈이 뻔히 보여.”

설명할 필요가 하나도 없어! 내가 한마디 설명하기도 전에 전부 알고서 거절했어!

“대, 대체 왜? 괜찮잖아? 너는 국어 쪽으로 학년 1등이니까 그 쪽을 좀 가르쳐 줬으면 한다고! 나도 조금은 편하고 싶고….”

“나는 내 일로 빠듯해. 다른 사람을 봐줄 여유는 없어.”

마음이 좁아! 항상 도서실에서 책을 읽는 시간을 할애하면 그 정도는 여유롭잖아!

"포기해. 생각 짧은 바보의 말대로 움직일 생각은 내게 없어."

이거 확 열 받네.

그럼 이쪽도 쓰도록 하겠어. 네가 내 말을 따르도록 하는 필살의 카드를….

"방과 후에 내가 도서실에 있다고 상정(想定)하고 여기서 공부하려거든 마음대로. 여기라면 사람도 적고 조용하니까 공부는 잘될 거야. 나는 집에 가겠지만."

하다못해 한마디 정도는 하게 해 주라! 일일이 앞질러 말하지 마!

내 카드 '어차피 너는 도서실에 있다'를 좀 쓰게 해 줘!

"이, 이, 이… 망할 땋은 머리에—"

"안경이지만, 사실은 난 스미레코를 좋아해. 휴우~ 짜릿해~"

"내가 그딴 소리를 할 리가 없잖아! 그리고 내 흉내 내지 마. 마지막의 그건 뭐야! 그렇게 담담한 '휴우~ 짜릿해~' 소리는 처음 들었어!"

족족 내 생각을 미리 말해 버리는 데다가 괜한 옵션까지 붙이고….

째릿 노려보자, 팬지가 언제나 그렇듯이 포지티브 싱킹을 발동.

천천히 의자와 함께 내 옆으로 오기에 간격을 유지하면서 후퇴했다.

"사실은 나한테 의지하고 싶으면서 부끄러워하긴."

"그래. 공부 면으로는 전력으로 의지하고 싶다고."

"싫다고 말한 것 같은데. 내가 그 사람들을 가르칠 이유가 없어."

끄으으으으! 어떻게든 이 녀석을 설복시킬 재료가 있었으면! …아, 재료, 있었네.

"분명히 네가 그 녀석들을 가르칠 이유는 없어. 하지만 내게 빚을 갚아야 하지 않나?"

"…………무슨 말이야?"

크크큭. 그 이상할 정도로 긴 침묵. 넌 이미 깨달았군?

하지만 그걸 긍정하면 내 말을 들어야만 하지.

그러니까 거짓말은 하지 않고 어중간한 질문으로 바꾼 거야.

"어제 일 말이야. 너 약속을 깼지? 나한테 그 모습을 보여 주지 않았어."

악당처럼 히죽히죽 웃음을 띠고 나는 말했다.

"평소와 다른 나라면 분명히 보여 줬잖아."

"얼굴은 평소와 달랐지만, 가슴은 평소랑 같았잖아."

어제 팬지는 내 방에서라면 그 모습을 보여 주겠다는 약속을 어머니의 도래로 이루지 못했다. 돌아가는 길에 안경을 벗고 머리를 풀었지만, 그건 야외였다.

가슴을 동여맨 천을 풀지 않았다. 그걸 들이대면 이 승부를 이길 수 있어!

"팬지는 약속을 잘 지키는 타입이라고 생각했는데~! 아~ 너무 아쉬워~! 약속이 깨져서 슬펐어~!"

"…말이 제법이네."

키키키키! 이겼다! 이겼어! 나는 말싸움에서 처음으로 팬지에게 이겼다!

이건 커다란 한 걸음을 내디뎠다고 할 수 있겠지! 역시 오늘의 나는 달라!

"하지만 안심해. 자비심 많은 나는 네 실수를 용서해 주지. 히마와리와 썬의 시험 준비를 봐주는 것을 도와준다면."

"딱히 용서 안 해도 돼, 라고 내가 대답하면 어떻게 할래?"

아, 그 질문은 비겁하네. 그건 안 돼. 평소의 나로 돌아가게 된다고.

"그, 그거야… 화낸다? 무지 화낸다? 화가 머리끝까지 날걸?"

"구체성이 없는 데다가 평소와 별로 다를 것 없어."

제길! 여기서 도서실에 더 오지 않겠다고 말할 정도의 근성이 내게 있었으면!

하지만 팬지의 그 모습을 볼 수 없게 되는 건 싫고, 거기서는… 그러니까, 응?

"아무튼 너는 나랑 같이 썬과 히마와리에게 공부를 가르친다! 알겠지?!"

"마지막에 기세를 타고 그렇게 말하는 점에서 소인배 냄새가 나.”

“시끄러워! 아무튼 그런 거야! 아, 알겠지? 응? 좀 도와줘.”

이런…. 이거 거절당하는 흐름 아냐?

“…하아, 어쩔 수 없네. 오늘만이야? 내일부터는 안 도울 거야.”

“어! 진짜로?! 땡큐, 팬지! 고마워!”

거절당하지 않았다! 팬지, 협력해 줬어!

히마와리와 썬과 화해하는 것보다 힘들었던 것 같지만, 결과가 좋으니까 괜찮아!

무심코 분위기에 휩쓸려서 팬지의 손을 붙잡고 위아래로 붕붕 흔들었네.

“그, 그렇게 기뻐하지 말아 줘. 오, 오늘뿐…이니까.”

어라? 이 녀석 왜 부끄러워하지?

내가 지극히 드물게도 감사의 말을 한 것만으로 이렇게 부끄러워하다니, 의외로 귀여운 면도 있잖아.

“그런데 죠로. 방과 후에 도서실에 오는 건 당신과 히나타와 오오가뿐이야?”

팬지는 수치심을 숨기려는 건지, 억지로 만든 게 느껴지는 담담한 어조로 그렇게 말했다.

또 내 손을 조물락거리면서 기분 좋다고 어필하는 건 좀 그만두면 안 돼?

“어? 그래. 그게 왜?”

"…그래."

달리 부를 녀석이 있을 리가 없다. 이 녀석은 무슨 소리를 하는 거지….

"그럼 나는 교실로 돌아갈 테니까, 오늘 방과 후에는 도서실에 있어야 한다?"

팬지의 손에서 휙 도망치면서 나는 일어나 도서실 출구로 향했다.

"알았어. 그리고 혹시 잊었다면 얼른 떠올리지 않으면 큰일이 날 거야. **분명히 올 테니까**. …이미 늦었을지도 모르지만."

"어? 뭐가?"

"혼자서 생각해. 바보인 죠로."

어딘가 밝은 목소리로 말하며 팬지는 휙 고개를 돌렸다. 아무튼 이 녀석은 기분이 안 좋을 때에도 좋을 때에도 자기 표정을 숨기려는 녀석이구나. 새로운 발견을 했다.

그런 팬지를 보며 조금 귀엽다고 생각하는 나는… 못 본 걸로 하자.

※

뚜벅뚜벅 복도를 걸으면서 나는 머리를 기우뚱 기울였다.

으음…. 팬지가 말했던, 내가 잊어버렸다는 게 뭐지?

히마와리와 썬과 화해했다. 팬지에게는 공부를 가르친다는 약속을 받아 냈다.

이미 완벽하잖아. 이 이상 내가 뭘 할 필요가 있지? 아무것도 없잖아.

“아! 이런 곳에 죠로가 있지 않습니까!”

내가 교실을 향해 걷는데, 폴짝폴짝 흔들리는 포니테일 여학생이 한 명.

“아스나로잖아. 이런 데서 뭐 해?”

“후후후! 좋은 질문이었습니다! 신문부 소속인 저는 중간고사 후의 백화제(百花祭)에서 각 반이 뭘 할지를 기사로 쓰기 위해 취재하고 있습니다!”

자랑스럽게 왼손에 빨간 펜, 오른손에 카메라를 들고 가슴을 펴는 아스나로.

“백화제라. 그래도 그건 어느 반이고 별로 의욕이 없잖아?”

“그렇죠! 9월에 열리는 요란제(繚亂祭)는 문화제라서 다들 의욕이 넘칩니다만, 백화제는 여러 가지를 조사해서 이틀 동안 전시할 뿐이니까요.”

“그래. 뭐, 일단 첫날 마지막에 하는 학교 소개 비디오에 쓰기 위한 댄스 ‘화무전(花舞展)’만큼은 **그 전설**도 있으니까 아주 인기가 있지만, 그건 남자 한 명당 여자 세 명이 돌아가면서 파트너를 맡아 춤추는 이벤트라서, 참가할 수 있는 사람이 너무 제

한되고.”

아차, 아스나로는 백화제를 알고 있으니까 여기까지 말하지 않아도 될까.

실수했군. 무심코 모르는 사람에게 설명하기 위한 것처럼 말했다. 에헷.

“바로 그렇습니다! 그런데 죠로, 질문 하나 해도 될까요?”

“음?”

뭐지, 아스나로 녀석? 괜히 눈썹을 찡그리고 내 뒤를 바라보고.

“저기, 아까부터 여성 한 명이 왠지 계속 뒤에서 당신을 보고 있는데요?”

“어? 나를 보고 있다니… 오오….”

아스나로의 말에 뒤를 본 순간 나는 핏기가 가셨다.

거기에 있던 것은 한 여자였다. 대략 5미터 정도 떨어진 벽에서 슬쩍 고개만 내밀고 나를 가만히 바라보는 여자. 그 모습은 꽤나 심각했다.

앞머리는 전부 늘어뜨려서 어딘가의 저주 비디오에서 튀어나온 걸지도 모르는 모습.

상당히 절망했는지 온몸에서 음울한 오라가 스며 나오고 있었다.

“…이런. …**정말로 왔다**.”

그때 나는 간신히 깨달았다. 내가 잊고 있던… 하나의 중요한 진실을.

"……후우."

여자는 내 시선을 깨닫자 세계에 절망한 미소를 띠고 벽으로 스윽 사라졌다.

"미안, 아스나로! 이따 봐!"

"아, 죠로!"

터벅터벅 떠나려는 여자를, 나는 전력을 다해 쫓아갔다. 이런. 이런이런이런!

"잠깐! 기다려!"

다행스럽게도 여자는 뛰어갈 기력도 없었던 것처럼 간단히 따라잡을 수 있었다.

그렇기에 바로 이쪽을 돌아보게 하고 두 어깨를 붙잡아 그 표정을 확인했다.

"어, 어어…. 죠로… 오랜만이야…."

예쁘게 허리까지 기른 머리는 앞으로 축 늘어져서 사다코 패션의 중추를 이루었고, 날카로운 눈동자는 진흙처럼 탁한 빛을 띠었다. 그래…. 이 사람이 있었다…. 이 사람을 잊고 있었다.

그 사건으로 나와 서먹한 관계가 된 마지막 한 명.

"히마와리랑도 썬이랑도 너는 화해했어. 그런데 나한테는 오지 않았어. 너한테 나는… 나는… 아무래도… 좋은 거야~"

공허한 눈동자에 눈물을 글썽인 채 띄엄띄엄 말을 하는 그 녀석의 이름은 아키노 사쿠라(秋野桜).

우리 학교의 학생회장이고 '秋'와 '桜'로 구성된 이름에서 유래된 닉네임을 가진 여자. 통칭…

"코스모스, 아냐! 아무래도 좋은 게 아냐! 돌아와아아아!"

저쪽 세계로 가려는 코스모스의 몸을 흔들자, 메일 한 통이 내게 도착했다.

천천히 그것을 확인하자….

「역시 잊어버렸던 거구나.」

팬지… 분명히 이건 늦은 걸지도 모르겠어….

※

방과 후, 본래 도서실로 직행해야 할 터인 우리였지만, 애석하게도 그렇게 되지 않았고, 현재 있는 곳은 학생회실. 시험 전에 동아리 활동이나 학생회는 모두 일시적으로 활동을 중지하니까 이렇게 쓸 수 있는 것은 고맙지만, 지금 상황은 거기에 감사할 여유가 없었다.

핑크색 노트를 펼치고 절망으로 가득한 사다코스모스 옆에 놀란 얼굴의 히마와리가 앉고, 정면에는 땀을 줄줄 흘리는 나와 썬이 나란히 앉았다. 상황은 최악이었다.

"…오늘 점심에 히마와리에게 이야기를 들었어~"

무거운 분위기 속에서 코스모스가 그런 분위기 이상으로 무거운 목소리로 말을 꺼냈다.

아무래도 히마와리가 오늘 같이 점심을 먹었던 선배란 코스모스였던 모양이다.

그럼 그때 말하지 그랬냐고 히마와리에게 시선으로 불평을 했지만, 전혀 알아채지 못했다.

눈을 깜빡이며 의아한 표정을 지을 뿐.

"오늘 아침에 죠로와 히마와리와 썬은 화해를 했다면서~"

"네! 죠로와 썬이 화해해서 아주 기뻤습니다!"

너는 분위기 좀 읽어! 왜 그렇게 기뻐하는데! 바보냐?! 바보다!

"정말로… 너희가 화해해서 다행이야아아. 응, 나는 신경 안 써도 돼애애. 학년도 다르고, 죠로를 학생회 서기에서 해고했고, 딱히 내버려 둬도 돼애애."

알았어. 그럼 그런 걸로! 건강하시길! 아듀! 코스모스!

라고 할 수 있으면 얼마나 편할까….

"아, 아니… 딱히 내버려 둔 게 아니야…아니거든요?"

이런이런. 코스모스는 선배니까 경어를 써야지.

"나처럼 어리석음의 절정에 선 여자에게 경어 같은 건 필요 없어~"

어리석음의 절정이란 건 뭔데? 정점의 최상급 같은 건가?

으음. 썬, 코스모스의 기분을 어떻게 좀… 아, 틀렸다.

등을 쭉 곧추세우고 올곧은 시선이라 기대할 만한다고 봤는데, 땀으로 흠뻑 젖은 와이셔츠에서 '절체절명'이라고 적힌 티셔츠가 비쳐 보였다.

"그, 그렇겐 안 됩니다. 저기, 코스모스…회장은 선배 아닙니까?"

"걱정 없어어어어~"

왜 우리 학생회장은 심바가 된 걸까? 비브라토 효과가 장난 아니다.*

"저기, 코스모스 선배."

"왜? 히마와리?"

거기서 히마와리가 웃으면서 코스모스에게 말했다.

"저기, 죠로도 썬도 코스모스 선배를 무시한 건 아니라고 생각해요! 분명 작전을 생각한 거죠! 화해할 작전!"

그레이트! 응! 작전은 생각하지 않았지만 그런 걸로 하자!

"그런 거야?"

코스모스의 눈동자. 희미하게 점화! 멋진 소꿉친구의 천진난만한 서포트!

"네! 죠로는 말했거든요! '계속 화해하고 싶었다'라고! 그러니

※걱정 없어~ : 디즈니 애니메이션 〈라이온 킹〉의 주제가 '하쿠나 마타타'의 일본판 번안 가사. 개그맨 오오니시 라이온이 유행시켰다.

까 코스모스 선배가 아무래도 좋다는 생각은 절대로 안 해요!"

엑설런트! 그래! 아무래도 좋다고 생각하지 않아!

그저 여러 일이 겹쳐서 잊어버렸을 뿐이지, 분명히 화해하자고는 생각했어!

"그, 그런가…?"

코스모스의 눈동자, 더욱 점화! 좋아, 좋아! 히마와리, 조금만 더 부탁해!

"그래요! 썬과 화해하기 전에도 죠로는 필사적으로 어떻게 화해할 수 있을지 고민했어요! 코스모스 선배 문제도 열심히 생각하고 있었던 게 틀림없어요!"

마벨러스! 정말로 여러모로 고마워!

하지만 반비례해서 내 죄책감은 커질 대로 커지니까 슬슬 그만 해 줘!

"정말이야?"

코스모스의 눈동자, 완전 부활! 히마와리, 너는 정말로 멋진 소꿉친구 녀석이야!

"그렇습니다, 코스모스 회장! 어, 어어… 이런 상황이 되었지만, 나도 분명히 사과하고 싶었고 고맙다고도 말하고 싶었습니다. 내가 할 수 있는 일이라면 뭐든지 하겠습니다!"

"기, 기뻐…!"

조금만 더! 좋아! 그럼 여기서 새로운 구원을!

"물론 썬도 그렇지?"

곧바로 옆에 앉은 썬에게 아이 콘택트를 삐릿 발신.

'코스모스, 칭찬해'.

순간 그걸 이해한 썬이 내게 아이 콘택트를 삐릿 발신.

'코스모스, 칭찬한다'.

역시나 절친! 든든한 남자다! 은하 끝까지 안고 싶어!

"물론! 저도 코스모스 선배에게는 크게 감사합다! 아무리 사과해도 부족하다고 생각하고, 감사의 말은 전혀 말하지 못했습다!"

"감사? 나는 딱히 너희에게 아무것도…."

좋았어! 썬, 여기선 나도 가세하도록 하지!

"그렇지 않다니까요! 내가 힘들었을 때 코스모스 회장과 히마와리가 나를 도와주었잖습니까? 그거 아주 기뻤습니다! 둘 다 고맙습니다!"

"에헤헤! 별말씀을! 그건 말이지, 코스모스 선배가 '우리가 죠로를 도와주자'라고 말한 거야!"

"그렇군요! 역시 학생회장은 대단하네요!"

"그, 그…그런 말을 들으니 부끄럽네."

좋아, 좋아좋아좋아! 죠로고로*의 치료는 아주 잘 듣고 있어!

코스모스의 기분이 회복되었어.

"저는 점심밥이지요! 코스모스 선배의 요리는 정말 맛있었습니다!"

"그렇지! 나도 전에 먹었는데, 엄청 맛있었어! 코스모스 회장은 분명 좋은 아내가 될 수 있어!"

"그, 그럴까…."

좋아, 좋아좋아좋아! 썬고로*의 치료도 완벽해!

부끄러워하면서 노트에 끄적거리기 시작했다! 이대로 가면 돼!

"그러니까 단순모스 회… 어흠! 코스모스 회장, 우리와 화해해 주시겠습니까?"

"저도 코스모스 선배와 화해하고 싶습다! 또 같이 즐겁게 이야기하고 싶습다!"

나와 썬이 몸을 내밀면서 꽤나 힘주어 말하자, 코스모스는 부끄러운 듯이 노트로 얼굴을 감추면서 노트만 빙글 회전시켰다. 그러자 거기에는….

「사쿠라가 기운을 되찾기 시작했어! 자, 조금만 더!」

왠지 귀여운 마스코트 캐릭터(코스모 군)가 말풍선으로 이상한 말을 하고 있는데요?!

성가셔! 그걸 자기가 말해?! 아니, 정확하게는 코스모 군이 말했지만….

게다가 노트 뒤에서 눈만 살짝 내밀고 반짝반짝 빛나는 시선을 던지고 있고….

※죠로고로, 썬고로 : 드라마 〈하얀 거탑〉의 주인공 이름인 자이젠 고로(한국판 장준혁)를 이용한 패러디.

"그게 정말이야?"

이런! 뜸을 들였더니 빛이 죽었다! 아무튼 뭐라도 좋으니까 칭찬을 해야!

"무, 물론이고말고요! 코스모스 회장과 사이 나쁜 학교생활이라니, 필기도구 없이 시험에 임하는 꼴입니다! 내게 당신은 필요불가결한 존재입니다!"

"저도 그렇습니다! 코스모스 선배와 사이 나쁜 학교생활이라니, 포수가 없는 상태로 마운드에 오르는 꼴입니다! 게임으로서 성립되지 않습다!"

우리가 필사적으로 그렇게 말하자 노트가 서서히 내려가고, 그 뒤로 나타난 것은 의기양양한 얼굴의 코스모스.

"어쩔 수 없네~! 그렇게까지 말한다면 화해해 줄 수밖에 없잖아~!"

화해해서 기쁘지만… 석연치 않아….

"나는 아주 외로워서, 금방 화해하고 싶었어~ 둘 다 좋은 친구로서 앞으로도 친하게 지내고 싶었으니까~ 정말이지, 어쩔 수 없네~!"

기쁜 건 알았으니까, 연필로 내 팔을 꾹꾹 누르지 마.

그보다 코스모스도 썬을 향한 마음은 이미 없어진 건가. 딱히 아무래도 좋지만.

"그, 그래서 말인데… 저기, 죠로…."

"말씀하시죠, 코스모스 회장?"

하이텐션 소녀에서 머뭇머뭇 소녀 모드 체인지인 우리의 학생 회장.

아직도 리퀘스트인가. 뭐가 있지?

"저, 저기… 너희는 오늘 이다음에 도서실에 공부하러 가지? 저기, 괜찮으면, 나도, 끼워 줬으면…."

목소리가 갈수록 점점 작아졌지만, 죠로 이어는 귀신같아서 확실히 들었다.

"어, 그게… 와서 뭘 할 겁니까?"

"아, 아니! 나는 상급생이잖아? 그러니까 시험 준비를 도와줘도 좋겠구나 하고…."

"어?! 코스모스 선배, 우리를 가르쳐 주는 건가요?!"

"정말임까?! 우와아! 감사합니다!"

이 녀석들, 행동이 빨라! 뭐, 코스모스는 3년 내내 1등을 놓치지 않은 실력자니까 기쁜 제안이겠지.

"그, 그렇게 대단할 것 없어. …게다가 아직 죠로에게는…."

"물론 대환영입니다. 함께 두 사람을 봐주는 것을 도와주세요."

뭐, 이 흐름에서 '필요 없다'고 말할 수도 없고, 말할 생각도 없다.

나의 한마디가 그렇게 기뻤는지, 코스모스는 화악 밝은 미소를 지으며 일어서서 내 손을 감싸듯이 붙잡았다.

학생회장을 맡을 정도니까 누군가에게 도움이 되는 것을 기뻐하는 타입이려나.

"와아! 그럼 같이 힘내자! 죠로, 히마와리, 썬!"

이렇게 코스모스가 가담한 우리 네 사람은 도서실로 향하게 되었다.

※

당초 예정보다 늦게 도서실에 들어가자, 접수처에 있는 팬지가 담담히 나를 보았다.

"꽤나 늦었네."

"분명히 메일로 늦는다고 말했잖아."

"그래. 이번에는 내가 예상한 사람들이 왔네. **모두**와 화해해서 다행이야."

은근슬쩍 독설을 내뱉는군. 이미 그 이야기는 끝났잖아.

"얏호! 팬지, 오늘은 잘 부탁해!"

"안녕, 팬지! 나도 참가하게 되었어!"

"그래. 안녕, 히나타, 아키노 선배."

의외로 히마와리와 코스모스는 팬지에게 친근하게 대하는군.

서로 더 긴장하면서 말할 줄 알았는데, 여자들끼리는 다른가.

"그리고 오오가도 안녕."

"저기, 산쇼쿠인…. 여러모로 폐를 끼쳐서… 미안."

썬은 두 사람과 달리 꽤나 어색하게 고개를 숙이며 사죄의 말을 꺼냈다. 일단 나에게서 '팬지는 이미 화 풀었다'라고 전해 들었지만, 그래도 납득할 수 없었겠지.

"괜찮아. 이미 신경 안 써."

"하지만… 난… 너한테는…."

"그래. 아주 심한 짓을 하려고 했지. 하지만 하려고 했을 뿐이잖아? 그러니까 괜찮아. 신경 쓰지 마."

저기, 팬지. 그 다정함을 왜 나한테는 보여 주지 않아?

보통 여자는 좋아하는 사람에게 다정하게 대한다는 거, 알아?

네가 다른 남자에게 다정하게 구는 모습을 보니 아주 열 받는데 말이죠?

"하지만 **그건** 비밀로 해 준다면 기쁘겠어."

"그야 물론! 노모에게 맹세코 절대로 말 안 해!"

맹세할 상대가 그거라도 괜찮냐? 뭐, 하지만 썬은 노모를 좋아하지.

지우개 케이스를 절반으로 잘라 양쪽을 바꿔 끼우고 'NOMO* 지우개다!'라고 할 정도로 좋아하지. 분명 맹세 상대는 그거면 될 거야.

※NOMO : 일본의 전 프로야구 선수 노모 히데오와 문방구용품사 TOMBOW의 지우개 브랜드 이름인 MONO를 이용한 말장난.

"썬, 팬지도 신경 안 쓰다고 하니까 신경 쓰지 마."
"으, 응!"
내가 등을 툭 두드리며 격려하자, 썬은 기쁜 듯이 고개를 들었다.
정말로 기쁜 거겠지. 미소가 이글이글 타오르고 있다.
"아무튼 독서 스페이스로 가자. 썬이랑 히마와리를 가르치고…."
"괜찮으면 죠로와 팬지의 공부도 봐줄게! 준비는 다 해 왔어!"
"오, 그거 고맙습니다. 땡큐, 코스모스 회장."
"맡겨 줘!"
그보다, 이미 준비했다는 것은 처음부터 올 생각으로 가득했다는 건가.
핑크색 노트를 보이면서 기쁜 눈치니까.

※

독서 스페이스에 도착해 우리 다섯 명은 각각 자리에 앉았다.
참고로 자리 순서는 내 양옆에 팬지와 썬. 정면에 히마와리와 코스모스다.
팬지는 다섯 사람 몫의 홍차를 준비했고, 두루주머니에서 쿠키를 꺼내 중앙에 배치.

모두에게 돌아가도록 준비해 준 건 고맙지만, 내 컵과 팬지의 컵은 합쳐지면 하트 모양이 되고 이름까지 새겨진 것이니까 그건 좀 참아 줬으면 싶다.

"좋았어! 그럼 일단 공부 요령과 방식을 설명하지! 오늘은 수학부터야!"

모두의 준비가 끝나자 코스모스가 기쁜 듯이 일어섰다.

어디, 3학년 1등. 장래 유망한 학생회장인 코스모스의 학습법에는 흥미가 있었다.

"공부란 기본적으로 암기가 필요한데, 수학도 예외는 아냐. 결국은 공식과 문제 패턴을 기억하는 것. 이 문제가 나오면 이 공식을 대입해서 푼다. 그러니까 제일 좋은 건 문제를 많이 풀어서 공식과 패턴을 동시에 외우는 거야!"

오오! 왠지 든든할 것 같은 예감이 무럭무럭 솟아난다!

"그런고로 수학 문제 일람을 5000패턴 준비했어! 언뜻 보면 오늘 내로 못 끝낼 것 같지만, 안심해! 2초에 한 문제씩 풀면 고작 3시간 만에 끝나니까! 눈을 깜빡일 틈이 없는 게 문제지만, 그 정도는 괜찮겠지."

아키노 사쿠라는 악마입니다. 누구도 그녀의 말을 믿어선 안 된다.

그렇게 인간의 정신과 안구를 죽여 버릴 플랜을 용케 생각할 수 있군.

팬지는 담담한 기색이라서 모르겠지만, 썬과 히마와리를 봐.

일단 아연해진 뒤에는 공포로 떠는 얼굴을 하고 있잖아.

"저기…. 아무래도 그건 좀…."

"알고 있어, 죠로. 현재 시각은 16시 20분. 지금부터 세 시간이 걸리면 도서실 폐관 시간이 넘는다는 거지? 하지만 그것도 상정해 놨어! 나는 선생님들에게 학생회장으로서 오늘은 도서실을 철야로 써도 된다는 허가를 받아 왔어!"

아무것도 모르면서 준비성은 또 이상하게도 좋아!

"좋아! 그럼 얼른…."

"기다려 주세요, 코스모스 회장."

"응? 뭐야?"

"일단 묻겠습니다. 코스모스 회장은 이제까지 누군가를 가르쳐 본 경험이 있습니까?"

"훗. 어리석은 질문이야, 죠로."

어이, 어리석은 질문 덩어리. 그 의기양양한 얼굴을 지금 당장 접어.

"물론 있지! 동급생들을 가르쳐 본 경험이 많아!"

"그건 지금과 같은 방법으로?"

"그래! 그때는 학생회실을 빌려서 1주일 동안 잠도 안 자고 계속했어!"

"그래서 결과는 어땠습니까?"

"대호평이었어! 나에게 배운 이들은 '앞으로 혼자서 열심히 할게!'라면서 의욕을 새롭게 다졌고, 왜인지는 모르지만 한동안 나를 '귀부인'이라고 불렀어. 부끄러운 별명이잖아?"

"그건 아니지요. '귀' 자가 '貴'가 아니라 '鬼' 아닙니까? 딱 어울리는 별명이잖아요."

"어머~ 그렇게 말해 주면 부끄럽잖아~"

자, 이 말귀 못 알아듣는 마리 바보아네트를 어떻게 한다?

힐끗 히마와리를 보자, 시선으로 '이 사람 좀 막아 줘'라고 호소하고 있고, 썬은 각오를 했는지 달심처럼 연화경 포즈를 취했다.

승천할 준비는 되었다는 거군.

"아키노 선배. 문과와 이과는 따로 공부하는 편이 좋을 것 같으니, 저는 히나타에게 국어 과목을 가르치겠어요. 히나타도 그게 좋지?"

"응! 난 국어 과목에 아주 약하니까 팬지한테 배울래!"

"그, 그래? 뭐, 부족한 과목부터 하는 편이 좋을 테니까…. 알겠어!"

아, 이 자식들 비겁하다! 귀찮은 걸 슬며시 내게 떠넘기고 도망치지 말라고!

어? 이걸 우리더러 어쩌라고? 내 옆에 있는 든든한 동료, 반쯤 승천했는데?!

“그럼 죠로, 얼른 우리도….”

“기다리십시오, 코스모스 회장.”

“음? 왠지 아까도 비슷한 소리를 들은 것 같은데… 왜?”

생각해, 생각해라…. 이 귀신 같은 플랜으로부터 도망칠 방법을 생각해!

“그, 그러니까 말이죠, 코스모스 회장은 우리 전원을 봐주려는 거죠?”

“그래. 그럴 생각인데?”

“하지만 중간고사까지 시간이 얼마 안 남았으니까 네 명을 한꺼번에 봐주기 어려울 겁니다.”

“분명히 그렇긴 한데, 시험 때까지 수면 시간을 하루 30분 정도로 압축하면 어떻게든 되는데?”

하다못해 시간 단위로 좀 부탁합니다.

“그렇게까지 폐를 끼칠 순 없죠. 그, 그러니까 내게 생각이 있습니다.”

“호오. 어디 한번 들어 볼까.”

이거 어쩐다. 이 인간 이렇게 말도 안 되는 식의 학습법을 꺼내 놓고선 왜 이리 잘난 척이래?

“어어… 그러니까 말이죠. …그렇지! 예상 문제!”

“예상 문제?”

나이스 계시! 오늘 나에게는 신이 깃들었다는 자신이 있었는데, 확신으로 변했어!

"네! 코스모스 회장은 시험 예상 문제와 해답을 만들어 주세요! 그리고—"

"안심해! 그것도 다 상정했어! 확실히 준비해 왔거든!"

히에에에에엑! 상정력 장난 아냐, 이 인간!

"그럼 오늘은 그걸 위한 준비를 한다고 생각하고 나는 썬을 봐주겠습니다! 그리고 코스모스 회장은 예상 문제를 응용한 문제를 만들어 주세요!"

"그것도 문제없어. 20종류 정도 준비했으니까 괜찮아. 네 걱정은 필요 없어!"

이 여자… 아바시리 형무소*급으로 빈틈이 없어. 완벽하게 퇴로를 차단하고 있어….

"하지만… 그렇지. 분명히 나도 아직 모두가 어느 정도 준비했는지 모르니까, 오늘은 그걸 확인한 뒤에 개인에 맞춘 문제를 만드는 것도…."

"그거 좋네요! 찬성! 대찬성! 코스모스 회장은 역시 대단해! 든든해!"

"그, 그래? 왠지 네가 칭찬해 주니 부끄럽네~"

부끄러워하는 모습은 귀엽지만 속으면 안 돼! 속에 든 건 귀신

※아바시리 형무소 : 홋카이도의 유명한 수감 시설로 엄청난 혹한 덕분에 죄질이 나쁜 중범죄자들이 주로 수감되었다. 현재는 박물관으로 재개장했다.

이다! 귀(鬼)부인이다!

"알았어! 그럼 오늘은 모두의 학력을 보고 거기에 맞춘 문제를 만드는 걸로 할게!"

"네! 잘 부탁드립니다! 그럼 달시…이 아니라 썬, 시작할까!"

나는 옆에서 열반에 들려던 썬을 불러서 공부를 시작했다.

코스모스는 머리가 좋지만, 그 방향성이 엉뚱해서 역시나 바보구나 싶었다.

우리가 공부를 시작한지 한 시간. 지금은 내가 히마와리를, 팬지가 썬을 봐주고 있다.

"팬지의 쿠키, 아주 맛있어!"

"그래? 고마워."

히마와리가 오른손에 샤프를, 왼손에 쿠키를 들고 기쁜 듯이 떠들었다.

"이거 정말로 맛있네. 팬지, 다음에 만드는 법 좀 가르쳐 줄 수 있니?"

"네, 알겠습니다."

코스모스도 감탄한 기색으로 쿠키를 맛있게 깨물었다.

"오오가도 먹어도 돼."

"나는 괜찮아! 쿠키보다 튀김꼬치를 좋아하니까!"

썬, 아직도 마음에 두고 있는 거겠지. 사실은 쿠키를 먹고 싶은 얼굴이면서.

하지만 두 사람의 관계에 대해서는 내가 뭘 하지 않아도 될 테지.

썬은 엄청 좋은 녀석이고, 내가 싫어하긴 하지만 팬지도… 나쁜 녀석은 아니다.

지금은 마침 팬지가 썬의 공부를 봐주고 있으니, 이 기회에 어떻게든 되겠지.

참고로 여기에 오기 전에 썬에게 슬쩍 팬지에 대한 마음을 물어보았더니, "나한테는 해야만 하는 일이 많이 있으니까 그쪽이 우선이야."라는 모호한 대답이 돌아왔다. 분명 팬지에 대한 마음이 적잖게 남아 있을 터.

그래도 지금은 친구로서 좋은 관계를 맺으려는 건지, 이전처럼 다소 기분 나쁘면서 상큼한 어조가 아니라 평소처럼 열혈 보이스로 팬지와 잡담을 나누며 공부를 하고 있었다.

"산쇼쿠인! 난 최근 재즈에 꽂혔어!"

"그래? 무슨 곡을 들어?"

"에어로스미스!"

그 녀석은 로큰롤이지 재즈가 아닙니다.

어떻게 에어로스미스가 재즈라고 생각하는 거지?

…응, 됐어. 분명 그걸로 친근하게 이야기할 수 있겠지.

"죠로, 이거 맞아?"

그런 두 사람의 모습을 보고 있으니, 히마와리가 살짝 몸을 붙이면서 내게 노트를 보여 주었다.

"음, 다 맞았어. 잘했잖아."

"엣헴! 나도 하려고 하면 잘한다고!"

문제를 푼 히마와리를 칭찬하자, 꽤나 기쁜 듯이 가슴을 폈다.

"죠로, 네 레벨의 문제가 완성되었으니까 먼저 줄게."

"고맙습… 아니, 마지막 문제, 이거 뭡니까?"

코스모스에게 받은 예상 문제를 확인하니, 마지막에 '아키노 사쿠라의 장점은?'이라는 문제가 적혀 있었다. 시험 문제와는 전혀 관계가 없고 의미도 알 수 없는 문제다.

"조금 정도는 장난이 있어도 좋잖아? 풀고 싶지 않거든 안 풀어도 돼."

"그렇습니까."

"그렇습니다."

의아한 얼굴을 하는 나를 부드러운 웃음과 함께 바라보는 코스모스가 왠지 즐거워 보여서, 나는 딱히 뭐라고 하지 않았다.

※

시간의 흐름은 순식간. 어느새 최종 하교 시간이 되었기에 우리는 짐을 챙겨서 학교를 뒤로했다. 약 한 명, 정줄 놓은 학생회장이 "모처럼 철야로 도서실을 쓸 수 있게 했는데…."라는 불만을 말했지만, 그건 전원이 무시하기로 했다.

"으응~! 오늘은 꽤 진도가 나갔어! 그렇지, 썬?"

"음! 이런 식이면 시험 따윈 별것 아냐!"

히마와리와 썬이 선두에서 떠들어 대는군.

분명 지금까지 공부로 고생했던 만큼, 오늘의 진척이 기뻤겠지.

"팬지는 대단해. 국어 쪽으로는 도저히 못 당하겠어."

"아키노 선배 쪽이 더 대단합니다. 그런 예상 문제, 저는 못 만들어요."

그렇긴 해도 오늘 제일 마음이 놓였던 것은 팬지가 나 이외의 사람들과도 제대로 대화한 점이지.

지금도 신이 난 선두조의 뒤를 따라가며 코스모스와 즐겁게 이야기하고 있고, 평소에 무슨 생각을 하는지 알기 어려운 녀석이긴 하지만 낯가림하는 건 아닌 모양이다.

"저기, 팬지! 내일도 과자 가져올 거야?"

히마와리가 뒤를 보며 팬지에게 웃는 얼굴로 질문. 두근거림이 잘 전해진다.

"오늘뿐이야. 난 내일부터 같이 공부 안 할 거거든."

"에엣! 그래?! 쓸쓸해…."

과자 때문에 아쉬운 거냐, 내일은 팬지가 없어서 아쉬운 거냐?

…양쪽 다려나. 아마 오늘 하루로 팬지와 과자, 양쪽 다 마음

에 들었겠지.

“내가 없어도 괜찮아. 죠로와 아키노 선배가 가르쳐 주잖아?”

“그럴지도 모르지만, 팬지도 있어 줘! 팬지는 정말 잘 가르쳐 주잖아! 내일도 같이 하자! 아주 재미있을 거야!”

“나도 히마와리 의견에 찬성이야. 팬지는 꼼꼼하고 죠로보다 인내심도 있고, 교사가 적성에 맞는 것 같아.”

왜 나를 비교 대상으로 삼아? 애초에 나보다 당신이 훨씬 더 그런 적성은 없거든?

“무슨 의미입니까?”

“그런 의미입니다.”

내 불만 어린 시선에 부드러운 미소로 대답하다니…. 이렇게 못된 학생회장이.

“괜찮아! 나는 죠로의 방식도 좋아해!”

역시나 절친! 역시 제일 든든한 건 썬이야!

“하지만 나는….”

“국어 계통은 학년 1등이고 성적 상위인 네가 무슨 소리를 하든 변명으로 들릴걸?”

이 기회를 놓칠 수 없다. 재빨리 나는 끼어들었다.

자, 뒷일은 맡기마! 히마와리, 코스모스!

“죠로 못됐어! 팬지가 가엾어!”

“죠로, 너는 조금 더 생각하고 말하는 게 어때? 지금 건 아니라고 생각해."

어이, 난 너희 편을 들어주려는 거였어. 왜 불평을 들어야 하는데?

"뭐, 지금은 죠로가 잘못했어."

썬까지! 제길, 내 절친은 때로는 엄해….

"그래서 팬지, 어때? 내일도 같이 안 할래? 같이 하자~!"

"나도 꼭 네가 있었으면 좋겠어. 모처럼의 기회니까 너랑 더 친해지고 싶어!"

히마와리와 코스모스의 말에 팬지는 평소처럼 무표정하면서도 어딘가 곤혹스러워하는 기색이었다.

뭐, 도와줄 생각은 없지만. 애초에 나는 이 녀석을 참가시키고 싶은 쪽이다.

"죠로."

"왜?"

그로부터 조금 지나서 팬지가 담담히 내게 말을 붙였다.

"내일은 무슨 과자가 먹고 싶어?"

"어?"

"과자 이야기. 오늘은 쿠키를 구워 왔는데, 내일은 뭐가 좋을지 묻는 거야. 지금까지 먹은 것 중에서 당신이 제일 맛있다고 생각했던 걸 말해 줘. 모두가 맛있게 먹을 수 있는 과자가 좋겠지?"

"헤에…."

너치고 꽤나 기특한 말이로군.

"어! 그럼 팬지가 내일도 와 주는 거구나!"

"그래. 히나타랑 아키노 선배는 다정하니까. 어디의 누구 씨랑은 달리."

"와아! 그래! 나는 어디의 누구 씨랑 달리 다정해!"

"정말 기뻐! 나도 어디의 누구 씨보다 다정한 건 자신이 있고!"

이 인간들… 나를 가지고 놀 때는 아주 신이 나서 죽이 잘 맞는구나….

"그래서 죠로, 뭐가 좋을지 얼른 대답해 주겠어?"

팬지의 과자라. 기본적으로 뭐든지 좋지만, 제일 맛있는 거라면….

"마카롱이려나."

"어머. 그건 어디의 누구 씨가 마누라 삼고 싶을 정도로 맛있다고 한 거네."

"시끄!"

가볍게 웃으면서 괜한 소리를 꺼내는 면이 여전히 짜증나지만, 오늘은 눈감아 주지.

여러모로 고생했지만, 최종적인 결과를 보면 내가 원한 상황이 만들어졌으니까.

나를 좋아하는 건
너뿐이냐

나치고는 꽤나 잘 풀린다 싶었어…

제 3 장

"안녕, 죠로!"
"아얏!"

주말도 지나고 월요일 아침, 내가 등굣길을 걷는데 뒤에서 발랄한 목소리와 함께 등에 강렬한 충격.

"죠로, 아침 인사는 '아얏'이 아니라 '안녕'이야!"

충격으로부터 한발 늦게, 기분 좋은 눈치인 히마와리가 내 얼굴을 슬쩍 들여다보며 나타났다.

"그럼 아침 댓바람부터 사람 등짝을 때리지 마! 그냥 평범하게 인사해!"

"이게 내 평범인걸~"

내가 분노에 떨며 불평했지만 전혀 효과 없음.

히마와리와 이렇게 이전 같은 관계로 돌아간 것은 기쁘지만, 아침마다 항상 있는 행사의 부활은 별로 환영할 수 없다. 화해도 확실히 했으니, 이걸 없애는 게 다음…

"에헤헤! 역시 아침에는 죠로랑 같이 가야 해!"

목표로 삼는 건 그만두자. 활짝 웃으면서 내 팔을 꽉 붙잡는 히마와리의 부드러운 감촉을 잃는 것은 피해야 할 사태다.

"중간고사, 고마워! 나도 썬도 확실히 낙제를 모면했어!"

둘이서 나란히 걸으며 히마와리가 자랑스럽게 한마디.

오늘 이렇게 기분 좋은 것은 중간고사에서 벗어난 해방감에 달성감도 포함된 것이겠지.

"음, 열심히 했으니까."

지난주에 있었던 중간고사의 결과는 우리가 분투한 보람이 있어서, 히마와리도 썬도 무사히 낙제를 모면했다. 특히나 대단했던 것은 코스모스의 예상 문제이려나.

정말로 시험 문제를 훔쳐온 거 아냐? 라고 말하고 싶을 정도로 엄청난 적중률을 자랑한 예상 문제는 히마와리와 썬만이 아니라 나와 팬지의 성적에도 크게 영향을 주었다.

나는 평소보다 평균점이 약 10점 상승. 또한 팬지는….

"팬지, 대단했어! 학년 1등이야!"

그런 것이다. 용량과 용법을 지키면 귀(鬼)부인도 굉장히 든든한 존재다.

"있잖아, 죠로. 그러고 보니 우리 반은 백화제에서 뭐 해?"

"분명히 일본 게임기의 역사라든가 그런 거였을걸."

5월에 열리는 우리 학교 전통의 백화제. 이건 일반적인 문화제와 비슷한 듯하면서 다른 존재다.

문화제는 '요란제'라는 이름으로 9월에 열린다.

그럼 백화제란 뭘까? 간단히 말하자면 학생들이 하는 발표 전시회 같은 것이다.

각 반이나 각 동아리가 각각 어떤 연구와 조사를 해서, 그걸 전시하는 이벤트. 학생들은 '피디아 선생님 대활약 이벤트'라고 부르기도 한다.

"헤에. 그럼 패미콤 같은 건가?"

"아냐. 일단은 텔레비전 테니스*부터야."

패미콤은 제3세대인데, 히마와리는 완전히 잘못 알고 있군.

어쩔 수 없지. 여기선 내가 친절하게 게임기의 역사를 말해 주도록 하지.

"잘 들어. 일본에서는 일단 에포—"

"뭐, 됐어! 모두와 함께하면 뭐든지 즐거워!"

어, 어이! 지금부터 내가 텔레비전 테니스와 카세트 비전에 대해 뜨겁게 말하려는데 벌써 이야기를 들을 마음이 없다고? 이 자식, 흥미가 없는 건 정말 들으려고도 안 해!

"좋아! 그럼 죠로, 학교까지 뛰어가자!"

호오. 자기가 흥미가 없는 건 전력으로 무시하고, 내게 흥미 없을 뿐만 아니라 하기 싫어하는 걸 강요하려고 하다니…. 설령 내 팔을 껴안는다고 해도 이건 용인할 수 없지.

"알았어. 힘내 봐."

그러니 나는 내 팔에 달라붙은 히마와리에게서 팔을 휙 빼내고 손을 흔들며 배웅했다.

"어? 왜? 전에는 같이 뛰어 줬는데…."

불안해하는 얼굴 플러스 올려다보는 시선. 좋은 공격이긴 하지

※텔레비전 테니스 : 1975년, 에폭사에서 발매된 일본 최초의 가정용 비디오 게임 기계.

만, 지금의 내게 통할 거라곤 생각하지 마라.

"있잖아, 나는 딱히 운동부도 뭣도 아냐. 일일이 아침부터 그러고 싶지 않다고. 그러니까 혼자 가."

겨우 말했다…. 나는 간신히 히마와리의 아침 대시가 싫다고 할 수 있었다!

"어엇! 싫어! 아침에는 죠로랑 같이 달리는 게 내 룰이야!"

"룰이란 건 모두를 위해 존재하는 거야. 너를 위한 룰 따윈 몰라."

"우우!"

토라지는 의미를 모르겠다. 어떻게 생각해도 내가 옳잖아.

"에잇!"

고집쟁이가 된 히마와리가 내 손을 붙잡으려고 하기에 가볍게 회피.

어리석긴. 네 행동 패턴 따윈 이미 다 파악했어.

"우우…!"

부들거리고 울상을 하며 토라진 모습은 귀엽다면 귀엽지만, 그렇다고 어울려 줄 정도는 아니다.

음? 슬금슬금 이쪽으로 다가오는군. 그럼 또 손을 잡으려고 하겠지.

"아! 너무해!"

그러니 만세 포즈로 두 손을 훌쩍 쳐들었다. 이 녀석의 운동 신경이 뛰어난 건 알지만, 아무래도 이러면 손이 안 닿지. 신장 170과 155. 이 차이는 역력하다.

“자, 힘내 봐. 손을 잡는다면 같이 뛰어 줄 수도 있는데?”

“그렇게 나온다 이거지! 꼭 붙잡고 말 거야!”

어이. 뭐냐, 그 새로운 놀이기구를 찾은 듯한 기쁜 얼굴은.

말해 두는데 귀여운 얼굴을 한다고 해도 손 높이를 내려 주는 일은….

“얍! 에잇!”

어라?! 히마와리가 내 정면에서 폴짝폴짝 뛰니까 몸이 완전 밀착되는데.

이런…. 왠지 좋은 향기가 난다. 감귤 비슷한 상큼한 향기가….

“영차! 해냈어! 잡았어! 에헤헤헤.”

한순간 방심한 것이 내 목을 졸랐다. 히마와리의 색향에 넘어간 나는 그만 손을 내려 버렸다.

이것이 무자각 bitch의 무서움인가…. 내일은 더 오랫동안 손을 들 수 있도록 애써 보자.

“그럼 이번에야말로 간다! 신나게 간다! Let’s dash!”

“…알았어.”

결국 본성을 드러내든 드러내지 않든, 내 아침은 별로 달라질 게 없었던 모양이다.

이거야 원…. 어쩔 수 없군~

※

"안녕! 제군!"

교실에 들어가는 것과 동시에 울리는 히마와리의 발랄한 목소리.

"으으, 힘들다…."

반대로 나는 스태미나가 완전히 바닥난 바람에 비틀비틀 내 자리로 가서 책상 위에 엎어졌다. 이거야 원…. 아침부터 최악이군. 나는 푹 쉬자.

"…누루후후후."

이런, 이런. 깜빡 암살 대상 같은 웃음*을 흘려 버렸다.

이런 태도를 취해선 안 된다는 걸 알지만, 아무래도 본능에는 이길 수 없어.

아니, 요즘 나 아주 일이 잘 풀리잖아?

히마와리와도 썬과도 코스모스와도 무사히 화해했다.

한차례 싸움을 하고 서로 더러운 부분을 보여 준 것도 있어서, 이전보다 그 관계가 좋아진 것처럼도 느껴졌다.

이야! 나 진짜 애썼다고! 노력 최고! 원더풀 화해!

※암살 대상 같은 웃음 : 만화 『암살교실』의 캐릭터 '살생님'의 웃음소리.

게다가 어쩌면 이대로 히마와리와 코스모스가 나에게 그런 감정을 품고, 뭔가 유쾌하고 통쾌한 이야기가 시작될지도 몰라! 이거야 원…. 앞날이 선하구만~

둔감순정BOY 같은 건 낡았어! 지금 시대는 휘말리는BOY가….

"미안해요, 죠로. 지금 시간 괜찮나요?"

"어, 무슨 일이야, 아스나로?"

내가 그렇게 신이 나 있는데, 옆에서 훌쩍 아스나로가 등장.

무슨 일인지는 몰라도 꽤 기분이 좋은지 웃고 있었다.

"사실은 이야기하고 싶은 게 있어서, 잠깐 같이 가 줬으면 해요."

"여기선 말하기 그런 거야?"

"네! 여기선 좀 안 돼요!"

여기선 안 되는 이야기라니? 내가 아스나로한테 무슨 짓이라도 했나? 아니, 아무 일 없었는데.

하지만 생각 없이 괜한 짓을 했을 가능성이 없는 것도 아니고….

"알았어. 그럼 갈까, 아스나로."

"네! 고맙습니다!"

뭐, 됐어. 내가 멋대로 끙끙거리는 것보다는 아스나로에게 답을 듣는 편이 간단하다.

그래서 나는 자리에서 벌떡 일어나 아스나로와 함께 교실을 뒤로했다.

※

"여기라면 듣는 사람이 아무도 없죠!"

"그렇겠네."

왠지 밝은 목소리의 아스나로와 내가 간 곳은 옥상이다.

그러고 보니 여기에 온 건 썬의 신발장에 도전장을 넣은 이후 처음이군.

훗. 그 뒤로 나도 성장했어.

"그래서 할 이야기란 건?"

감개에 젖는 건 뒤로 미루자.

먼저 해야 할 일은 아스나로가 교실에서 말할 수 없다고 한 내용을 아는 것이다.

"아하하하! 그, 그러네요…."

응? 뭐지? 아스나로 녀석, 갑자기 어색한 눈치로 말을 더듬고.

게다가 잘 보면 뺨도 살짝 붉어지고 나랑 눈을 마주치려고 하지 않고.

"그, 그게 말이죠…"

설마 아스나로 녀석, 나를! …아니아니! 아냐아냐! 그건 아냐!

"시, 실은 말이죠… 제가 말이죠…."

여기서 새로운 히로인 투입?! 너무 욕심이 많잖아! 어디의 러브 코미디가 그래?

“죠로한테 관심이 있어요!”

여기의 러브 코미디였습니다! 어? 진짜로? 정말로? 어? 이거 진짜?

하지만 말했지? 나한테 관심 있다고 말했지?!

게다가 교실에서는 말할 수 없는 내용이라는 건 즉…. 어, 어쩐다?!

아니, 아스나로는 귀엽고 좋은 녀석이라고 생각해. 하지만 아직 서로 모르는 점도 많고, 조금 더 친구로서… 하지만 이 기회를 날려 버려도 좋은가?

“이, 이대로 서서 이야기하기도 그러니까, 저쪽으로 이동해요!”

부끄러운 듯이 땀을 흘리면서 아스나로는 옥상에 있는 어떤 것을 가리키고 이동해서 앉았다. 그래서 나도 터덜터덜 그 뒤를 따라서 아스나로가 앉은… 잠깐만 있어 봐.

저번에 나는 썬과 화해하기 위해 히마와리와 함께 옥상에 왔었다.

하지만 그때 이건 없었다. 주위를 둘러보았지만, 이런 건 절대로 어디에도 없었다.

그런데… 그런데…! 왜 지금은…… 벤치가 있지?

"하와와*…."

지, 진정해, 나! 군사(軍師)가 될 수 있을 법한 당황한 소리를 낼 때가 아냐!

아직 그거라고 결정난 건….

"어, 어어…. 일단 옆에 앉아 주시겠어요?"

그 말은 하지 마아아아아!

"…알았어."

나는 꿀꺽 침을 삼키고 아스나로의 지시에 따라서 벤치에 앉은 그녀의 왼편에… 앉으려고 했는데 왜인지 이동해서 오른편에 앉는 꼴이 되었다. 안정적인 '오른쪽'이다.

하지만 지시에 따라도 아스나로의 말이 이어지는 일은 없었다.

제길…. 머리카락을 만지작거리며 손가락에 감는 일은… 네에! 손가락에 감았습니다!

"저기…! 우우…!"

말하기 껄끄러운 듯이 머뭇거리지 마! 평소의 아스나로로 돌아와! 돌아와 줘어어어!

"시, 실은 말이죠… 저기… 전 계속 죠로에게 관심이 있어서…."

…아니, 잠깐. 지금까지의 케이스에서는 이 시점에서 개인의 이름이 나오지 않았어.

※하와와 : 미소녀 게임 〈연희무쌍〉에 등장하는 여성 버전 제갈량은 당황하면 '하와와' 소리를 낸다.

하지만 지금 아스나로는 분명히 내 이름을 말했다. 그·렇·다·면.

아직 찬스는 있는 거 아닐까? 이건 신이 내린 포상 아닐까?

"죠로를 생각하면 가슴이 아파 오고, 매일 만날 수 있는 것만으로도 아주 두근거려요. 그러니까 이기적이라고 생각하지만 억지로 구실을 만들어서 만나 말을 붙이고…."

봐! 보라고! 내 이름, 무진장 나오고 있어!

그리고 떠올려! 지금까지의 통계는 썬2, 나1, 마왕1이야!

여기서 간신히 내가 썬을 횟수로 따라잡을 가능성이 없지는 않아!

Big한 예감이 찌릿찌릿 느껴진다! 신과 협상할 여지 있음!

"죠로…."

그리고 아스나로의 얼굴이 다가왔다. 천천히, 그리고 확실하게.

그야말로 사랑을 하는 소녀의 표정이다. 이거야 원…. 어쩔 수 없네~

그리고 서로의 숨결이 닿을 정도로 가까워지자, 아스나로는 눈을 꼭 감았다.

죠오로오! 쇼 타임!*

※죠오로오 쇼 타임 : 일본 애니메이션 〈The Big O〉에서 네고시에이터인 주인공 로저 스미스가 빅오를 소환하는 대사가 '빅오 쇼 타임'이다.

"당신은 쓰레기와 쓰레기를 압축한 사상 최악의 여자의 적입니다."

……Pardon?

"어, 으음…?"

"죠로. 당신은 지금 세 다리를 걸치고 있죠?"

"내, 내가 세 다리? 누, 누구에게 말이야?"

"…훗. 시치미 떼도 소용없습니다."

아니! 시치미 떼기 이전에 전혀 기억이 없는데?!

"계기는 작년 야구부원 모두가 도전했던 지역 대회 결승입니다!"

또 왔다아! 그 녀석이 왔어! 아니, 어떻게 거기서 세 다리에 이르는데?!

"그때는 1루 쪽 스탠드에서 우리 야구부를 모두가 필사적으로 응원하는 도중, 조금 떨어진 곳에 있는 가슴 큰 여성을 음란한 눈으로 보던 죠로. 그 눈은 아주 수상했습니다!"

아니, 분명히 보긴 했는데! 그게 마왕인 줄 모르고 봤지만!

보기 쉬운 위치로 가야지 싶어서 어슬렁거리다가 파울볼이 머리를 정통으로 때려서 무지 아팠습니다! 수상쩍은 계기인 건 알겠는데, 세 다리는 어디서 튀어나온 거야, 어이!

"그래서 저는 생각했습니다! 혹시 이 음란한 눈길을 가진 이 사람은 귀여운 여자를 너무 좋아해서, 자기 욕망을 채우기 위해서라면 도덕을 저버리는 사람이 아닐까 하고!"

너의 상상력 엄청나네! 용케 그런 결론에 도달한다!

귀여운 여자를 좋아하긴 하지만! 그건 부정할 수 없지만!

"자, 잠깐만! 분명히 그건 사실일지도 모르지만, 세 다리랑은 관계없잖아!"

"그렇게 말할 줄 알았습니다. 하지만 죠로, 자기 가슴에 손을 얹고 생각해 보세요."

"얹고 말고도 없어! 난 세 다리 이전에 누구랑도 사귀는 게 아냐!"

"후우…. 솔직하게 인정해 줬다면 간단해서 좋았겠지만…. 어쩔 수 없군요."

한심하다는 듯이 한숨을 내쉬며 고개를 설레설레 흔드는 아스나로. 뻔뻔한 그 낯짝을 때려 주고 싶다.

"그러면 말하도록 하죠. 죠로, 당신은 히마와리, 코스모스 회장, 산쇼쿠인에게 세 다리를 걸치고 그녀들을 가지고 놀고 있죠? 세 사람의 순수한 마음을 이용해서!"

그 세 사람일 것 같긴 했지만, 정말로 그 세 사람이냐! 아무와도 안 사귀거든!

"그럴 리 없잖아! 애초에 팬지 쪽을 말하자면 내가 피해자야!"

"설마 자기 죄를 여자에게 덮어씌우다니! 뻔뻔한 것도 정도가 있습니다! 당신이 세 사람을 가지고 논다는 증거는 이미 확보했으니까 얌전히 인정하세요!"

"즈, 증거라고?"

왜 나는 절박한 상황에 몰린 범인의 어조가 된 거지? 하지만 증거 같은 게 있을 리 없다.

"후후후."

자신만만한 웃음소리를 흘리면서 아스나로가 주머니에서 사진 세 장을 스윽 꺼내어 내 앞으로 내밀었다.

"첫 번째 피해자… 히마와리. 죠로, 당신은 매일 아침 히마와리와 팔짱을 끼거나 손을 잡고 등교하죠?"

첫 번째 사진. 그건 히마와리가 활짝 웃으면서 통학로에서 내 팔을 껴안고 있는 사진이었다.

아니… 이 정도라면 교실에서도 하잖아…. 전부터 그랬잖아.

"두 번째 피해자… 코스모스 회장. 죠로, 당신은 저번에 코스모스 회장의 어깨를 잡고 꽤나 거친 목소리로 사랑의 말을 떠들었죠?"

두 번째 사진, 그것은 내가 코스모스의 어깨를 붙잡고 소리치는 사진이었다.

그러고 보니… 그때 아스나로도 있었지. 카메라를 들고. …어라? 이거 위험한 거 아냐?

"세 번째 피해자… 산쇼쿠인. 죠로, 당신은 산쇼쿠인과 꽤나 뜨거운 사이인 것처럼 커플컵을 쓰고 있지요?"

세 번째 사진. 그것은 도서실에 있는, 어떤 이름이 적힌 컵들이 나란히 붙어서 하트 마크를 완성한 사진이었다.

팬지이이이이이이! 제대로 정리 좀 해! 너 무슨 짓을 한 거야!!

"게다가 이전에 밤길에서 두 사람이 서로 바라보는 모습도 확실히 목격했습니다!"

아스나로, 거기에 있었냐! 전혀 몰랐어!

"자, 죠로. 이래도 당신은 그녀들과 전혀 특별한 관계가 아니라고 잡아뗄 겁니까?"

잡아떼고 싶습니다! 잡아떼고 싶지만, 잡아뗄 수가 없습니다! 무리입니다!

…이런. 하필이면 아스나로에게 오해를 사다니…. 이건 꽤나 문제다.

아스나로는 민완 신문부로, 지금까지 신문 기사로 여러 전설을 만들어 낸 여자다.

어떨 때는 서로 좋아하지만 말을 못 하는 남녀에 대해 고백의 훌륭함을 정성 들여 쓴 신문을 만들어서 남자가 여자에게 고백하게 함으로써 커플을 성사시켰다.

또 어떨 때는 어느 여학생이 잃어버린 소중한 열쇠고리를 모두가 찾고 싶어질 만한 기사를 써서 주위의 협력을 재촉, 멋지게 발견하게 했다.

그리고 어떨 때는 저 코스모스조차도 파악하지 못한, 검도부의 예전 부장이 부비를 횡령하여 사용한 사실을 적발하기도 했다.

이렇게 어떤 의미로 코스모스나 히마와리 이상의 영향력을 가졌고 조사 능력이 뛰어난 여자다.

그런 이 녀석이 내 세 다리 기사를 쓰면… 앞으로의 학교생활은 어둠 속에 갇히고, 설 곳을 잃었던 지난번 사건 이상의 절망이 덮쳐들 가능성조차 있다.

"자, 잠깐만 기다려! 분명히 그 이야기는 사실이지만, 그 녀석들은…."

"상식적으로 생각해 주세요, 죠로."

내 이야기를 안 듣냐! 그러고 보면 이 녀석, 자기 생각이 강하고 무식하게 돌진하는 타입이었다….

"한 남자가 여러 여자와 러브러브한 커플 같은 모습을 보인다. 그런데 특별한 관계가 아니라고 잡아뗀다. 이걸 주위에서 납득해 주는 건 러브 코미디의 주인공 정도거든요? 현실에선 있을 수 없습니다!"

이 현실, 나한테 너무 빡빡하잖아! 젠장! 그러고 보니 난 배경 캐릭터였다!

러브 코미디의 주인공이었으면… 러브 코미디의 주인공이었으면 허용되는데에에에에에!

"당신의 세 다리를 저는 결코 인정하지 않습니다! 뭡니까? '나는 모두를 좋아하니까 전원 다 행복하게 해 주겠어. 설령 가시밭길이라도 그럴 각오가 돼 있어!'라고 말할 생각입니까? 웃기지 마세요! 정말로 괴로운 건 여자입니다! 여자는 한 남자가 자기만 봐 주길 바랍니다! 당신의 말도 안 되는 이기심으로 휘두르다니, 용서 못 합니다!"

"웃기지 마! 각오네 이기심이네 하기 이전에 나는 그런 짓 안 했어! 그냥 모두와 친하게 지내고 싶을 뿐이야! 알겠어, 아스나로? 정말로 아무것도 안 했는데, 주위에서 멋대로 그렇게 생각한다면 얼마나 괴로울 거라 생각해?! 즐거운 학교생활을 보내고 싶어! 충실한 청춘을 보내기 위해 노력하는데, 그게 전부… 그게 전부! 주위가 멋대로 착각하는 바람에 날아간다고! 정말로 아무것도 안 했는데! 친하게 지낼 계기가 필요할 뿐인데!"

아아…. 내가 말하면서도 울고 싶어졌다….

"분명히 말하는데 전혀 신용할 수 없습니다."

"그럼 어쩌란 말이야?! 너는 어떻게 하면 날 신용해 줄 건데?!"

"흠…. 그렇게 나왔습니까."

그러는 것 말고는 선택지가 없잖아!

이마에 손가락을 대고 생각에 잠기다니, 후루하타 씨* 흉내냐!

그거 오래된 거거든!

"어어, 그럼 이렇게 하죠. 이제부터 한동안 저는 죠로를 밀착 취재하겠습니다."

"뭐, 뭐야? 그건 너의 몸이 완전 밀착하는 에로한 취재를 견딜 수 있으면 세 다리가 아니라고 판단한다는 거야? 그거라면 대환영—"

"그래서 당신의 학교생활을 제가 직접 감시하고 세 다리 혐의가 풀어지면, 그걸로 이 이야기는 없던 걸로 하겠습니다."

아, 무시당했다. 위기가 기회로 바뀌는 걸 기대했는데 그러지도 않았다.

"하지만 혹시 당신이 내 상상대로 저속한 행위에 빠졌을 경우에는… 알고 있겠죠?"

알고 싶지 않습니다.

"참고로 현재 작성한 당신의 기사는 이런 느낌입니다!"

아스나로가 웃으면서 어디에선가 꺼낸 것. 그것은 학교 안에 배포되는 신문이었다.

그걸 받아서 1면을 확인하자….

"이게 뭐야아아아아아아아아아?!"

무심코 태양에 대고 포효했다. 그도 그렇지. 아스나로에게 받

※후루하타 씨 : 후루하타 닌자부로. 90년대에 방영한 형사 드라마 〈후루하타 닌자부로〉의 주인공.

은 신문에는 큼직큼직하게 '인간 말종, 키사라기 아마츠유! 세 여성을 대유린!'이라고 적혀 있었으니까.

"안심하세요. 피해자의 이름은 가렸고, 아직 배포하지 않았습니다! 이건 백화제 때 배포할 특집호에 쓸 예정인 기사니까요. 그러니 제가 죠로의 밀착 취재를 하는 기간은 백화제 특집호가 배포되기 전날까지입니다! 그때까지 당신의 행동에 따라서 이 기사의 내용을 바꾸도록 하죠!"

이런 게 백화제에서 배포된다는 건가?! 어, 어, 어쩌지…?

백화제는 우리 학교 학생만이 아니라 다른 학교 학생이나 보호자도 찾아오는 이벤트다.

또한 신문부에서 만든 신문은 교문에서 내방자 전원에게 확실히 배포된다.

그런 일이 일어나기라도 하면?! 나의 앞으로의 고교 생활은 확실히 끝난다.

어떻게 발버둥 쳐서라도 아스나로의 세 다리 기사 배포를 중지시켜야….

"자, 교실로 돌아갈까요. 앞으로 한동안 잘 부탁합니다, 죠로."

생각해…. 갑작스럽게 찾아온 예상 이상의 궁지를 벗어날 방법을…. 그, 그렇지!

이번 건은 내가 러브 코미디 주인공이 아님에도 불구하고 러브 코미디 같은 행동을 한 게 원인이다. 즉 대답은 정반대 방향, 나는 배경 캐릭터답게 예전보다 더 배경다운 행동을 하면 된다!

교내 이벤트에는 그런대로 참가하고, 괜한 짓은 일절 하지 않는다!

러브 코미디 이벤트는 모조리 회피해! 이건 나의 정말이지 재미없는 청춘 배경극이다!

연애 상담은 일절 받지 않는다. 아무것도 하지 않는다. 재미라고는 하나도 없는, 배경 청춘을 보내겠어!

이거야 원…. 어쩔 수 없지…가 아니잖아! 나도 평범한 청춘을 누리고 싶어!

※

옥상에서 교실로 돌아오는 동안 옆에는 살랑살랑 포니테일을 흔드는 악마가 한 마리.

"말해 두겠는데, 진짜 난 아무것도 안 하니까 밀착 취재 같은 건 헛수고야."

"그렇다면 그거대로 좋습니다. 죠로가 아무것도 안 한다는 걸 알게 되면 그걸 기사로 쓰고 이 이야기는 끝이니까요!"

내가 째릿 노려봐도 효과는 없음. 아스나로는 싱글거리며 옆에서 걸을 뿐.

제길. 정말로… 아니, 이미 현재 상황을 놓고 불평하는 건 그만두자. 그런 짓을 해도 소용없다.

아무튼 나는 이 이상 오해를 사지 않기 위해서라도 괜한 이벤트를 피해야만 한다.

눈앞에 위험한 러브 코미디를 가져오는 건 교실의 히마와리와 도서실의 팬지로군.

이제 곧 교실에 도착하고, 내 자리에서 착실하게 이 두 사람에 대한 대책을….

"와아! 기다렸어, 죠로!"

아! 야생의 코스모스가 튀어나왔다! 죠로는 어떻게 할까?

【싸운다 도구 죠로몬 도망친다】

▶도망친다! ▶도망친다! ▶도망친다!

"이봐, 어디 가는 거야? 학생회장인 나를 무시하지 말아 줘!"

도망칠 수 없다!

"무, 무슨 일이죠? 코스모스 회장?"

갑자기 교실에 찾아오는 학생회장이라니, 그게 무슨 러브 코미디입니까?!

왜 내 얼굴이 실룩거리는 걸 보고 그렇게 방긋방긋 소녀틱한 웃음을 지을 수 있지?

"호오, 재미있을 듯한 예감이 마구 드는군요."

옆에서는 빨간 펜을 스윽 꺼내 든 포니 악마. 정면에는 노트에서 종이 한 장을 가볍게 꺼내는 소녀 악마. 천사의 화신인 죠로는 커다란 위기에 빠졌다.

"짜잔! 이걸 봐 줘!"

어쩐 일로 그녀에게 어울리지 않게 신이 난 목소리로 내 눈앞에 코스모스가 노트에서 꺼낸 종이를 내밀었다.

거기에는 나, 히마와리, 코스모스… 그리고 내가 모르는 여자의 이름이 적혀 있었다.

이건 대체 무엇이려나?

"네가 화무전의 남자 멤버로 뽑혔어! 그러니까 방과 후는 비워 줬으면 해! 너랑 화무전 연습을 하고 싶으니까!"

"……네?"

이전에 **아스나로**에게 설명했다고 생각하지만, 여기서 다시 한 번 '화무전'에 대해 복습과 보충을 하자.

화무전이란 남자 한 명을 상대로 여자 셋이 교대로 파트너를 맡아 춤을 추는 대인기 이벤트. 여기까지는 이전에 했던 이야기이고, 이제부터가 보충이다.

우리 학교의 전통인 화무전에는 어떤 '전설'이 있다.

그것은 '화무전에 뽑힌 남자는 뽑힌 여자 셋 중의 누군가와 반드시 맺어진다'는 것이다.

실제로 작년과 재작년에도 화무전에 뽑힌 남자는 뽑힌 여자 셋 중 한 명과 사귀었고, 졸업생 중에는 그대로 결혼한 사람까지 있다나….

뭐, 그러지 않은 해도 있었다는 모양이라 반신반의지만, 연인이 고픈 젊은 고등학생에게는 놓칠 수 없는 이벤트이고 엄청난 인기가 있었다.

그리고 이 화무전 말인데, 멤버를 선출하는 방법이 조금 특수해서 사실 남녀 참가자가 각기 다른 방법으로 정해진다.

모두가 참가하고 싶어 하는 이벤트라서, 참가자를 모으는 식이면 수습이 안 되기 때문이다.

그래서 일단 여자 선출 방법은 투표 형식의 추천으로 결정한다.

전교생이 춤을 추어야 한다고 생각하는 사람의 이름을 한 명씩 종이에 적어서 제출하고, 득표가 많은 세 명이 화무전 참가 자격을 얻는다. 어떤 의미로 미인 대회에 가깝다고 할 수 있겠다.

다만 아쉽게도 투표에서 패배한 여학생에게도 기회가 없는 건 아니다.

예를 들어서 작년에 실제로 1위, 2위로 뽑힌 인물… 까놓고 말해서 코스모스와 히마와리인데, 이 두 사람은 나란히 사퇴했다.

코스모스는 그때 학생회 부회장으로서의 직무를 우선하였고, 히마와리는 테니스부의 백화제 업무를 우선한 결과였다. 그리고 그 경우에는 당연히 4위 이하가 올라가 자리를 메꾼다.

그러니까 작년 화무전에서 춤춘 것은 3위, 4위, 5위인 사람이다. 분명히 최대 10위까지 가능하며, 거기까지 해도 참가자가 나오지 않았다면 남은 멤버들이 추천하는 시스템이었다.

그리고 다음은 남자인데, 이쪽은 투표가 아니라 추첨으로 결정한다.

왜 여자와 다른 선출 방법을 취하냐 하면, 거기에는 또 깊은 사정이 있다.

사실 예전에는 남자도 투표로 결정했던 모양인데, 어느 해에 사건이 일어났다.

미녀 세 사람과 춤추는 천재일우의 기회. 귀여운 여자 친구를 만들 수 있는 건곤일척의 기회.

이걸 얻기 위한 남자들이 피로 피를 씻는 성전(聖戰)을 개막했기 때문이다.

한 남자는 자기에게 표를 모으기 위해서 이것저것 더러운 공작을 했고, 또 다른 남자는 자기가 뽑히지 않았다는 불만을 무기 삼아서 뽑힌 남자를 공격, 부상을 입혀서 출장 정지로 몰아넣는 등, 실로 여러 엄청난 일이 있었다고 한다. 그러니까 서로 원한 가질 것 없는 추첨 승부.

어떤 의미로 인기 없는 남자에게는 꿈같은 이벤트로, 나도 얼마 전까지라면 환희했을 게 틀림없을 것이다. 본래 배경 캐릭터인 내게 주어질 만한 특권이 아니니까.

그런데… 꼭 이럴 때를 골라서 그런 기회를 붙잡는 걸까. 지금은 운명에게 클레임을 넣고 싶은 마음으로 가득하다.

하지만! 여기서 절망하지 않고 과감하게 맞서는 배경 캐릭터가 나다!

아까 이야기를 들었으면 알겠지? 여자가 사퇴할 수 있다는 것은 물론 남자도 사퇴할 수 있다는 뜻이다! 그러니 그걸 실행하면 이 러브 코미디를 쉽게 회피할 수 있어!

배경 캐릭터가 뽑혔을 경우는 사퇴가 상식! 뒷일은 맡기겠어! 어딘가에 있을 주인공!

"저기, 코스모스 회장. 미안하지만 난 화무전 출장을 사퇴하겠습니다."

"뭐어?! 나는 이미 네가 참가하기로 마음을 굳혔다고 말했어! 전에 네가 학생회실에 왔을 때에도 말했잖아! '내가 할 수 있는 일이라면 뭐든지 하겠습니다! 휴우~ 짜릿해~'라고."

당신 말이지, 내 흉내가 하나도 안 닮았거든! 또 마지막에 그건 뭔데?!

앞부분은 짜릿해! 뒷부분은 동경하게 돼! 라고! 즈큐우우우웅 하고 오는 거야![*]

"흠흠. 뭐든지 한다…입니까. 여성을 농락하는 상투 수단이네요."

※짜릿해! 동경하게 돼! : 만화 『죠죠의 기묘한 모험』 제1부의 명대사. '즈큐우우우웅'은 직전의 키스 신에서 나오는 효과음.

오해다! 분명히 말로 어떻게 하려는 거긴 했지만, 죠로고로 씨에게 이런 의도는 없었어.

그러니까 빨간 펜을 움직이는 그 손을 멈춰!

"그, 그렇게… 나랑 추는 게 싫어? 나는 아주 기대했는데…."

싫어어! 지금 그런 이벤트에 휘말리면 아스나로에게 오해를 산다아!

라는 소리를 눈앞에서 울상이 된 코스모스에게 할 수 있는 녀석, 누가 나랑 입장 좀 바꿔 줘….

"올해도 학생회 직무를 우선하려고 했지만, 죠로가 뽑혔으니 나도 참가하기로 했는데…."

"아뇨, 싫지 않거든요! 농담이에요, 농담! 당연히 참가해야지 말입니다!"

"뭐야! 깜짝 놀랐네! 정말 농담이 심해, 죠로!"

이 상황에서 그렇게 말하는 것 이외에 선택지가 있었어?

"아, 혹시 화무전 전설을 생각해서 그런 거라면 괜찮아. 내가 조사한 바로는 실제로 커플이 성립된 건 30퍼센트 정도야."

아, 그런 걸 아스나로 앞에서 말해 주는 건 기쁘다.

즉, 코스모스는 나에게 그런 마음이 없다고 전해질 가능성이….

"그러니까 함께 열심히 하자! 혹시 나랑 네가 사귀게 되면… 그때도 함께 열심히 하자!"

뭘 어떻게 열심히 하는 건데?! 그 발언이 농담이라는 걸 아는 건 나뿐이니까!

왜 가능성을 떨어뜨렸다가 도로 올리….

"우왓!"

"나도 죠로가 나간다면 당연히 나갈 거야! 같이 힘내자!"

히마와뤼! 갑자기 뒤에서 껴안지 마! 아스나로가! 아스나로가!

"어머나, 다음은 히마와리입니까. 절조가 없군요, 죠로."

아스나로의 빨간 펜이 새빨갛게 불탄다! 기삿거리를 붙잡으라고 우렁차게 외친다아!

이대로 가다간 내 미래가 폭열(爆熱)해서 히트 엔드한다. 어떻게든 육체 접촉을 거절하지 않으면….

"아, 죠로. 스마트폰이 떨어졌어."

코스모스가 다소 난처한 듯한 미소와 함께 내게 지적을.

이건 기쁜 우연이다. 아무래도 히마와리가 안기는 충격으로 주머니에서 스마트폰이 떨어진 모양이다. 그렇다면 일단은 그걸 구실 삼아서 뒤에 붙은 징징이 히마와리를 떼어 낸다!

"정말인가요? 어이, 히마와리, 떨어져. 나는 스마트폰을 주―"

"아, 그거라면 내가 주워 줄게."

어, 어이! 그 친절, 지금은 곤란해! 그러면 히마와리가….

"이, 이건…?!"

이번에는 뭐야?! 왜 코스모스는 내 스마트폰을 주운 순간 그렇게 얼굴을 붉히는 거지?!

화면에 야한 그림이라도 나왔나? 이력도 캐시도 다 지웠을 텐데….

"죠, 죠로…. 너는, 이걸 아직, 쓰고… 있었어?"

곤혹과 환희가 뒤섞인 표정으로 코스모스가 물끄러미 나를 보았다.

쓰, 쓰고 있었다? 그건 대체… 아! 아아아아앗!!

"왜 그러나요? 코스모스 선배?"

히마와리, 등에서 떨어진 건 기쁘지만, 그걸 코스모스에게 물어보러 가지 마!

"이, 이건…."

그마아아아안! 그렇게 행복한 표정으로 말하지 마아아! 스토오오옵!

"죠로가 쓰는 스마트폰 케이스는 이전에 내가 선물한 거야. 그런 일이 있었으니까 더는 안 쓸 줄 알았는데… 쓰고 있었구나…."

멈추지 않습니다다아아! 학생회장, 논스톱입니다아아아! 아주 기쁜 기색입니다!

기쁜 우연이 슬픈 우연으로 순식간에 돌변합니다!

써도 되잖아! 물건은 소중히 쓰라고 배우며 자랐을 뿐이야! 정말로 그것뿐!

"아! 미안! 그만 계속 보고 있었네. 자, 네 스마트폰."

"…고맙습니다."

"…별말씀을."

새콤달콤! 새콤달콤한 청춘의 냄새다! 하지만 눈물이 나! 남자인걸!*

"호오호오. 죠로는 코스모스 회장에게 선물을 받은 적 있다…라."

우오오오오오오!! 왜 꼭 이럴 때에만 러브 코미디 이벤트가 동시다발하는 거냐!

게다가 이거 전부 미끼잖아?! 사람 낚으려는 거지? 젠장!!

"그, 그럼 난 이만 가 볼게! 이따 봐! 후후후. 기대된다~"

아니, 왜 마지막에 괜한 소리를 하는 거야? 그게 문제거든?

얼굴을 붉히면서 교실을 나가는 건 제발 그만둬!

"죠로, 화무전의 전설로 우리는 더 특별한 관계가 될지도! 에헤헤!"

히마와리이이이이이! '소꿉친구'란 말을 꼭 붙여! 그거 분명 오해를 사니까! 불에 니트로글리세린을 투하하는 거니까!

"죠로. 이대로 밀착 취재를 계속하면 제 기사가 사실이라는 뒷받침을 의외로 간단히 얻을 것 같네요. 코스모스 회장이랑은 뭔가를 함께 열심히 하는 모양이고, 히마와리와는 이미 특별한 관

※하지만 눈물이 나! 남자인걸! : 애니메이션 〈어택 No.1〉 오프닝곡의 가사 '하지만 눈물이 나, 여자인걸'의 패러디.

계인 모양이고….”

후우… 이것이 인생에 세 번 찾아온다는 인기 몰이철이란 것인가?

충분히 만끽했으니까 이제 끝내 주면 안 되겠습니까? 진짜로, 농담이 아니라….

※

1교시인 국어 수업 중에 나는 선생님의 말씀도 제대로 듣지 않고 필사적으로 생각했다.

…큰일이다. 이건 상당히 큰일이다.

이번과 지난번의 문제를 비교하면 이번이 훨씬 큰일이다.

애초에 지난번의 경우는 피해가 교내만으로 끝났지만, 이번에는 그렇지도 않다.

혹시 백화제 때 나의 세 다리 기사 같은 게 배포되어 봐라. 당연히 보호자도 그걸 읽는다.

즉, 피해가 교내만이 아니라 학교 밖에까지 미친다.

최악의 경우 학부모회가 불순 이성 교제라는 문제 제기를 하고, 내 가족… 엄마나 아빠에게 엄청난 피해가 가겠지.

게다가 안 그러리라고 믿고 싶지만, 썬이 그 기사를 읽고 또 우리 사이가 붕괴할 우려마저 있다.

모처럼 화해했는데 또 소원해지는 건 절대로 싫다.

그러니까 나는 아스나로 타개책을 생각하고 기사 배포를 저지해야만 한다.

하지만 여기서 바로 행동에 옮기는 건 안 된다. 처음에 해야 할 일은 현황 파악.

그래서 일단은 나와 녀석들 셋이 어떤 관계성에 있는지를 분석하고자 한다.

그다음에 앞으로의 대책을 생각하는 거다! 새 시리즈! 분석 타임 스타트!

1 : 나와 히마와리.

나와 소꿉친구라는 관계에 있는 여자. 또한 이 녀석은 무자각 bitch라는 특수 능력을 가지고 있다.

속내를 아는 사이인 고로 내게 찰싹찰싹 밀착하고 드는 경우가 많고, 안겨 드는 거야 일상다반사. 게다가 외모가 예뻐서 이전부터 질투의 시선을 받는 일도 자주 있다.

보통은 '뭐, 소꿉친구고, 히마와리니까'로 끝나 버리지만, 지금은 상황이 다르다.

그런 현장을 아스나로가 보면 내가 히마와리를 끌어안은 거라고 판단하겠지.

따라서 위기.

2 : 나와 코스모스.

나와 선후배 관계에 있는 여자. 이전에는 학생회에 소속되어 있었기 때문에 접점이 많았지만, 지금은 학생회가 아니기 때문에 그리 얽힐 일이 없다고 방심했던 게 내 목을 졸랐다.

설마 화무전이 룰루루 춤추며 찾아오다니.

이 녀석의 귀찮은 점은 눈치 빠른 성격이라는 점.

이전에 중간고사 공부 모임에서도 가벼운 식사라며 주먹밥을 준비해 온 날도 있었다.

즉, 그것과 비슷한 행위를 화무전 연습에서 할 가능성이 대단히 높다.

그런 현장을 아스나로가 보면 내가 거듭 코스모스에게 무슨 선물을 받는 것이라고 판단하겠지.

따라서 위기.

3 : 나와 팬지.

응. 이 녀석에 관해선 생각할 필요 없다…. 어, 수업 중에 메일이 왔는데요?

「장래를 약속한 남녀라는 게 가장 적합하다고 생각해.」

「따라서 위기.」

자, 답변 메일도 보냈고, 이걸로 끝내자. 에스퍼에게는 더 이상 말하지 않겠어.

으음. 슬슬 수업이 끝나 가는군. 정말로 어떻게 한다?

그 녀석들에게 사정을 설명하고 협력을 요청할까?

…아니, 내가 썬은 아니지만, 여자에게 부탁하는 건 남자답지 않아.

게다가 아스나로도 '아무 일도 없으면 그걸 기사로 쓴다'고 말했고, 혼자서 열심히 하자. 내가 아무것도 하지 않으면 되는 거야!

히마와리, 코스모스, 팬지. 안심해.

너희에게 폐가 가는 한심한 짓을 할 생각은 없으니까!

※

"—그런고로 이대로는 아주 귀찮기 짝이 없는 기사가 나돌 테니까 협력해 줘!"

점심시간, 도서실에 히마와리와 코스모스를 불러들인 나는 지금까지의 사정을 모두 친절하기 짝이 없게 설명하고, 폐를 끼칠 마음도 가득하게, 한심하게 협력을 요청했다.

"으음! 팬지의 과자, 오늘도 아주 맛있어!"

"그거 다행이네."

오, 내 정면에 앉은 히마와리가 메이플 머핀을 먹으며 행복하게 떠들고 있군.

정말이지 팬지의 과자가 마음에 든 걸 아주 잘 알겠다.

"팬지, 이 샌드위치를 먹어 보지 않겠니? 요리에는 자신이 있어.”

“잘 먹겠습니다.”

오, 히마와리의 옆에 앉은 코스모스가 팬지에게 샌드위치를 건네는군.

과자의 답례로 요리를 베풀다니, 예의 바른 녀석.

“아주 맛있네요.”

오, 내 옆에 앉은 팬지가 평소보다 조금 더 기뻐하는 기색이잖아.

이렇게 보면 사이좋은 3인조란 느낌이라서 흐뭇한 마음이… 아니라!

“……어이. 너희들 내 말 들을 생각 있어?”

왜 이 녀석들은 내 혼신의 외침을 태연하게 무시할 수 있지!

지금 점심시간까지 내가 얼마나 비참한 꼴을 당한 줄 알아?!

정말로… 정말로 계속 아스나로가 밀착해서 취재를 했다고!

TPO라는 개념을 완전히 상실한 빨간 펜 포니테일은 철저하게 나를 마크했다.

쉬는 시간에는 항상 1미터 이내를 유지하고, 어디에 가려고 하면 반드시 따라온다.

게다가 뒤에서 ‘다른 여자에게도 손을 대려는 건가’라든가, ‘어차피 몰래 셋 중 누군가를 만날 생각이겠지’라는 식으로 여러 오해를 멋대로 가속시키고…. 아무튼 나 혼자서 어떻게든 해 보려는, 굳고 굳은 표본 같은 의지는 산산조각이 나 버렸다!

점심시간에도 수업 종료 5분 전에 화장실을 핑계로 탈출하여 간신히 밀착 취재에서 도망칠 수 있었는데.

"듣고 있어! 그러고 보니 저번에 아스나로가 '죠로를 어떻게 생각하냐'라고 묻기에 '좋아해!'라고 말했어!"

너는 왜 내가 모르는 곳에서 그런 엄청난 소리를 하고 다니는 거야!

게다가 그거 페인트잖아! 이 눈치 없는 녀석아!

너는 정말로 사랑하는 상대에게는 부끄러워서 말도 못 붙이잖아!

"얼마 전에 나한테도 아스나로가 물었어. 아, 죠로, 안심해. 정직하게 '오므라이스와 비슷한 정도로 호감을 가지고 있어. 아주 소중한 사람이야'라고 대답해 뒀으니까 오해하진 않았을 거야."

비교 대상이 이상하잖아! 오므라이스와 연애할 생각이 없다는 의미인가!

그건 그거대로 열 받는데! 또 마지막 한마디가 멋지게 오해를 만들고 있으니까!

"신경 쓰지 않아도 돼. 나도 하네타치에게 같은 질문을 받았지만, '세계에서 가장 좋아하는 사람이야'라고 전했으니까 세 다리 의혹이 아니라 연인 관계로 기사가 바뀔 거라 생각해."

어느 쪽도 안 좋은 결과였다! 절망도수가 그리 변하지 않았어!

제길…. 하다못해 든든한 아군이 한 명 정도 있지 않을까?

그렇게 생각했는데, 전원이 아스나로에게 멋지게 괜한 정보를 쥐어 주었다니….

됐어. 이미 일어난 일을 후회할 겨를은 없고, 어차피 이 녀석들은 내 이야기를 들을 자세는 되어 있다. 그럼 여기서는 멋진 미래의 이야기를 해 볼까.

"아무튼 말이지, 나는 한동안 너희한테 말을 안 붙일 거니까, 너희도 나한테 말 붙이지 말아 줘. 그러면 아스나로도 조금은…."

"싫어." "싫어." "싫어."

미래는 어둠 속에 갇혔다.

"난 죠로랑 친한 사이일 뿐인걸! 전하고 똑같아! 말도 안 하는 건 싫어!"

히마와리는 볼멘 얼굴로 불평을. 기쁜 발언이지만, 지금은 대단히 곤란하다.

"이유는 알겠지만, 난 너와 화무전 연습을 할 생각이야. 그러니까 말을 걸지 말라는 건 조금 곤란해. 게다가… 쓸쓸하고…."

코스모스가 샌드위치를 살짝 깨물면서 그렇게 말했다.

마지막 말은 그렇다고 치고, 정론이지만 지금은 굉장히 곤란하다.

"나와의 약속은 어떻게 되는 걸까?"

팬지의 발언이 너무나도 예상한 그대로라서 어떠한 때라도 절망적으로 곤란하다.

지, 진정하자. 이 녀석들에게 감정적으로 화내는 건 의미 없는 짓이야.

냉정하게… 내앵저엉하게, 제대로 귀엽게 부탁하자.

"그럼 무슨 대안이 필요한 것이다. 아스나로의 오해를 풀어야 하는 것이다!"

"""""…….""""

귀여운 햄스터를 방불케 하는 나의 힐링 보이스가 효과를 보였는지, 세 사람은 각자 턱에 손을 대고 얼굴을 찌푸리면서 뭔가 생각하기 시작했다. 어라? 내 목소리, 안 들렸나?

"으음…. 아! 그렇지! 그럼 계속 우리가 함께 있자! 그러면 아스나로도 그냥 친한 사이라고 생각할 거야!"

"근본적으로 하나도 해결이 안 돼. 아스나로의 눈에는 내가 너희 셋에게 못된 짓을 하려는 걸로 보일 게 뻔해. 따라서 기각."

"뿌우! 재미있는데!"

헛소문을 없애는 것보다 즐거움을 우선하는 건 제발 좀 참아 주세요.

"그럼 이러는 건 어떨까? 아스나로에게 오해라고 확실히 설명하는 거야. 믿어 주지 않을지도 모르지만, 조금은 효과가 있으리라고 생각해."

"그건 이미 했습니다. 그리고 그 결과가 '밀착 취재를 해서 진위를 확인한다'입니다. 지금은 수업 종료 전에 빠져나와서 도망쳤지만, 쉬는 시간에는 계속 달라붙어 있고, 앞으로도 그러겠죠. 그런 상황에서 또 같은 소리를 해도 의미는 없습니다. 따라서 기각."

"그래. 밀착 취재를 당하는 건가. 아니, 하지만…."

흠, 평소처럼 코스모스 노트를 꺼내고 뭔가 기록하기 시작했군.

다음 발언은 딱히 없지만, 의미심장한 행동이긴 하니까 앞으로는 살짝 기대.

"명안이 있어. 나와 사귀고 결—"

"따라서 기각."

"…끝까지 말하게 해 줘."

팬지는 내가 끝까지 말하게 할 만한 내용을 생각하는 것부터 시작해 주세요.

"아, 죠로, 잠깐 괜찮을까?"

그때 노트에 끄적거리던 손을 멈추고 코스모스가 스윽 손을 들었다.

"뭡니까?"

"너는 왜 그 기사를 저지하고 싶지? 솔직히 말해서 나는 가령 그런 기사가 나와도 신경 안 쓸 거야. 어차피 사실무근인 이야기니까. 그러니까 네가 그렇게 기사가 배포되는 것을 저지하고 싶은 이유를 듣고 싶어."

“그, 그건… 그러니까 말이죠, 주위 사람들이 이상한 눈으로 볼 테고, 가족에게도 폐가 갈지도 모르고… 저기, 썬이 이 이야기를 알면 어떻게 생각할까 싶고 또 사이가 나빠지는 것도 싫고….”

“지금 이야기를 들으면 마지막 것이 중요한가 보네. 솔직히 말해서 소문 때문에 오오가, 히나타, 아키노 선배, 나와의 사이가 나빠지는 걸 두려워하는 걸까?”

어이, 팬지. 태연하게 내 생각을 맞추지 마.

하지만 착각하진 마라? 마지막 한 명에 대해선 아무래도 좋아.

“뭐야?! 그런 건가! 그거라면 걱정 없어! 나는 죠로를 좋아하니까, 모두가 뭐라고 해도 친하게 지낼 거야! 썬도 분명 괜찮아!”

씨익 웃으면서 히마와리가 내 머리를 툭툭 두들겼다. 솔직히 귀엽다.

“나는 두 번 다시 너를 싫어하지 않기로 결심했어. 게다가 혹시 썬이나 다른 이들이 마음에 걸린다면 오해를 풀어 가면 될 뿐이야. 그때는 나도 꼭 힘이 되어 줄게. 물론 가족에게도 폐가 가지 않도록 선생님들께도 사실을 말씀드리겠어.”

부드러운 미소를 지으며 내게 말하는 코스모스. 학생회장으로서 든든한 말이다.

“나와 당신이 떨어지는 일은 있을 수 없어. 계속 함께 있자.”

소문과는 별도로 이쪽 문제는 언젠가 반드시 해결하자. 진짜로.

"하지만 기사가 배포되면 나만이 아니라 너희도…."

"됐어! 이 이야기는 끝! 우리는 신경 안 써!"

으윽! 이럴 때에 히마와리의 감정적인 행동은 귀찮아.

게다가 나 이외의 누구도 이 오해를 문제로 보지 않는 모양이고…. 이 이상 무슨 소리를 해도 소용이 없는 걸까.

"알았어. 하지만 난 아스나로에게 밀착 취재당하고 있어서 필요 이상으로 너희랑 지낼 수 없으니까."

"괜찮아. 필요최소한의 교류로 나는 아주 만족하고 있어. 값싼 여자지?"

그 필요최소한의 양이 보통이 아닌 시점에서 싸지 않다.

뭐… 지금은 아스나로가 없으니 평범하게 지내지만.

내 이야기는 일단 결론이 나왔기에 그 뒤로는 잡담 타임.

히마와리가 평소처럼 신이 나서 팬지의 과자를 먹으며 재미있게 본 TV 프로그램 이야기를 할 때였다.

코스모스가 스마트폰을 확인하고 의아한 얼굴을 한 뒤에 내게 말을 붙였다.

"죠로…. 오늘 방과 후 말인데, 나랑 같이 좀 있어 줄 수 없어?"

"화무전 연습입니까?"

"아니, 그게 아냐. 화무전 연습은 멤버가 전원 결정된 뒤에 하니까 오늘은 아직이야. 할 일은 멤버 설득이야."

"네?"

"사실은 화무전에 뽑힌 마지막 1학년 여학생이 참가를 사퇴하려고 하나 봐."

어라, 어쩐 일이지. …라고 할 것도 아닌가. 작년에도 코스모스와 히마와리가 참가하지 않았고.

"그럼 다음으로 득표가 많은 학생에게 그렇게 되었다고 전하면 되는 거 아닙니까?"

화무전의 여자 참가는 사퇴자가 나오면 차점자에게 그 자리가 돌아간다.

그렇게 정해져 있으니까 거기에 따르면 될 뿐인 이야기 아닌가?

"그거 말인데… 실은 방금 전에 야마다에게서 연락이 왔어. 아무래도 10위까지의 학생 전원이 학생회에 사퇴 의사를 전한 모양이야."

덧붙여서 야마다란 회계를 맡은 사람이다.

그리 중요하지도 않으니 소개는 가볍게 끝마치지.

야마다, 배경 캐릭터. 이상.

"네? 10위까지 전원이 말인가요? 그건 또 왜?"

내가 눈썹을 찌푸리며 질문하자, 코스모스는 난처한 표정으로 고개를 내저었다.

"모르겠어. 그러니까 오늘 방과 후에 직접 만나 보고 참가해 달라고 부탁할까 해. 거기에 너도 좀 와 줬으면 해. 히마와리는 방과 후에 테니스부에 가야 하지만, 너는 그런 게 없잖아?"

"사양하겠습니다."

이 학생회장은 무슨 소리를 하는 걸까. 나는 아스나로에게 밀착 취재를 당하고 있다고?

그런 상황에서 코스모스와 둘이서 행동한다는, 러브 코미디 냄새가 풀풀 나는 짓을 할 리가 없잖아.

"그, 그럴 수가! 나는 너만 믿었는데!"

"아까도 말했습니다만, 난 필요 이상으로 엮일 생각 없습니다. 하는 건 어디까지나 춤이지, 멤버 설득은 범주 밖입니다. 아스나로에게 괜한 오해를 사고 싶지 않아서."

"그, 그런가…. 뭐… 그렇지…."

그렇게 풀이 죽어서 노트에 뭐라고 적어도 나는 알 바 아니야.

"우우…. 죠로를 학생회 서기에서 뺀 게 너무 미안해서, 하지만 또 같이 뭔가를 할 수 있다고 정말 기대했는데…."

어이, 이 녀석 너무하지 않아? 이렇게 노골적으로 풀이 죽었으면서도 그 모습이 또 그럴싸하단 말이야?

이런 건 누구든 다 편들어 주는 분위기잖아? 하지만 나는 안 해.

"죠로. 코스모스 선배가 풀 죽었잖아. 도와줘."

"아니, 히마와리. 나는 사람들 눈이 닿는 곳에서는 최대한 너희랑 있고 싶지 않아."

"분명히 죠로의 말은 옳아. 다른 학생의 설득에는 아키노 선배가 **혼자서** 가도록 하는 편이 좋겠지."

"그, 그렇지…?"

팬지, 꽤나 '혼자서'를 강조하는군. 비아냥거리는 걸로밖에 안 들려….

"하아…. 학생회 멤버에게 백화제 문제로 이 이상 부담을 줄 수도 없고, 나 혼자서 할까. 힘드네. 외로워~"

그러고 보면 이 녀석은 내가 학생회에 있을 적에도 귀찮은 일을 솔선해서 했지.

평소에도 다른 사람보다 일이 많은데, 거기에 또 일을 끌어안고….

하지만 너라면 전부 해낼 수 있으니까 분명 괜찮아! 여어! 역시나 슈퍼 학생회장!

"어쩔 수 없나…. 남자 참가자인 죠로의 장점을 열심히 설명해서 참가 승낙을 받을 수 있도록 힘내자…."

네. 스토옵! 지금 이 녀석이 뭐라고 했지?

"저, 저기, 코스모스 회장."

"왜, 죠로?"

"지금 내 장점을 설명한다고 했는데, 무슨 소리를 할 겁니까?"

"글쎄. '내가 가장 신용하는 남자'라든가 '착하고 든든한 남자'

라든가, 농담 섞어서 '그와 교제하는 여성은 행복할 것이다'라든가? 그게 왜?"

이 자식, 안 되겠어…. 빨리 어떻게든 하지 않으면….

혹시 실수로라도 코스모스가 그런 소리를 하고, 아스나로의 귀에 들어가면 또 괜한 오해가 생겨….

"…코스모스 회장. 역시 나도 돕겠습니다."

"어! 정말이야?! 와아! 너무 기뻐! 고마워!"

아무것도 모르는 자동 러브 코미디 기능을 탑재한 학생회장이 소녀틱하게 부활.

조금만 더 자각을 가져 줬으면 싶다.

"네. 하지만 부탁이 하나 있습니다."

원래 둘이서 행동하고 싶진 않지만, 그 이상 코스모스를 혼자 행동하게 하는 편이 위험한 이상 따라가서 오해의 확산을 저지할 수밖에 없다.

하지만 거기에 임할 때 사전 준비를 하지 않으면 너무 위험하다.

"부탁? 뭔데?"

"그건 말이죠—"

그러니까 말했다. 멤버를 찾아갈 때 내가 할 일과 코스모스가 했으면 하는 일을.

"그래. 조금 긴장되지만… 어떻게든 해 볼게!"

"그럼 맡기겠습니다."

"그래, 맡겨 주세요!"

부드러운 웃음과 함께 내 손을 꼭 붙잡는 코스모스. 그러니까 이런 짓을 하지 말라고….

"…응? 어이, 팬지. 뭐 해?"

옆에서 묘한 감촉이 느껴진다 싶었더니 팬지가 내 교복 소매를 꽉 붙잡고 있었다.

조금씩 잡아당기는 게 귀찮기 짝이 없다.

"내 머리를 쓰다듬어 주길 원해."

"왜?"

"쓸쓸하니까."

갑자기 영문 모를 소리를 하고. 그딴 짓을 내가 할 리 없잖아!

그렇게 말하고 싶은 마음이야 태산 같지만, 이미 팬지는 오른손에 그 책을 들고 있었다.

즉, 안 하면 내가 파브당한다는 메시지겠지.

"…이거면 돼?"

그러니 요망에 따라서 얌전히 팬지의 머리를 쓰다듬었다. 생각했던 것 이상으로 머릿결이 곱다.

"고마워. 아주 만족했어."

기분 좋게 밝은 목소리를 내는 팬지에게 있는 힘껏 찡그린 얼굴을 보여 주었더니, 결국 파브당했다. 세상에는 납득할 수 없는 일이 아주 많다.

※

방과 후가 되어 교실을 나서자, 포니테일을 흔들면서 종종걸음으로 따라오는 아스나로가 기대감 가득한 눈으로 날 바라보았다.

"죠로, 어디로 가는 겁니까?"

"코스모스 회장과 함께 화무전 멤버를 설득하러 가. 마지막 한 명이 참가를 고민한대."

"헤에. 오늘은 아무것도 안 할 줄 알았는데, 상상 이상으로 절조가 없네요."

나도 사실은 하기 싫어! 하지만 자동 오해 제조기가 폭주하니까 하는 거라고!

하지만 나도 그냥 당하기만 하는 건 아냐. 분명히 작전을 세웠어.

그 이름은 '나와 코스모스는 단순히 사이가 좋은 선후배 관계 작전'이다.

어디까지나 나와 코스모스는 다소 사이가 좋을 뿐인 관계라고 아스나로에게 알린다!

이렇게 하면 오해가 심해질 일은 절대로 없고, 잘만 풀리면 오해가 해소된다!

하지만 이 작전을 실행하는 데에 따르는 문제가 하나. 그것은 내 태도다.

나는 코스모스에게 경어를 쓴다고는 해도 어딘가 거리낌 없이 말을 건다.

이래선 아스나로가 오해할 가능성이 높다.

그래서 오늘은 **그 모드**로 갈까 한다! 해내겠어!

“좋아! **저** 멤버 찾기, **열심히 하겠습니다**!”

“죠로, 갑자기 태도가 변하지 않았습니까? 묘하게 상쾌하고, 내일에 대한 희망이 가득한 밝은 눈동자가 된 것 같은데요?”

훗. 아스나로 녀석이 무슨 말을 하는 거지? 이전부터 나는 이랬잖아.

“그렇지 않아. 아스나로가 착각하는 거 아냐?”

자, 착각 포니테일은 내버려 두고, 얼른 코스모스와의 합류 지점으로 가자.

내가 갑자기 둔감순정BOY가 되어서 합류 지점으로 가면 코스모스가 당황하지 않을까? 라고 생각할지도 모르지만, 그 점은 문제없다.

사실은 점심시간에 코스모스에게 사정을 설명해 두었다! 아니, 그때 코스모스에게 직접 부탁했다! 둔감순정BOY인 나와…

말하자면 '학생회에 있을 적의 나와 어울리는 느낌으로 대해 줘!' 라고!

조금 긴장되지만, 어떻게든 해 보겠다는 언질도 받아 냈으니 준비는 다 됐다.

척척 계단을 내려가서 1학년 층으로 가니 이미 코스모스는 스탠바이 완료.

애용하는 노트를 들고 진지한 얼굴이다. 아마도 설득의 말을 생각하고 있겠지.

오, 이쪽을 알아차렸는지 웃음을 짓는군. 여전히 미인이다.

"코스모스 회장, 기다렸—"

"오오, 키사라기 공! 기다리고 있었습니다!"

이 생물은 뭐야? 왜 어조가 사무라이풍이 된 건데? 내가 말한 '학생회에 있을 적의 나를 대할 때의 태도로 대해 달라'를 승낙한 결과가 이거야?!

연기가 서툰 것도 정도가 있지….

"저, 저기… 코스모스 회장, 왜 그러세요?"

"왜 그러세요, 라니 무슨 말씀을! 소생은 평소와 다름없습니다만? 하하핫!"

나는 학생회에 있을 때 이런 학생회장과 어울린 기억이 없다.

코스모스는 조금 긴장해서 연기를 하면 사무라이가 되나. …받아들이기 힘든 사실이다.

"이거, 이거 하네타치 공! 오늘도 귀체 평안하시군요!"

게다가 그대로 아스나로에게 말을 붙였다! 아니, 이거 어떻게 한다?

"아… 어어… 귀체 평안합니다…."

아스나로, 예의 발라! 혼란스러워하면서도 확실히 대답하고 계시옵니다!

"보다시피 소생과 키사라기 공은 사이좋은 선후배라는 관계이며, 그 이상도 그 이하도 아니올시다."

어디를 어떻게 보면 지금 우리가 그런 관계가 되지?

아스나로에게 직접 오해라고 말해 주는 건 고맙지만, 여러모로 심각하잖아.

아니, 여기서 갑자기 코스모스를 원래대로 되돌린다 해도 늦었다. 그냥 이대로 밀어붙일 수밖에 없다.

"그렇죠, 코스모스 회장! 아스나로, 잘 알았지?"

"아무것도 알고 싶지 않은 기분만 듭니다."

가차없군!

"명백히 죠로도 코스모스 회장도 평소와 태도가 다르다고 생각합니다만?"

"그러니까 아스나로의 착각이라니까. 나랑 코스모스 회장은 전부터 이런 느낌이야."

전혀 그렇게 안 보인다는 건 나도 알아! 하지만 할 수밖에 없어!

"그렇죠, 코스모스 회장?"

"그렇소이다."

"…행와나 글갔사."

전혀 신용을 못 얻었다! 무심코 사투리가 나올 만큼 신용을 못 얻었어!

아니, 이제부터야! 이제부터 만회의 기회는 얼마든지 있어!

어조와 태도가 이상해도 그냥 사이좋은 선후배라는 건 전해질 수 있어.

"그럼 키사라기 공, 가시지요! 적은 1학년 중에 있다!"

아키노 공, 아케치 미츠히데*처럼 말하지 말아 주십시오.

설득을 하러 가는 거니까, 적이 아니고 아군이니까.

※

1학년 교실이 늘어서 있는 복도에 서서 코스모스가 노트를 펼쳤다.

"그럼 얼른 3위인 학생에게 화무전에 참가해 달라고 말하러 가도록 하시지요."

어조가 눈에 띄는 사무라이 코스모스가 눈동자를 번뜩, 날카로

※아케치 미츠히데 : 일본 전국시대 말기에 반역을 일으켜 혼노지에서 오다 노부나가를 죽인 인물. 그때 말한 '적은 혼노지에 있다'란 말이 유명.

운 일본도 같은 시선을 발도.

이대로 설득 상대를 단칼에 베어 버릴 듯한 분위기다.

"알겠습니다. 코스모스 회장이 말을 거는 겁니까?"

"아니, 키사라기 공이 좋겠지요. 소생과 말하면 긴장하는 자가 많으니까요. 여기선 나이가 비슷한 귀공이 적임이 아닐까 생각하고 있소이다."

그 이전의 문제로 소생이 말을 거는 편이 좋을 듯한 생각이 들고 있소이다.

"죠로는 코스모스 회장에게 신뢰받고 있다…."

아스나로 녀석… 어조에 대해서는 중간부터 무시하기로 결심한 주제에 이런 쪽으로는 확실하게 체크하는군….

그보다 이 정도는 보통 선후배의 대화로도 충분히 가능한 레벨이잖아.

"찾았습니다. 저분이 화무전에 뽑힌 세 번째 여사 생도이옵니다."

'여자 생도'가 아니라 '여사 생도'라고 한 것 같은데, 신경 쓰지 말기로 하자.

이제 이 사무라이는 무시하고 얼른 설득하러 가는 편이 좋겠다.

나도 연기한다지만, 이 녀석보다는 훨씬 괜찮게 할 자신이 있고.

"알겠습니다. 그럼 얼른 말을 걸고 오겠습니다!"

그렇긴 해도 과연 화무전에 뽑힐 만큼 예쁜 애로군.

앞머리로 이마를 가린 보브 스타일에 귀여운 꽃 모양 리본이 잘 어울린다.

너글너글하고 착해 보이는 아이고… 음! 이거 간단할 것 같은데!

"저기, 저기, 너 잠깐 시간 있어?"

"히익! 뭐, 뭔가요?!"

왜 말 좀 걸었다고 이렇게 몸을 떠는 거지?

"어, 어어…. 나는 2학년인 키사라기. 모두에게는 죠로라고 불리고 있어."

"저는… 1학년 카마타입니다. 야구부에서 매니저를 맡고 있습니다."

내가 자기소개를 하자, 소녀는 아주 겁먹은 태도로 자기 성을 밝혔다.

혹시 낯가림하는 타입인가?

으음, 거절당할 것 같지만, 야구부 매니저를 맡고 있다면 썬이랑도 아는 사이일 테니 말만 잘하면 잘 풀릴지도 몰라! 우리는 절친이니까!

"저기, 네가 화무전 멤버로 뽑혔다면서? 나도 뽑혔는데, 괜찮으면 사퇴하지 말고 참가를—"

"시, 싫어요! 저는 절대로 참가 안 할 거예요!"

"어?"
왜 그렇게 강하게 부정하지?
"어, 어째서? 우왓!"
이 녀석 뭐야? 왜 갑자기 멱살을 잡고 나를 끌고 가는 거야!
게다가 귓가에 입을 들이대고! 그만둬! 지금 그런 짓을 하면…
"죠로, 설마 방금 만난 1학년에게까지 손을 대다니…!"
이렇게 되잖아! 그러니까 왜 내가 못된 짓을 한 방향이 되는데!
"키사라기 공! 지금 도우러 가겠소이다!"
하지 마아아아아! 너는 얌전히 무사도에 대해 생각해!
"아니, 올해 화무전에는 코스모스 회장과 히마와리 선배가 참가하잖아요! 두 사람 다 저랑 비교해서 아주 예쁜 사람이에요! 그런 사람들과 같이 참가할 수 없어요! 제가 아주 비참해 보이잖아요!"
나에게만 들리도록, 감정적으로 작게 한 말에 무심코 납득하였다.
그래서 화무전에 참가하기 싫어했던 건가!
분명히 코스모스와 히마와리는 우리 학교를 대표하는 미녀다. 이 애도 충분히 예쁘지만, 두 사람과 비교해서는 떨어진다. 즉, 병풍 취급이 될 가능성이 있다.
"오오! 괘, 괜찮으십니까?"

그때 타이밍도 좋게 코스모스가 내 팔을 덥석. 간신히 소녀와 나를 떼어 놓는 것에 성공.

"코스모스 회장은 죠로가 다른 여자와 붙어 있으면 질투한다…."

더불어 내 오해의 가속에도 성공! 그러니까 도울 필요 없다고 했는데….

"게, 게다가 저는 키사라기 선배랑 춤추기 싫어요!"

떨어지는 것과 동시에 소녀가 또 폭탄선언을 투하. 왠지 안 좋은 예감이 무진장 드는데….

"키사라기 선배는 전에 여자 둘을 동시에 자기 것으로 만들려고 했잖아요. 그런 더러운 사람이랑 몸을 맞댄다니, 죽어도 싫어요! 만지면 죽을 거예요!"

지난번 문제가 튀어나왔다!

그러고 보면 난 아직 다른 학년이나 다른 반으로부터 미움을 받고 있었다!

그보다 너 불과 10초 전에 날 만졌잖아!

하지만 살아 있잖아! 되는 대로 말하지 말라고! 나도 상처 받아!

"그, 그건 오해야, 나는—"

"게다가 화무전의 전설을 생각하면, 참가했다간 저는 키사라기 선배랑 사귀게 되잖아요! 그런 건 죽는 것보다도 싫어요!"

왜 내가 이 소녀와 사귀는 전제로 이야기가 흘러가는 거지?

"아, 아니, 그 전설은 세 사람 중 누군가 한 명이고, 꼭 너인 것도 아니고, 어디까지나 소문이라서…."

"키사라기 선배처럼 얼굴이 대단치도 않은 사람이 코스모스 회장이나 히마와리 선배랑 사귈 수 있을 리 없잖아요! 현실과 거울을 똑똑히 좀 보세요!"

나도 꿈을 꿀 권리 정도는 있어도 되잖아! 현실을 들이대지 마!

개인적으로는 마음에 든다고! 스타일리시한 코가! 일단 그걸 칭찬해 줘!

지, 진정하자. 평소 팬지의 독설 때문에 욕설에는 익숙하잖아?

여기서 화를 내면 안 돼. 아무튼 분노를 가라앉히고….

"키사라기 선배처럼 약해빠지고 기분 나쁜 사람이랑 춤추다니, 저어어어얼대로 싫어요!!"

좋아, **그 모드**로 돌아가 볼까! 저질러 보자고!

"너… 각오는 되었겠지이이?!"

"히, 히이이익! 왜 갑자기 몸에서 소인배 냄새가 나고, 말똥을 이겨서 만든 경단 같은 눈을 하는 건가요?!"

이 녀석, 꼭 날려 버리겠어! 표변에 쫀 건 알겠지만, 말을 좀 가려!

말똥은 아니잖아, 말똥은!

"지, 진정해! 죠로!"

예상 밖의 사태에 연기할 여유가 사라졌는지, 코스모스가 사무라이 말투에서 돌아와 황급히 내 몸을 뒤에서 붙잡았다.

"이거 놓으세요, 코스모스 회장! 나는 지금부터 이 녀석을… 헛!"

"아니, 안 돼! 네가 그녀에게 위해를 끼칠 가능성이 있는 이상 못 봐!"

하지만 여기서 사건이 발생. 코스모스가 나를 뒤에서 껴안듯이 붙잡았다.

그 바람에 코스모스의… 훌륭한 D컵이 내 등에 닿았다!

"오오! 이거 꽤나 뜨거우시군요!"

"히, 히익…!"

기쁜 듯한 아스나로의 목소리. 털썩 주저앉은 꼬맹이.

하지만 어느 쪽도 지금은 상관없어! 내가 지금 주의해야 할 것은 단 하나!

"코스모스 회장! 절대로 날 놓지 마세요! 놓으면 무슨 짓을 할지 모릅니다!"

"아, 알았어!"

우호오…. 가슴의 감촉이 등에 펴지고 계십니다! 제대로 펴지고 계십니다!

"힘이 약합니다! 더! 더 세게 붙잡아 주세요!"
"그래? 이것도 꽤… 아니, 최대한 힘을 써 볼게! 이거면 될까?"
도원향이다아아! 내 등에 도원향이 펼쳐지고 있어어어!
"우와아아…. 그렇습니다! 그겁니다! 어이, 꼬맹이, 도망치지 마! 도망치면 코스모스 회장이 떨어지니까! 그리고 코스모스 회장은 가슴을 어떻게 댈지 생각해 주세요! 상반신을 더 밀착해서…… 엥?"
어라? 왜 코스모스가 내게서 떨어져서 꼬맹이에게로 가는 거지?
"설 수 있겠어?"
꼬맹이에게 다정하게 손을 내미는 코스모스.
…흠. 냉정해지긴 했지만, 지금 난 아주 위험한 말을 하지 않았던가?
"괘, 괜찮아요."
코스모스의 손을 잡으며, 아직 떨리는 다리로 꼬맹이가 일어섰다. 더불어서 나도 바들바들.
"다행이네. 그럼 이제 가도록 해. 나는 저 인간하고 좀 할 말이 있어."
"네!"
그리고 꼬맹이는 코스모스에게 깊이 고개를 숙이더니 서둘러

떠나갔고, 그 자리에는 얼어붙은 귀(鬼)부인과 신이 난 얼굴의 아스나로와 식은땀을 흘리는 나만이 남았다.

"자, 죠로. 너는 방금 전에 뭘 했지?"

"여학생을 설득했습니다…."

"좋아. 맞아. 그럼 방금 전의 말은 무슨 의미지?"

무섭다. 무지 무섭다. 어떻게든 빠져나가고 싶은데, 어떻게 빠져나가면 좋지?

"어어. 그렇죠. 학술적인 근거는 없습니다만, 흉부의 부드러움이란 때로는 인간… 특히나 남성을 냉정하게 만드는 특효약 같은 효과가 있다고 들었습니다. 모르십니까? 그렇군요. 이른바 어머니의 추억이라고 하면 될까요. 많은 아이들은 나고 자랄 때 어머니의 사랑과 가슴에 안겨 있습니다. 그 잔재라고 할까, 본능이라고 할까—"

"길어. 여덟 글자 이내로 정리해."

"아이·러브·가슴."

여덟 글자 내로 간추려서 말하자, 코스모스의 관자놀이가 꿈틀 소리를 냈다. 왜지?

"즉, 너는 자신의 비천한 욕망을 채우기 위해 나더러 세게 붙잡으라고 말한 걸까?"

"어어… 에에… 그런 관점도 없다고는 잘라 말할 수 없는데…."

어떻게든 귀부인의 기분을 해치지 않으려고 솔직히 말했지만 효과는 없었다.

어딘가 달관한 것처럼, 일본도 이상으로 예리한 시선이 사정없이 나를 푹 찔렀다.

"죠로. 일단 거기에 무릎을 꿇어 보겠니?"

"하하하하. 그렇게 말씀하셔도—"

"꿇어."

무섭다. 무지 무섭다. 러시아의 전직 군인 겸 마피아 저리 가라 할 정도로 무섭다. 거슬렀다간 내 목숨이 날아간다는 분위기가 찌릿찌릿 퍼졌다. 그러니 나는 얌전히 꿇었다. …복도에 털썩.

"뭐, 너도 남자야. 그런 것에 흥미를 갖는 건 어쩔 수 없다고 할 수 있지. 하지만 지금 상황을 알고 있는 거니? 우리는 댄스 멤버를 설득해야만 해. 그런데 그런 것을 우선하는 건—"

그 뒤로 약 10분에 걸쳐서 나는 코스모스 님의 설교를 계속해서 듣고 여러모로 반성하는 꼴이 되었다.

"아무튼 앞으로는 주의하도록. 알겠어?"

"…네. 죄송했습니다."

간신히 설교에 만족한 코스모스 님은 노트에 뭐라고 기록하고 탁 덮더니, 일어선 나를 날카로운 눈으로 노려보았다.

"설마 너 댄스에 대해서도 괜한 생각을 하진 않겠지? 예를 들어서 나나 히마와리에게 뭔가 음흉한 짓을 하려고 든다든가…."

"천만의 말씀! 그런 생각은 추호도 하지 않습니다!"

등을 쭉 펴면서 곧바로 부정했다. 아무리 나라도 그 정도의 분별은 있다.

"그래. 그럼 좋아. 아무튼 지금 그 애한테는 거절당했지만, 다음 학생에게 가자."

"써! 옛써!"

그 뒤로 나와 코스모스는 10위까지 뽑힌 학생들을 돌며 참가 권유를 했다.

그리고 괜한 오해가 생기지 않도록 분별 있는 나는 스마트폰에 있는 '댄스　가슴　밀착'이라는 검색 이력을 곧바로 삭제했다.

"흠흠. 두 사람은 서로를 세게 껴안더니 그 뒤로 치정 싸움을 했다. 죠로, 뭔가 켕기는 생각을 하는 것 아닙니까? 당신은 역시 여자의 적입니다!"

여자의 적이라도 좋으니까 누구든 내 편이 좀 필요한 오늘 이 시간이었다.

※

귀갓길. 시간은 18시 30분.

학교를 뒤로하고 터덜터덜 집으로 향하는 나와 코스모스. 아스나로는 없다. 내 기사 이외에도 백화제용 기사를 위한 기삿거리

수집에 여념이 없는 포니테일은 오늘 얻은 기삿거리를 정리한다면서 갔기 때문이다.

코스모스와 함께 귀가하는 러브 코미디 요소가 그 녀석 눈에 띄지 않게 되어서 내심 안도했다.

"하아…. 결국 모두에게 거절당했네."

"…그러게요."

3위부터 10위까지의 학생이 모두 거절하는 건 아무래도 타격이 컸겠지.

코스모스는 완전히 기운을 잃고서 내 옆을 터덜터덜 걸었다.

"설마 다들 백화제 때 예정이 있다며 사퇴할 줄은 몰랐어. 아니면 내게는 말하기 어려운, 화무전에 참가하기 싫은 이유라도 있는 걸까?"

"그건 잘 모르겠네요."

말로는 그렇게 대답했지만, 본심은 달랐다. 코스모스의 말이 맞다.

오늘 설득하면서 안 건데, 원래는 모두가 참가하고 싶어 하는 인기 많은 화무전이지만, 올해만큼은 여학생들이 참가를 꺼렸다.

이유는 주로 코스모스와 히마와리다. 아무래도 여자들 사이에서 '화무전에 참가하면 미녀 두 사람과 비교당하는 꼴이 되어서 병풍 신세가 된다'는 이야기가 만연한 모양이라, 선발된 여학생들만이 아니라 다른 여학생들까지도 참가를 꺼렸다.

내가 원인인 부분도 다소 있었지만, 기본은 히마&코스.

미녀와 비교당하기를 다들 두려워했다.

그렇긴 해도 소문이 꽤나 빨리 도네. 화무전 멤버는 전원이 결정된 뒤에 발표될 텐데, 어떻게 다들 코스모스와 히마와리가 화무전에 참가하는 걸 알지? 그녀들이 뽑힐 거라는 예상은 가지만, 확신은 못 할 텐데….

"그렇게 싫은 티를 내지 않아도 되잖아. 하아…. 쇼크였어~"

나는 그래도 이유를 아니까 납득했지만, 이유를 절대 모르는 채 거절당한 코스모스는 꽤나 답답한 모양이다. 보통은 별로 불평하는 일이 없는데, 오늘은 어쩐 일로 불평을 했다.

"뭐, 괜찮지 않을까요. 10위까지의 여학생이 안 될 경우에는 누군가를 추천하는 거죠? 내일부터 그쪽 방면으로 애써 보죠. 나도 이상한 짓 안 할 테니까요."

"…어? 너는 내일부터도 날 도와주는 거야?"

이 녀석, 무슨 당연한 소릴 하는 거야?

코스모스 한 사람에게 시켰다간 무슨 정보가 퍼질지 알 수 없는 이상, 함께 행동하는 건 당연하다. 이 녀석을 혼자 놔둬서 묘한 오해가 생기는 것보다는 같이 행동하면서 오해가 생기지 않도록 주의를 주는 편이 당연히 낫지.

"그렇기는 한데, 안 됩니까?"

"아, 아니! 안 될 리 없지! 전혀 상관없어! 같이 있어 줘!"

붕붕 고개를 내저으며 내 말을 전력을 다해 부정하는 코스모스.

그 뒤로는 계속 기분 좋은 눈치더니, 나중에는 들뜬 발걸음이 되는 게 인상적이었다.

"…즐거운 시간은 순식간이라고 하는데, 벌써 역에 도착했네."

"그렇군요."

"그, 그럼 죠로! 오늘은 이만! 정말로 고마워! 큰 도움이 되었어!"

그 말과 함께 어울리지 않는 소녀 같은 미소를 선보이며 내 손을 꼭 잡는 코스모스.

이 녀석, 이럴 때만은 진짜 소녀틱하네. 아스나로가 없어서 다행이다.

"내일 또 함께 힘내자!"

"네, 내일 봬요."

내 손을 놓은 코스모스는 손을 흔든 뒤에 역으로 들어갔다.

자, 나도 얼른 돌아가서 내일 대책을 세우자. 일단은 멤버 찾기부터.

나를 좋아하는 건
너뿐이냐

나를 덮치는 어둠의 스파이럴

자, 갑작스럽지만 여기서 어떤 사항에 대한 나의 개인적인 의견을 말해 볼까 한다.

그것은 '여자 그룹'이라고 불리는 존재에 대한 것이다.

사이좋은 여자들끼리 모여서 형성되는 집단의 호칭. 남자도 친한 녀석들끼리 모이는 일이 많은데 왜 '남자 그룹'이라는 말보다 잘 와 닿는가 하면, 남자보다 여자 쪽이 친한 이들끼리 뭉칠 기회가 많기 때문이라고 나는 생각한다.

그리고 이 여자 그룹에는 여러 종류의 무리가 존재한다.

조용하고 어른스러운 여자가 모여서 자기들의 세계를 만드는 서브컬처 그룹.

씩씩하고 힘이 넘치는 운동부 계열 여자가 모여서 이벤트에서 분위기 띄우는 역할을 담당하는 허슬 그룹.

귀여운 여자나 발언력 있는 여자가 모여서 학급의 중심을 떠맡는 카리스마 그룹.

그 외에도 말괄량이 그룹이나 쿨 그룹 같은 것도 존재하는 모양이지만, 우리 학급에는 기본적으로 앞서 말한 세 종류가 형성되어 있으며 다른 그룹은 존재하지 않는다.

참고로 히마와리는 무소속이다. 언뜻 보면 허슬 그룹 또는 카리스마 그룹에 속했을 것 같지만, 누구에게도 밝게 말을 붙이는 히마와리는 어느 계열에도 속하지 않았다.

자, 남자 제군.

고교 생활에서 이 여자 그룹 중에 절대로 적으로 돌려선 안 되는 것이 존재한다.

그것은… 카리스마 그룹이다. 이들은 아주 위험하기 짝이 없다.

자기들이 학급의 중심이라는 믿음과도 가까운 자각을 가졌고, 다른 이들을 거느리면서 조금이라도 마음에 안 드는 점이 있으면 독자적인 정의감을 무슨 일반 상식처럼 말하면서 자기들을 정당화한 뒤에 전력으로 이빨을 드러내 공격하기 때문이다.

어? 왜 그런 말을 하냐고? 그건 바로 지금 내가….

"죠로, 너 살면서 부끄럽지 않아?"

그 카리스마 그룹에게 공격을 받기 때문이다.

사건이 일어난 것은 내가 히마와리의 대시에 지쳐서 내 자리에서 쉬고 있던 아침.

히마와리가 테니스부 일로 부원들과 이야기하고 오겠다고 교실을 뒤로하고, 썬이 그라운드에서 아침 연습에 힘쓰는 틈을 노려서 카리스마 그룹이 움직여 나를 향해 삶에 대한 모독을 개시했다.

참고로 이것도 카리스마 그룹의 특징 중 하나다.

이 녀석들은 자기가 못 이길 상대가 있을 때에는 절대로 공격하지 않는다.

썬처럼 힘차게 자기 길을 똑바로 나아가는 남자나 히마와리처럼 자기보다 귀엽고 씩씩한 여자가 있을 경우, 이 녀석들은 그 기세에 눌려서 내게 뭐라고 할 수 없다.

본능적으로 못 이길 상대를 구별하고, 행동할 타이밍을 재는 것이다.

그러니까 지금처럼 공격 대상이 반에서 고립된 때를 노려서 습격해 온다.

이미 야생의 육식 동물과 차이점을 찾을 수가 없다. 그야말로 코요테.

"미안한데, 무슨 말인지 잘 모르겠는데?"

총 다섯 마리의 코요테 떼에 둘러싸인 불쌍한 새끼 사슴인 내가 사랑스러운 눈동자로 곤혹스러움을 보여도 효과는 없음. 육식 동물은 굶주림을 채우는 행위에 정신이 없는지, 추릅 하고 입맛을 다실 뿐이었다.

"이거야, 이거. 너 세 다리를 걸친다면서?"

눈앞에 들이대는 종이. 그걸 확인하자….

"이게 뭐야아아아아아?!"

다시 태양을 향해 외쳤다. 무심코 그 종이—신문을 와락 빼앗아 뚫어져라 보았다.

그 신문에는 '인간 말종, 키사라기 아마츠유! 세 여성을 대유린!'이라고 큼직하게 적혀 있었다.

"오늘 아침부터 학교에 뿌려졌어. 너 몰랐어? 정말 멍청하네."

긴 속눈썹을 가볍게 팔락거리는 카리스마 그룹의 A코에게서 비웃음.

잠깐 기다려! 아스나로는 나한테 백화제 전날까지 밀착 취재를 하고 이 기사를 쓸지 안 쓸지 판단하겠다고 말했잖아! 그런데 왜 이미 기사가 나도는 거야?!

"하렘을 꾸릴 거면 그 전에 외모를 어떻게든 하든가…. 밥맛 떨어지게…."

너무 놀라 입을 떡 벌리고 있는 내게 이번에는 아이섀도를 듬뿍 칠한 B코가 신랄한 말을 던졌다.

그래서 나는 지금 카리스마 그룹의 공격을 받는 건가! 이제야 제대로 납득이 간다!

"기, 기다려! 이 기사는 날조야! 난 그런 짓 안 했어!"

"그래그래. 그렇게 말할 줄 알았어. 하지만 **다들** 그렇게 말해! 죠로는 전부터 여자를 이상한 눈으로 봐서 기분 나빴다고."

나왔습니다! 카리스마 그룹 필살의 '다들' 시리즈!

아침에 신문이 배포된 뒤로 아직 조례도 시작하지 않은 짧은 시간 동안 너희는 대체 몇 명에게 이 이야기를 듣고 그렇게 말하는 거야?

다들이라는 게 너희 다섯 명? 아니면 우리 반 전원?

분명히 **다들**에게 확인하고 왔어? 아니지?

나를 추궁하고 싶으니까 그렇게 말하는 것뿐이지? 히마와리와 썬 불러올까? 응?

"그래서 너는 누구한테 세 다리야? 지금 당장 그만두고 그 애들에게 사과해."

정보 수집과 사죄 요청을 명령조로 동시에 하는 점에서 학급을 좌지우지하려는 야심이 느껴진다.

분명히 이 기사에는 내가 세 다리를 걸쳤다고 적혀 있지만, 문제의 여자들의 이름이 없다. 그럼 설령 추궁한다고 해도 결코 정보를 흘릴 순 없어!

혹시 상대가 히마와리나 코스모스라고 알려져 봐. 지금은 청중으로, 제삼자의 입장에서 카리스마 그룹에게 다소 뜨악한 시선을 보내는 남자들이 질투의 불길에 불타며 순식간에 적으로 돌아선다.

코요테 무리에게 육식 동물 무리가 추가되는 건 안 돼!

"자, 잠간 지두려 보더라요!"

그때 교실 문이 드르륵 열리고 아스나로가 숨 가쁘게 나타났다.

꽤나 다급한 듯 평소의 경어가 아니라 사투리가 나왔다.

분명히 '잠간'이라는 게 '잠깐'이란 의미라고 했던가.

"아스나로, 뭐야?"

카리스마 그룹 A코가 의아한 눈으로 흘끔거리며 속눈썹을 바르르 떨었다.

하지만 아스나로는 그런 시선을 개의치 않고 나와 카리스마 그룹 사이로 돌격해 왔다.

“저기, 이 기사 말인디, 아직 게재할 예정이 아니라오. 왜 나도는 건지 몰갔어요…. 그 신문에 적힌 거, 그대로 믿으면 아이 한다!”

“하지만… 죠로가 이상한 짓을 했으니까 기사로 만든 거잖아? 그럼—”

“아니라요! 하지만 사실일지도 몰라서! 아직 조사 중이라서!”

A코의 말을 가로막으며 자기 말을 하는 아스나로.

아무래도 이 기사는 실수로 게재된 것으로, 아스나로의 뜻에 반하는 사태였던 모양이다.

“그러이까네, 백화제 전날까지 내 죠로를 밀착 취재해서 백화제 특집호에 그 결과를 실을까니, 잠간만! 지두려 주소!”

설마 나를 제일 의심하는 녀석이 도와주리라고는….

아니, 애초에 이 녀석이 착각하지 않았으면 아무 일도 일어나지 않았지만!

“아스나로가 그렇게 말한다면, …알았어. 하지만 조심해. 이 녀석, 무슨 짓을 할지 모르니까. 전에 갑자기 가슴을 만지더라고 말한 애도 있어.”

어이, 갑자기 나타난 사실무근의 날조는 또 뭐야?

“죠로, 미안…. 자무래두 어제 신문을 맹길 때 내 기사가 섞여

들어간 모양이라…. 백화제까지 자무한테도 안 보여 준다고 약속했는데… 그걸 깨서… 미안!"

카리스마 그룹이 물러난 뒤에 아스나로가 나를 향해 깊이 사과했다.

"내 확실히 확인했으면, 이런 일 없었는데…. 정말로 미안해!"

"…됐어. 일어나 버린 일에 구시렁구시렁 불평해도 변하는 건 없을 테니."

"…고마워."

으음… 일단 지금은 어떻게 되었지만, 이거 문제가 더 일찍 터진 것뿐이지.

결국은 아스나로를 납득시키지 않으면 내 세 다리 기사가 그대로 사실이 되어 확정된다.

이거 어떻게든 이 사투리 여자의 오해를 풀어야만 해….

※

"하아…. 진짜 큰일이네…."

2교시가 끝난 뒤의 쉬는 시간, 한 차례 무거운 한숨을 쉬는 나.

오해의 악화가 설마 했던 사태를 일으켰다.

사실 1교시가 끝나고 쉬는 시간에 나는 코스모스와 함께 화무전 멤버를 찾기 위해 10위 이내에 뽑히지 않은 여학생들에게 권유하러 다녔지만, 계속 거절당했다.

이번 거절의 주된 원인은 히마와리나 코스모스가 아닌 나.

이유는 알겠지? 그 기사가 누설되었기 때문이다.

많은 여학생들에게 권유를 했지만 대답은 똑같았다.

'세 다리 걸치는 남자와 춤추는 건 죽어도 싫어.'

여러모로 절망할 수밖에 없는 상황이다. 함께 있던 코스모스가 그건 잘못 나간 기사라고 열심히 설명해도 역시 의혹이 강한 탓인지, 학생회장의 말이라고 해도 신문에게는 이길 수 없었다.

권유는 멋지게 전패, 멤버는 전혀 보이지 않는 상황이다.

불행 중 다행이었던 것은 잘못된 기사를 아스나로가 재빨리 회수해 준 거겠지.

밀착 취재를 일시적으로 그만두면서까지 아스나로는 1교시가 끝나고 쉬는 시간에 교내에 배포된 신문을 도로 모아 왔다.

"저기… 죠로, 오늘 배포된 신문은 전부 회수했습니다…. 저기, 미안합니다."

호랑이도 제 말하면 온다고, 내가 어두침침한 오라를 마구 내뿜고 있자, 두 손 가득 신문을 껴안은 아스나로가 미안한 듯이 다가왔다.

지금 이 녀석의 분위기라면 밀착 취재를 그만두라고 하면 그만둘 것 같다.

"이제 됐어. 나가 버린 건 어쩔 수 없지. 그보다 앞으로는 제대로 된 기사만 실어 줘."

"그건 물론입니다! 두 번 다시 이런 사태가 일어나지 않도록 노력하겠습니다!"

하지만 나는 그 선택을 하지 않았다. 아니, 선택할 수가 없다.

왜냐고? 오늘 아침의 사태로 내가 해야 할 일이 변했으니까.

전교생들이 보기에 지금의 나는 한없이 검정에 가까운 회색이다.

이걸 흰색으로 만들려면 배포된 기사가 착오였다는 식으로 아스나로가 정식 기사를 써서 배포해야만 한다.

그러기 위해서 아무리 싫더라도 이 녀석의 밀착 취재를 받고 의혹을 씻어 내야만 한다.

세 다리 의혹 불식과 화무전 멤버 찾기. 어느 쪽이건 너무 어려워서 울고만 싶어졌다.

"아무튼 멤버 찾기를 먼저 할까. 그쪽이 재미있을 것 같고."

"아! 그랬죠!"

"응? 왜 그래?"

갑자기 아스나로가 포니테일을 흔들면서 손을 모았다.

왠지 말도 안 되는 소리가 나올 것 같은데, 막는 게 나으려나?

"그게 말이죠, 죠로. 괜찮다면 제—"

"어이, 죠로."

그때였다.
아스나로가 마지막까지 말을 잇기 전에 뒤에서 다소 기력 없는 목소리가 울렸다.
평소보다 훨씬 열혈 성분이 부족한 남자… 썬이었다.
혹시 그 기사의 내용을 알고 나한테 황당함이나 분노를 품었나?
"여어, 썬. 아니… 왜 그래?"
내심 벌렁거리는 가슴으로, 그러나 최대한 평상심을 명심하면서 나는 그렇게 말했다.
"너 오늘 아침에 이상한 기사가 나왔지?"
덜컹! 아아, 드디어 썬도 알아 버렸나…. 어쩌지?
"어, 어어! 하지만 단순한 소문일 뿐 사실이 아니거든? 저, 정말로!"
내가 허둥대면서 그렇게 말하는 것을 확인하자, 썬의 얼굴에 서서히 미소가 떠올랐다.
"알고 있어! 그렇게 불안한 얼굴 하지 마!"
열혈 성분, 주입 완료! 평소의 후끈한 썬이 내 어깨를 탁탁 두드렸다.
다행이다…. 정말로 이해해 줘서 다행이다…. 어깨가 꽤 아팠지만….
"괜찮아! 주위에서 뭐라고 하든, 나와 너의 우정은 이제 절대로 깨지지 않아!"

절친이란 이렇게 멋진 존재겠지…. 살짝 울고 싶어졌다.

"그리고 어제 우리 매니저한테 들었는데, 지금 너랑 코스모스 선배가 화무전 멤버를 찾으러 다니는데 아직 못 찾았다지? 거기에 그런 기사까지 나돌면 더 고생이겠지! 하지만 안심해! 너 대신 내가 확실히 찾아 왔어! 마지막 멤버를 말이야!"

"정말이냐?"

"정말이야!"

이건 기쁜 오산이다! 잘했다, 꼬맹이! 이름은 이미 잊었지만, 감사하도록 하지.

"기사 문제도 있어서 이상한 녀석이 참가하면 소문이 더 악화되겠지? 하지만 내가 고른 녀석이라면 절대로 소문이 악화되지 않아! 그게 마지막 멤버다!"

"그, 그래서 마지막 멤버라는 게 누구야?"

"후후훗."

뜨거움과 자신만만함을 절묘한 비율로 조합한 미소를 띤 썬은 엄지를 척 세운 주먹으로… 그대로 자기 자신을 가리켰다.

"It's me!"

"…You?"

"Yeaaah!"

Wait! Wait다, 썬!

화무전은 남자 한 명에 여자 세 명이 교대로 파트너를 맡아서 춤추는 이벤트다.

하지만 남자 참가자는 이미 나로 채워졌다. 즉, 너는 여자 쪽으로 참가할 생각이야?

왜? 지금까지 등장하지 않았던 동안에 모로코라도 다녀왔냐?*

화무전의 전설을 고려하면, 내가 너와 맺어질 가능성이 나온다는 소리인데?!

안 돼! 이대로는 여름이나 겨울에 죠로×썬 책이나 썬×죠로 책이 배포될 가능성이 나온다. …어느 쪽이 좋을까? 나는 '수'가…. 아~냐~! 어느 쪽도 싫어!

"아, 아니, 썬은 남자잖아? 화무전은…."

"괜찮아! 코스모스 선배에게 아까 확인했더니 '참신해서 좋아. 신청해 볼게'라는 대답을 들었어! 죠로, 나와 너의 뜨거운 우정 댄스로 보는 이들 전원을 홀딱 빠지게 만들자!"

설마 남자끼리 밀착한 열정 댄스를 추게 되다니… 세상 참 무상하다.

"눈속임을 위해서 썬을 참가시켰는지, 남자고 여자고 절조 없이 손을 내미는지… 둘 중 하나로군요."

※모로코라도 다녀왔냐? : 일본에서는 어째서인지 모로코가 성전환 수술의 메카로 알려졌었다. 그 예로 조금 오래된 이야기 속에 '모로코에 다녀왔다'는 언급이 나오면 수술을 받았다는 의미.

세 번째 선택지로 '내가 모르는 곳에서 이야기가 멋대로 진행되었다'로 부탁합니다.

※

"자, 오늘도 열심히 오해 대책을 생각해 볼까!"

점심시간, 지난번과 마찬가지로 코스모스와 히마와리를 도서실로 불러들인 나는 힘차게 그렇게 말했다.

양대 과제 중 하나인 화무전 멤버 찾기가 예상 밖의 결과로나마 해결된 이상, 다음에 해야 할 것은 의혹 해소 외에 생각할 수 없다.

또한 이왕 이렇게 된 거 썬도 불러 보았다. 항상 학생 식당으로 밥을 먹으러 가는데, 오늘은 도서실이라 매점에서 빵을 사 와서 내 옆에서 우적우적 먹고 있다.

내친김에 썬이 매점에 갈 때 따라가서 사람이 와글거리는 매점에서 최대한 빠르게 움직여 아스나로의 밀착 취재에서 멋지게 빠져나왔다.

밀착 취재를 받을 각오는 되어 있지만, 이 시간만큼은 예외다.

지금부터 할 이야기는 밀착 취재 대책인 이상, 그 녀석이 있으면 불가능하니까.

""""……""""

어라? 왠지 모르겠지만, 팬지도 코스모스도 히마와리도 꽤나 떫은 얼굴을 하고 있네.

딱히 마음 상할 만한 소리를 한 기억은 없는데, 왜지?

“저기, 죠로.”

“왜 그래, 썬?”

그때 빵을 다 먹은 썬이 포장지를 둘둘 말면서 한마디.

“기사를 신경 쓰는 것보다도 먼저 화무전 생각을 하자. 기사는 너의… 아니, 우리 문제지만, 화무전은 제대로 안 했다간 학교에 폐가 가잖아?”

“윽!”

“난 네가 점심시간에 도서실에 가서 모두와 이야기를 한다고 하기에 분명 화무전 이야기일 줄 알았어. 아직 멤버가 정해졌을 뿐이지, 그 외에는 하나도 준비가 안 됐잖아? 그야 멤버 찾기가 힘들었을지도 모르지만, 그게 끝은 아니잖아?”

너무나도 옳은 말씀이라서 받아칠 말이 하나도 없다. 분명히 기사는 내버려 둬도 아무에게도 폐를 끼치지 않는다.

여기서 내가 우리 반의 카리스마 그룹에게 공격을 받았다고 전하면 모두의 생각이 변할지도 모르지만, 그럴 생각은 없다. 어떤 이유든 썬이나 히마와리가 반 아이들과 충돌하는 상황은 만들기 싫으니까.

“죠로의 문제가 귀찮은 건 알아. 나도 가능한 일이 있으면 해 주고 싶지만, 오해를 푸는 쪽으로는 서툴러서 말이지? 말로 해도 전해지지 않는다는 건 어려워."

어딘가 미안한 듯이 뒷머리를 벅벅 긁는 썬.

화무전을 우선해야 한다고 말하면서도 나를 생각해 주는 게 조금 기뻤다.

"미안해. 죠로의 문제에 대해선 일단 보류해 줄 수 없을까? 한심한 소리이긴 하지만 별로 좋은 생각이 안 나서…."

"미안, 죠로. 난 모두에게 아니라고 말할 수 있지만, 그 이외에는 통…."

"나도 화술이 그리 능하지 않고, 모르는 사람에게 사실을 전해서 믿게 만들 자신이 없어…. 미안해…."

이어서 세 사람 모두 내게 미안하다는 듯이 사죄했다.

그런가. 그래서 너희들은 아까부터 떫은 얼굴을 했군.

기본적으로 썬도 코스모스도 히마와리도 팬지도 자기 길을 관철하는 타입의 인간이다. 남을 신경 쓴 경험은 그리 없겠지.

그러니까 이번처럼 주위 사람들에게 오해라고 설득하는 것은 어떤 의미로 네 사람에게 가장 힘든 장르다. 나라고 잘하냐 하면 그렇지도 않다.

…어쩔 수 없지. 여기선 일단 내 문제를 접어 두자.

썬의 말처럼 어느 쪽을 우선해야 할지는 명백하니까.

"…알았어. 우선 화무전 이야기를 하자. 잘 치러야 하니까 말이야.”

내가 작게나마 미소를 보이자, 네 사람의 표정이 화악 밝아졌다.

응. 모처럼이니까 즐거운 쪽이 좋지. 지금은 오해 문제를 잊자.

“아, 그렇지! 그거라면!”

코스모스가 웃으면서 일어나 익숙한 손길로 노트를 펼쳤다. 의욕이 가득하군.

“우여곡절이 있었지만, 이렇게 무사히 화무전 멤버도 모였어! 그러니까 이제부터는 본 무대를 위해 준비를 하자! 그럼 오늘 예정을 모두에게 전달하겠어!”

나도 고생했지만, 학생회장인 코스모스는 그 이상으로 고생했을 테지. ‘멤버도 모였어!’라는 말에서 달성감이 잘 전해졌다.

“오늘 방과 후에는 18시까지 댄스 연습이야! 그 후에 모두의 의상을 고르러 댄스용품 전문점에 갈 생각이야! 참가할 수 없는 사람 있어?”

“나는 아닙니다.” “저도 아님다!” “저도 아니에요!”

“그거 다행이네! 팬지는 어때?”

“저는 화무전 멤버가 아닌데요?”

“알고 있어! 하지만 이렇게 된 거 너도 방과 후에 같이 의상을 고르러 갔으면 해! 최대한 많은 사람의 의견을 듣고 싶어!”

코스모스가 밝게 말하자, 팬지는 다소 난처한 눈치로 나를 가만히 바라보았다.

"…나도 가도 될까?"

"마음대로 하든가."

"알았어. 아키노 선배, 저도 함께하겠습니다."

담담하면서도 기쁜 듯이 말하는 팬지.

기뻐하는 건 알겠는데, 책상 밑으로 몰래 내 손을 붙잡고 조물락거리며 노는 건 참아 줘.

"그럼 댄스 연습을 할 장소 말인데…."

"아. 코스모스 회장, 한마디 해도 괜찮겠습니까?"

"응? 왜, 죠로?"

분명히 썬의 말처럼 오해를 푸는 것보다 화무전이 중요하다는 건 안다.

하지만 기사가 일단 나돈 이상 괜한 행동은 최대한 피하고 싶다.

즉, 나는 최대한 이 녀석들과 연습하는 현장을 아스나로의 밀착 취재를 받으면서도 다른 이들의 눈에는 띄지 않게 하고 싶다.

설령 스포츠라고 해도 댄스는 남녀의 육체 접촉이 굉장히 많은 스포츠니까.

그런 연습 장면을 누가 보기라도 하면 어떻게 될까? 오해를 살 확률이 지극히 높다.

그래서 나는 생각했다! 댄스 연습을 할 만큼 넓으면서도 사람이 거의 오지 않는 안성맞춤의 장소를! 그것을 지금부터 코스모스에게 전하는 것이다.

"연습 장소 말인데요, 여기는 어떨까요?"

"여기? 그건 도서실에서 댄스 연습을 하자는 소리야?"

"네. 도서실이라면 나름 넓기도 하고 사람도 거의 안 오죠. 좋은 장소 아닌가요?"

"죠로, 도서실은 조용히 책을 읽는 장소야. 춤을 추는 장소가 아냐."

칫. 괜한 소리를 하다니…. 지극히 당연하지만 귀찮은 말이다.

"하지만 도서실에서 연습하면 팬지도 함께 있잖아? 난 팬지가 있는 게 기뻐."

"나도 히마와리의 말에 찬성이야! 패…산쇼쿠인이 있는 쪽이 재미있겠지!"

"분명히 모처럼 드레스를 같이 보러 가니까, 연습도 봐 달라는 쪽이 좋을지도. 도서실에서 댄스 연습을 하는 건 상식적이지 않지만, 미리 허가를 받으면 불가능한 것도 아냐."

오오! 히마와리도 썬도 코스모스도 내 의견에 찬성해 주었다!

혼자서 팬지에게 도전하는 건 승산이 없지만, 넷이서 덤비면 어떻게든 될 것 같아.

자, 팬지의 대답은 과연?!

"……."

전원의 시선이 집중된 가운데 침묵을 유지하는 팬지.

그리고 그 뒤로 10초 정도 지나자 가만히 나를 바라보았다.

"죠로는 나랑 같이 있고 싶어?"

"뭐?"

"당신은 공간이 여유가 있고 사람이 거의 오지 않으니까 도서실에서 연습하고 싶다고 했어. 하지만 이유는 그것뿐?"

고개를 갸웃거리면서 담담히, 어딘가 기대하는 듯한 눈으로 팬지가 나를 보았다.

딱히 내 생각 같은 건 아무래도 좋잖아. 일일이 확인하지 마.

"죠로, 당신은 나랑 같이 있고 싶어?"

딱히 아무래도 좋다고 솔직히 대답하면 아주 편하겠지만, 이 분위기에서 그런 소리를 하긴 어렵다.

세 사람에게서 '너 알고 있지?'라는 메시지가 담긴 시선이 내게 날아들었기 때문이다. 제길…. 어쩔 수 없나.

"…같이 있고 싶어."

"그래…. 그럼 어쩔 수 없네. 특별히 도서실에서 연습해도 좋아."

아. 가볍게 죽고 싶어졌다….

"그럼 결정됐네. 오늘 방과 후, 다 함께 여기에 모여서 댄스 연습을 하자. 그게 끝나거든 같이 드레스를 고르러 가는 거야! 도서실에서 댄스 연습을 하는 허가는 내가 받아 올 테니까 안심해!"

"네~! 알겠습니다~!"

"넵! 알겠슴다!"

하아…. 어떻게든 소문의 악화는 방지했지만, 정신적으로 엄청난 대미지를 입었다.

※

방과 후. 어느 틈에 책상 안에 들어 있던 '쓰레기 자식'이라고 적힌 종이를 구겨서 쓰레기통에 버리는 나. 아마도 카리스마 그룹의 공격이겠지만, 여기서 불평해도 상황은 악화될 뿐이니까 견딜 수밖에 없다.

"하아…."

"죠로, 오늘부터 댄스 연습이로군요!"

쓰레기통 앞에서 센티멘털한 한숨을 내쉬는데, 빨간 펜을 한 손에 들고 웃으며 다가오는 포니테일이 한 마리.

"…그래."

"어디서 합니까? 히마와리와 썬은 이미 간 모양이니, 가능하면 죠로와 함께 가고 싶습니다. 점심시간에는 놓쳐 버렸고요."

으윽! 점심시간 이야기를 꺼내다니….

처음부터 아스나로에게는 순순히 가르쳐 줄 생각이었는데, 협박당하는 기분이다.

"다른 사람한테는 말하지 마?"

"네에! 그런 식의 말, 전 좋아해요. 특종감이란 느낌이라서요!"

내가 아스나로의 귀에 입을 가져가서 소곤소곤 말하자, 신이 난 기색을 보이는 아스나로.

"…도서실에서 해."

연습 장소를 말하자, 아스나로의 빨간 펜이 우뚝.

당연하지만 그 뒤에 좌좌좍 메모를 했다.

하지만 지금은 오해보다 화무전을 우선하기로 했으니까 참을 수밖에 없다.

"호오. 다른 이들의 눈에 띄지 않는 장소이면서 세 분과 함께 있을 수 있는 장소를 골랐다…."

"시끄. 화무전 연습이 있고 드레스도 사러 가야 하니까, 방과 후에는 어차피 걔네랑 같이 있어야 한다고."

"…산쇼쿠인이 있지 않습니까. …본래는 없을 사람인데."

"미리 말해 두는데, 아스나로. 나랑 그 녀석만큼은 절대로 그런 관계가 아냐."

"죠로가 그렇게 말한다면, 뭐, 그런 걸로 해 두죠."

어째서 내가 양보받는 형태가 되는 거냐고 클레임을 넣고 싶지만, 말해 봤자 허사겠지.

이제 됐다. 얼른 도서실로 가자.

※

“정말이야? 정말로 괜찮아, 산쇼쿠인?! 좋았어!”

“와아! 나 정말 기대돼!”

“나도야! 이제 와서 아니라고 해도 안 되니까? 이제 결정 난 거니까?”

“네. 부디 죠로에게는 비밀로…. 어머, 어서 와.”

나와 아스나로가 도서실에 도착하자, 어쩐지 불온한 대화를 하고 있던 것 같은 네 사람.

평소의 나라면 캐물었을지도 모르지만, 지금 내게는 그럴 기운이 없었다.

뒤에 있는 악마를 어떻게 할지 생각하는 것만으로도 빠듯했다.

“아! 아스나로도 같이 왔네!”

“네! 오늘도 죠로를 밀착 취재합니다! 그런데 여러분은 무슨 이야기를 했나요?”

빨간 펜을 처억 내밀며 신문부의 영혼을 불태우는 아스나로.

특종 냄새를 맡은 건지, 내가 기운이 없어서 물어보지 못한 것을 정확히 물었다.

“헤헤헷! 아스나로, 그건 간단히 못 가르쳐 줘.”

“오! 썬의 열혈 방어로군요! 이거 돌파가 어렵겠습니다!”

"당연하지! 내 입의 견고함은 후쿠모토급*이야!"

역대 골든글러브 최다 수상 선수급으로 입이 견고한가.

나는 말할 필요도 없겠지만, 아스나로라도 캐내기 어렵겠군.

"그럼 슬슬 연습을 시작하자! 다들 체육복으로 갈아입겠어?"

코스모스가 엄격한 목소리로 자리의 느슨한 분위기를 조였다. 역시나 학생회장이다.

"여자는 접수처 안쪽에서 갈아입으면 돼. 거기라면 안 보여."

남자도 보이는 건 창피하니까, 함께 접수처 뒤에서 갈아입을까.

그렇게 말했다간 또 코스모스가 화낼 것 같다.

하지만 이렇게 지켜보니 네 사람과 아스나로의 관계성을 잘 알겠다.

히마와리와 썬은 오해 문제가 있어도 같은 반인 만큼 아스나로에게 친근하게 대한다.

하지만 코스모스와 팬지는 학년이나 반이 다르고 오해 문제가 있어서 그런지, 전혀 말을 붙이지도 않는다. 실제로는 어떨지 모르지만, 오히려 서로를 피하는 것으로도 보였다.

그러고 보면 어제 방과 후에도 코스모스와 아스나로는 별로 말을 안 했지.

※후쿠모토급이야 : 후쿠모토 유타카. 일본의 프로야구 선수로 70~80년대에 선수 생활을 하면서 골든글러브 12회 수상, 통산 수비 기회 부분에서 일본 기록을 세웠다.

제대로 이야기한 건 처음의 사무라이 말투 때뿐이었던 것 같다.

"헤헤헷! 죠로, 나는 이미 안에 입고 왔으니까 걱정 없어!"

응. 전혀 걱정 안 하니까 괜찮아. 그래서 더 폭신폭신해 보였구나.

"죠로! 우리가 갈아입는 거 엿보면 안 돼?"

"흥! 엿볼 리 없잖아."

"과연 그럴까? 너는 이전에도…."

호오, 그렇게까지 의심한다면 나의 신사적인 면을 보여 주도록 할까.

"엿보지 않겠다고 했잖습니까. …그보다 그럴 거면 나랑 썬은 일단 도서실 밖으로 나가서 근처 남자 화장실에서 갈아입고 오겠습니다. 여자들이 다 갈아입거든 메일이나 전화로 알려 주세요."

"그래? 우리로선 고마운 이야기인데, 너희가 불편하지 않겠어?"

"신경 쓰지 마세요. 여자가 옷 갈아입는 곳에 남자는 필요 없잖아요."

"죠로…. 그때 내 이야기를 잘 들어 주었구나!"

"물론입니다. 반성하며 새롭게 태어난 나를 보여드리죠."

감격하는 코스모스에게 나는 여유작작한 웃음을 보였다.

그래. 나는 분명히 반성했다! 지난번에는 뜻밖에 등에 닿은 탄력에 무심코 신이 나서 '슴가 어택이다'라고 좋아했다가 실수를 저질렀다.

그러한 추태를 두 번 보일 생각은 없다.

"죠로, 저는 밀착 취재가 있으니 당신과 함께…."

"와도 좋지만 엿보진 마라?"

"그, 그런 짓 아이 한다!"

새빨간 얼굴로 부정하는 아스나로를 데리고 우리 셋은 도서실을 나가서 터벅터벅 남자 화장실로 향했다.

"그럼 난 화장실에서 갈아입고 올게."

"응, 알았어! 그럼 나는 아스나로가 엿보지 않도록 여기서 감시하지!"

"그러니까 아이 한다잖소!"

두 팔을 펼치며 방벽으로 활약하는 썬과 새빨간 얼굴을 하고 사투리로 항변하는 아스나로를 보면서 나는 혼자 남자 화장실에 들어갔다.

"후우… 드디어군. …우후후후."

화장실에 들어가서 나는 거울을 보았다.

그러자 거기에는 완전히 풀어져서 변태 저리 가라 할 정도의 얼굴을 한 남자가 비치고 있었다.

어이, 이 녀석, 누구야? 정말로 못 봐주겠는 얼굴일세. 뭐, 아무래도 좋지만.

…자, 현재 위치는 남자 화장실. 도서실과는 완전히 격리된 장소다.

지금쯤 도서실에서 녀석들은 옷을 갈아입기 시작했겠지. 그리고 그걸 나는 볼 수 없다.

하지만, 하~지만! 그것은 커다란 착각이다.

다들 알고 있나? 남자 고등학생에게 주어진 최강의 특권을!

…그래! 그것은 '망상'이다.

이것만으로 무슨 의미가 있냐고 생각하는 사람은 많겠지.

하지만 나의 망상은 조금 특별하지. 나에게는 신이 들렸으니까!

지금부터 그 힘을 보여 주도록 하지!!

친애하는 우리 세계의 지배자(=일러스트레이터)… 신(=브리키)이시여! 제게 힘을 주시옵소서!

감사합니다아아아! 진짜로 감사합니다아아아아!

덤으로 갈아입을 필요가 없는 팬지까지 넣어 주셔서 정말로 감사합니다아아아!

※

“어, 어서 와. 어라? 죠로는 꽤나 기분이 좋은가 보네.”

어? 알겠어? 응, 아주 좋은 일이 있었어. 일러스트레이터 만세 만세만만세.

“그렇습니까? 평소랑 같은데요.”

물론 말하지 않겠지만. 말했다간 또 무릎 꿇릴 거잖아. 그런 건 싫어.

“그래? 그럼 다들 옷을 갈아입었으니 얼른 연습을 시작하자! 우리는 춤이 서투니까, 기본적인 왈츠만 하는 걸로!”

그도 그렇지. 애초에 시간이 없으니 이거저거 할 순 없다.

“그럼 일단 작년 화무전 영상도 준비했으니까 오늘은 그걸 보면서 따라하는 방향으로 하자!”

훗. 드디어 댄스 연습 시간이 온 건가. 즉, 이제부터는 시각만이 아니라 촉각도 만끽할 수 있는 거군! 으음! 드디어 왔습니다! 보상 타임이!

“그런고로 오늘은 나와 히마와리의 페어. 죠로와 썬의 페어로 댄스 연습 개시!"

…Oh, 그렇게 나오셨습니까? 나의 보상은 아까 걸로 끝이란 겁니까?

"죠로. 아스나로도 있어서 일단 나름 배려했어."

미안! 그거, 고맙긴 한데 민폐! 오히려 그렇게 소곤거리는 게 아웃!

"죠로와 코스모스 회장. 역시 선후배만의 관계라고 생각되지 않습니다…."

봐! 이렇게 나오잖아!

"알겠어, 죠로? 댄스 요령은 안도(安藤) 트와야! 안도 트와*!"

썬, 그런 일본계 2세 같은 사람은 댄스의 요령이 아냐.

…됐어. 오늘은 글렀어도 내일이 있다.

내일부터는 쿠케케케… 응? 뭐야, 팬지 녀석, 나를 빤히 쳐다보고.

"죠로."

"왜?"

평소처럼 무감정한 목소리지만, 꽤나 차가운… 마치 얼음 같은 분위기다.

"내일부터 댄스 연습할 때 히나타나 아키노 선배에게 이상한

※안도(安藤) 트와 : 안도(安藤)는 일본에서 흔히 볼 수 있는 성씨이며, 프랑스어의 1, 2, 3은 '앙 두 트와'라고 한다. 발음의 유사성을 이용한 말장난.

짓 할 생각이거든, 스팅어가 스타버할 테니까 조심해."

"응? 스타벅스? 왜 커피숍에 사슴벌레가…."

"무슨 소리야, 쵸로? 상식적으로 생각해. 스타버라고 하면…."

"스타버라고 하면?"

내가 의아하게 고개를 갸웃거리자, 팬지가 숨을 한 차례 내쉰 뒤에 문고본 하나를 꺼냈다. 그것은 카와하라 레키 선생님의 『소드 아트 온라인』이었다.

서, 설마… 스타버는!

"당연히 스타버스트 스트림*이잖아."

…내일부터 댄스 연습을 할 때는 최대한 육체적 접촉을 피하도록 하자.

스팅어. 까맣고 칼이 두 개 있지만, 16연격도 할 수 있구나. 대단하네….

※

댄스 연습 첫날은 처음부터 끝까지 썬과의 뜨거운 남자 댄스

※스타버스트 스트림 : 『소드 아트 온라인』의 주인공 키리토가 이도류를 획득하고 사용하는 16연격 스킬.

였다.

역시나 야구부의 에이스다. 운동 신경이 발군인 썬은 순식간에 화려한 스텝을 익히고 경쾌한 댄스를 선보였다. 히마와리도 테니스부의 에이스인 만큼 서서히 익숙해져서 생초보의 눈에도 쑥쑥 느는 게 보이고, 코스모스는 예습이라도 했는지 처음부터 우리 네 사람 중에서 제일 댄스가 능숙했다. …어? 그럼 제일 서툰 건 누구냐고?

알겠어? 우리는 서로 비교하는 게 아니라 협력해서 춤을 추는 거야.

그러니까 뒤처지는 녀석을 찾을 필요는 없어. 거기, 착각하지 말라고!

결코 어느 도서위원에게서 '꼴사나워'라는 소리를 들어서 꽁한 게 아니니까!

그리고 이럭저럭 해서 댄스 연습을 마친 우리는 학교를 출발하여 예정대로 댄스용품 전문점으로 향했다.

"와아! 대단해대단해대단해!"

댄스용품 전문점에 도착함과 동시에 전력으로 떠들기 시작한 히마와리.

순식간에 가게 안을 뛰어다니면서 여러 드레스를 보더니 눈을 반짝였다.

"나는 점원에게 입어 봐도 되냐고 물어보고 올게."

코스모스는 노트를 펼치고 냉정한 모습을 보였지만, 점원에게 가는 도중에 슬쩍 여러 드레스를 물색하는 게 훤히 다 보였다.

회장의 자존심으로 소녀심을 억누르는 거겠지.

"어이, 죠로. 내가 입을 드레스는 역시 빨간색이 좋겠지?! 기합과 근성의 빨강!"

썬, 너 진짜로 드레스를 입을 생각이었냐?

"자, 다들 어떤 드레스를 고를지 기대되는군요. 이거 좋은 기사가 나오겠습니다!"

내친김에 당연하다는 듯이 따라온 아스나로가 신나는 목소리로 한마디.

내 밀착 취재가 어느 틈에 화무전 취재를 겸한 모양으로, 지금은 그쪽에 주력하는 듯하다.

"……."

슬쩍 팬지를 보니 드레스 하나가 마음에 들었는지 가만히 그걸 보고 있었다.

검정에 가까운 남색으로, 색색의 꽃이 그려진 일본풍 디자인의 드레스.

원래 모습의 팬지라면 잘 어울리겠다.

"팬지, 너도 드레스를 입어 보면 어때?"

"나는 보기만 하면 돼."

말을 건 순간 획 고개를 돌리고 척척 가게 안쪽으로 들어가는 팬지.

뭐야…. 모처럼 말을 붙였는데 쌀쌀맞긴.

"다들~! 입어 봐도 된다고 허락을 받았으니까 이것저것 입어 보자! 얼른, 얼른!"

코스모스는 인내의 한계를 돌파했나.

입어 보고 싶은 드레스를 재빨리 세 벌이나 골라서 기쁜 듯이 우리를 부르는 모습을 보면, 진지 모드에 한계가 와서 소녀 모드가 된 게 뚜렷하게 보였다.

"이 디자인은… 열혈이 부족해. 이쪽은 불굴이 부족해. 으음… 그럼 이쪽인가? 아니, 이건 근성이 부족해…. 좋아! 혼이 담긴 이 녀석이다!"

썬, 드레스에 그런 슈퍼 정신을 요구하는 건 잘못되었다고 생각해.

어어, 내 의상은 어떤 걸로 할까. 일단 이걸로 하자.

※

옷을 실제로 입어 봤는데, 내 연미복은 히마와리와 코스모스가 골라서 일찌감치 결정되었다.

그래서 한가해진 나는 나머지 세 명이 제각기 입은 드레스의 확인이란 임무를 띠고, 현재 탈의실 앞에 서 있다. 개인적으로는 노출이 많은 드레스(여자 한정)를 보고 싶지만, 두 사람의 성격상 그런 생각을 할 리가 없으니까 별로 기대하지 않았다.

"있잖아, 죠로. 이거 어때? 어울려?"

처음에 좌르륵 커튼을 걷은 것은 히마와리였다.

본인의 마음에는 드는 거겠지. 폴짝폴짝 뛰면서 신이 난 모습이다.

히마와리가 고른 드레스는 조금 어른스러운 디자인의 드레스. 그 디자인 자체는 괜찮다.

하지만 그게 이 녀석에게 어울리는지 묻는다면 대답은 NO.

히마와리는 겉모습이 다소 어린애 같아서, 이런 드레스는 별로 어울리지 않을 터.

하지만 그 말을 하면 화를 낼 것 같으니 적당히 칭찬해 주자.

"헤에~ 예쁘네."

"에헤헤. 고마워! 그럼 다음 거 입어 봐야지!"

응. 본인이 기뻐한다면 괜찮겠지.

"죠로, 이건 어때? 나는 아주 마음에 드는데…."

이어서 코스모스가 다소 부끄러운 듯이 좌르륵 커튼을 열고 등장.

부끄러운 듯이 미소 짓는 모습이 귀엽다.

코스모스가 고른 드레스는 살짝 어린애 같은 디자인의 드레스. 디자인 자체는 괜찮다.

하지만 그게 이 녀석에게 어울리는지 묻는다면 대답은 NO.
코스모스는 겉모습이 다소 어른스러워서, 이런 드레스는 별로 어울리지 않을 터.
하지만 그 말을 하면 화를 낼 것 같으니 적당히 칭찬해 주자.
"헤에~ 예쁘네요."
"그, 그래? 후후후. 그럼 다음 거 입어 볼게!"
좋아, 좋아. 이쪽도 본인이 기뻐하니까 나는 실수하지 않았다.
"죠로, 큰일이야! 꽉 끼어!"
이어서 여성용 드레스 중 제일 큰 사이즈를 입은 썬이 등장.
대단해. 이건 대단하다. 군살 없는 근육질이라고 해도 남자 몸이고, 애초에 썬은 키가 크다.
드레스가 미어져서, 당장이라도 찢어질 것 같은 상태다.
하지만 더 큰 사이즈는 없는 모양이니 적당히 칭찬해 주자.
"헤에~ 기발하잖아."
"헤헤헤! 네가 그렇게 말해 주니 기쁘군! 그럼 다음 거 입어 볼게!"
어? 다음이 있어? 점원이 화낼 테니까 그만두는 게 좋을 것 같은데….
"죠로, 어때? 나한테 어울려?"
내가 멍하니 세 사람의 다음 옷을 기다리는데, 뒤에서 팬지가 타박타박 다가왔다.

머리에는 꽃 모양 머리 장식을 달고 있었다. 자기 별명과 같은 '팬지'로 된 꽃 장식이다.

"아무래도 좋아."

"…못됐어. 그럼 다음 거 골라 올게."

아니, 뭘 가져와도 같은 감상이거든? 난 지금 네 옷차림에 흥미 없거든?

"으악. 쏟아진다."

세 사람을 기다리는 동안에 슬쩍 밖을 보니, 비가 상당한 기세로 내리고 있었다.

이런. 여기 오는 동안에도 구름이 수상쩍어서 위험하겠다 싶었는데 예상대로였다.

"죠로는 우산 안 가져왔습니까? 오늘은 일기예보에서도 비가 온다고 했어요."

"응, 안 가져왔어. 애석하게도 아침에 그걸 못 봐서."

"호오. 즉, 우산을 잊어버린 걸 구실 삼아서 누군가와…."

"무슨 일이든 억지로 갖다 붙이는 건 아니라고 생각해."

"아하하하. 농담이에요, 농담! 그렇군요, 그럼 사죄의 의미로 돌아갈 때는 저랑 같이 우산 쓸래요? 전 준비해 왔으니까!"

포니테일을 명랑하게 흔들면서 황록색의 귀여운 접이식 우산을 가방에서 꺼내는 아스나로.

"다른 녀석들이 가져왔다면 말이지. 히마와리도 잊어버렸을 것 같으니까 그쪽을 우선해 줘."

"죠로는 여전히 이상한 데서 배려심이 있네요. 아, 그러고 보니 질문이 하나 있는데, 해도 괜찮겠습니까?"

"뭔데?"

"죠로. 당신은 아까부터 모두의 드레스 차림에 대해 적당히 대답하는 거 아닙니까?"

"…눈치챘어?"

뭐, 이건 딱히 부정하지 않아도 되겠지.

내가 두 사람의 드레스 차림에 흥미 없다고 아스나로가 생각하는 편이 오히려 좋고.

"네. 이전과 비교해서 죠로의 목소리 톤이 낮았으니까요. 그래서 왜 적당히 대답했습니까? 제 눈에는 다들 어울린다고 생각하는데요."

"어? 진짜로? 나는 전혀 그렇게 생각 안 해. 히마와리의 드레스는 너무 어른스럽고, 코스모스 회장은 반대로 애 같잖아? 그녀석들이 입은 드레스가 서로 반대였으면 좋겠다고 생각했는데…."

"으음. 그런가요?"

"그렇다고! 내가 말하는 거니까 틀림없어! 그 녀석들의 드레스는 반대가 좋아! 오히려 반대가 아니면 전혀 안 어울려!"

"그렇군요. 그런데 죠로…."

내가 뜨겁게 드레스 이론을 펼치자, 아스나로가 눈썹을 찌푸리는 모드에서 스마일 모드로 체인지.

"응? 왜?"

"아마도의 이야기지만, 당신은 지금 굉장히 좋지 않은 상황에 처해 있다고 생각합니다."

어? 왜? 교실에서는 카리스마 그룹이 노리고 있으니까 문제지만, 지금은 딱히—

"죠로." "죠로."

아, 진짜다. 이거, 굉장히 좋지 않은 상황이다.

아주 불온한 목소리가 말이지, 뒤에서 두 개 들려왔어. 무서워서 돌아볼 수가 없어.

"아… 어어… 아스나로, 뭐 좀 물어봐도 될까?"

"네! 뭔가요?"

아아, 이 얼마나 신성한 웃음인가. 그 힘으로 내 뒤의 어둠을 쫓아내 줘.

"내 뒤가 지금 어떻게 되어 있는지… 가르쳐 줄 수 있어?"

"글쎄요~ 지금 상황을 단적으로 말한다면… 요한계시록이란 느낌이네요!"

아스나로의 밝은 목소리가 더더욱 절망을 불러서 내가 덜덜 떠는데, 그런 걸 전혀 모르는지 담담히 머리 장식을 손에 들고 다가오는 땋은 머리 안경이 한 명.

"죠로, 내 머리 장식에 대해서도 제대로 된 감상이 필요해."

제대로 된 감상을 말할 테니까, 뒤에 있는 종말의 천사들을 어떻게든 해 줄 수 없습니까?

아, 안 해 주는 거로군요. 뭔가가 덥석 어깨를 붙잡았습니다.

어깨가 삐걱거리고, 한마디로 표현하자면 끝장났다는 거로군요.

"죠로, 다시 한번 진득하게 우리 드레스에 대한 감상을 알려 줘. 나쁜 일은 없을 거야. 그저 정직하게 말해 준다면 말이지~"

"죠로는 솔직하니까~ 똑바로만 말해 주면 괜~찮~아~"

오랜만이네요. 다크 코스모스 씨와 블랙 히마와리 씨.

"으음…. 자기 취향의 드레스가 아니라고 인정하지 않다니… 죠로는 독점욕이 강한 타입의 인간이로군요. 하지만 세 명 동시는 안 됩니다!"

내가 딱히 이상한 짓을 한 것도 아닌데, 왜 오해가 가속하는 거지?

세계란 정말로 잔혹하다.

※

결국 그 뒤에 다크 코스모스와 블랙 히마와리에게 이루 형용할 수 없는 벌을 받은 나는 흠뻑 젖어서 집으로 돌아왔다.

'밖에는 폭우가 내리니 이대로 돌아가면 다 젖겠지. 그러니까 너는 편의점에서 모두의 우산을 사 오도록 해. 물론 돈은 줄 테니까 안심해.'

다크 코스모스의 명령에 거스를 여지가 전혀 없었던 나는 폭우 속에서 편의점으로 달려가 흠뻑 젖어 가며 사람 숫자만큼의 우산을 구입했다.

그때 '내 열기로 비를 증발시켜 주지!'라며 따라와 준 썬.

정말로 너무 좋은 녀석이라서 눈물이 났다. 비는 증발하지 않았지만, 내 마음은 훈훈하다.

하지만 편의점에 도착하는 것과 동시에 '내 판도라의 상자가 열리겠어!'라면서 화장실로 뛰어가서 30분 동안 나오지 않을 줄은 몰랐다.

말하는 김에 한 명 더, '셋이서 함께 쓰기는 어려우니까 여기선 평등하게 가요!'라면서 자기만 접이식 우산을 쓰고 따라온 아스나로.

밀착 취재에 여념이 없는 건 잘 알겠는데, 편의점에서 계속 비아냥거리는 건 참아 줘.

썬을 기다리는 동안 점원의 '이 인간들, 이렇게 홀딱 젖어서 가게 안에 계속 있네?'라는 시선과 너의 '역시 당신은 세 분과 굉장히 친한 관계로군요'라는 발언으로 내 마음이 얼마나 마모되었는지….

"다녀왔습니다아~…."

육체적으로도 정신적으로 넝마가 된 내가 현관에서 그렇게 말했지만, 목소리는 들려오지 않았다.

아무래도 엄마는 어디 외출한 모양이다.

그럼 일단 목욕을 할까. 아무래도 이렇게 홀딱 젖은 상태로 방에 가기는 싫다.

터벅터벅 욕실로 가 젖은 교복을 벗으면서 지금까지의 일을 돌이켜 보았다.

뭐라고 할까, 나… 여러모로 너무 비참하잖아.

모처럼 썬, 히마와리, 코스모스와 화해해서 이전 같은 환경으로 돌아왔다 싶었더니 덤벼든 세 다리 의혹.

어떻게든 오해를 풀려고 분투했지만 오해는 악화되기만 할 뿐.

종국에는 기사가 유출되어서 카리스마 그룹의 눈총을 받고 교실에서 설 곳을 잃어 가고 있다.

거기에 추가로 이대로 아스나로의 오해를 풀지 못하고 백화제가 시작되면 교내만이 아니라 학교 밖에서도 차가운 시선을 받는 나날이 찾아온다.

백화제까지는 2주일…. 과연 나는 오해를 풀 수 있을까?

…제길! 왜 나만 이런 싫은 일을 잔뜩 당해야 하는데?!

가끔은 누가 나한테도 좀 잘해 줬으면 좋겠다.

"아, 어디 좋은 여자라도 안 굴러다니나! 무조건 나한테 잘해 주고 열심히 봉사해 주는 여자. 성격은 살짝 모나도 좋으니까 그런 애랑 만나고 싶다!"

그렇게 말하는 동시에 현관문이 열리는 소리가 들려서 슬쩍 얼굴을 내밀었더니….

"…어라라?"

나는 그대로 굳어 버렸다.

어라? 이상하네. 왜 이런 일이 현실에서 일어나지?

"어어…. 누구신가요?"

갑작스럽게 열린 우리 집 현관문. 거기에 서 있는 한 여자.

하지만 거기에 있는 것은 전혀 내가 모르는… 경이적인 미녀였다.

가슴 근처까지 기른 생머리. 화장 같은 건 할 필요도 없이 길게 자란 속눈썹. 젖은 옷이 착 달라붙어서 확실히 드러나는 몸매. 적당한 크기의 가슴에 잘록한 허리. 젖은 스커트를 들어 올리고 빗물을 쥐어짜는 모습이 정말이지 그림이 되었다.

한마디로 표현해서 '성모'. 자애덩어리라고 할 아름다움을 가진 인물이 거기에 있었다.

여대생 정도일까? 왜 이런 사람이 우리 집에 있지?

"후우…. 우산을 가져가면 좋았을걸. 완전히 젖었어~…."

"괘, 괜찮나요?"

어, 어어… 저기, 그거로군. 누군지는 모르지만, 아무튼 우리 집에 들어오게 하는 게 좋겠지. 아무래도 이런 폭우 속에 쫓아낼 수도 없고.

"어어… 괜찮긴 한데… 왜 그래?"

내가 조심조심 말을 걸자, 의아한 얼굴을 하며 성모가 한마디.

왜 그러냐고 말하고 싶은 건 이쪽인데, 혹시 집을 잘못 찾아 들어온 걸까?

내가 문을 안 잠갔나?

"저기, 비에 젖은 것 같은데, 일단 여기서 목욕이라도 하실래요?"

"무슨 소리니? 그쪽이야말로 홀딱 젖었잖아? 먼저 해."

우와! 이 사람 너무 착해! 하지만 남자로서 그 다정함을 그대로 받아들일 순 없지.

모처럼의 만남인데, 내가 목욕하는 동안에 성모가 집을 잘못 들어왔다고 깨닫고 돌아가면 안 되잖아? 여기선 먼저 욕실을 빌려주고, 내친김에 내 옷 같은 것을 빌려줘서 두근두근하는 전개로 들어가고 싶다~라는 식으로!

"괜찮습니다. 당신이 먼저 쓰셔야죠."

"괜찮아. 먼저 들어가."

"당신이 먼저입니다."

"왜 그러니? 아까부터 이상하게…. 아! 그렇구나! 같이 들어갈

까?"

이럴 수가! 그런 포상이 갑자기 오다니? 전개가 너무 빠르지 않아?

지금 막 등장한 성모가 나와 함께 목욕? 그거 완전 야겜이잖아?

"괘, 괜찮나요…?"

"괜찮지! 뭘 그리 부끄러워할 게 있어!"

정말이지 넓은 마음을 가졌구나. 이런 내게 망측한 모습을 보여 주다니!

그럼 정말 어쩔 수 없지. 불초 키사라기 아마츠유, 온 힘, 온 마음을 담은 각오로—

"**모자**지간이잖니."

……어어, 지금, 이 인간, 뭐라고 했지?

모자? 나랑 성모가? 왜?

아니, 눈앞에 있는 사람은 가슴까지 오는 생머리에, 긴 속눈썹이 눈에 띄고, 몸매도 쭉쭉빵빵인, 완전 미인이잖아?

내 엄마는 키사라기 케이키, 아줌마 파마에 짙은 화장이 눈에 띄는, 보고 있자면 한숨이 나오는 주부인데?

"그럼 얼른 들어갈까! 둘 다 감기라도 걸리면 큰일이고!"

하지만 냉정하게 그 목소리를 들어 보니. 이 다소 카랑카랑한 하이텐션의 목소리.

이따금 보이는 비비꼬는 동작. 그건 그야말로 엄마의 그것.

그렇다면 이 사람이 정말로 내 엄마인가?! 아이돌 광팬인 엄마?!

말도 안 되는 소리! 이 가짜! 지금 당장 진짜 엄마를 돌려줘!

"자, 얼른, 얼른! 로리에, 추워~!"

진짜로 엄마였다~!! 1인칭으로 자기 이름을 말하는 아줌마, 달리 아는 사람이 없어!

그, 그러고 보니 떠올랐다!

초등학생 때 아빠한테 '왜 풀장이나 바다에 갈 때, 엄마는 같이 안 가?'라고 물었더니 '…케이키가 너무 매력적이니까'라는 소리를 들었다.

목욕한 후에는 드라이어로 머리를 말린 뒤에 나오니까 내가 몰랐던 것이다!

엄마는 물에 젖으면 파마가 풀리고 화장이 지워져서 이렇게 되는 것이었다!

물에 젖으면 미인이라고 할 수 있는 사람이었나!

아니, 16년 동안 나는 용케도 몰랐구나! 오히려 대단해!

"자, 잠깐만! 엄마!"

"으음~ 왜 그러니, 아마츠유?"

그 모습으로 귀엽게 고개를 갸웃거리는 건 진짜 그만해! 순간 두근거리니까!

"여, 역시 엄마가 혼자 먼저 목욕해! 나는 방에서 타월로 닦고 적당히 말릴 테니까!"

"에이! 괜찮아! 같이 목욕하는 게 빠르잖아~!"

그런 문제가 아냐~ 아니라고~!

"좋아! 벗어 버려~!"

"히이이이익!"

엄마가 옷에 손을 대려는 순간 나는 전력을 다해 도망쳤다.

"아앗! 아마츠유! 거기 서!"

타월도 없이 계단을 달리고, 방문도 창문도 잠그고 계속해서 떨었다.

추워서가 아니라 공포 때문에….

세상에는 알아선 안 되는 진실이 있다고 체감한 하루였다.

※

다소 시간이 흘러서 백화제까지 1주일 남았다.

솔직히 말해서 내 현재 상황은 상당히 안 좋다. 아무리 내가 러브 코미디를 피하려고 해도, 히마와리나 코스모스, 그리고 팬지와 엮일 기회가 있는 이상 아스나로는 넘어가 주지 않을 터.

아무리 사소한 일이라도 기삿거리로 챙기는 민완 저널리스트를 막을 방법이 도무지 없었다.

이대로 가다간 틀림없이 그 기사가 백화제 때 배포되고, 나는 또다시 많은 것을 잃겠지.

지금은 간신히 고립되지 않고 아슬아슬한 선으로 내 위치를 유지할 수 있지만, 버틸 수 있는 것도 앞으로 1주일. 어떻게든 기사 회생의 수를 찾아야….

"그럼 죠로. 오늘도 잘 부탁드리겠습니다!"

포니테일을 살랑살랑 흔들면서 내 자리로 다가오는 아스나로.

최근 이 녀석의 밀착 취재는 이전보다 한층 빈도가 늘었다.

점심시간만큼은 간신히 떨쳐 내지만, 그 이외에는 어느 때라도 반드시 아스나로가 나와 함께 있다.

그렇긴 해도 그건 꼭 밀착 취재를 위한 것만은 아니다.

"아스나로. 정말로 조심해…. 죠로는…."

"괜찮습니다! 최근 죠로와 거의 같이 있지만 아무 일도 없었어요!"

이전부터 나를 가장 적대시하는 여학생, A코의 말에 웃으며 대답하는 아스나로.

이렇게 아스나로는 나를 지켜 주기 위해서 곁에 있는 것이다.

이전에 반 아이들과 일촉즉발 상태가 된 것을 계기로 아스나로는 '제 실수로 기사가 누설되었으니, 괜한 심술을 내버려 둘 수 없습니다!'라면서 자기가 곁에 있는 것으로 나에게 쏟아지는 악의를 막아 주게 되었다.

그렇긴 해도 결국 이 녀석을 어떻게 하지 않으면 최종적인 결과가 변하지 않으니까, 플러스마이너스를 보면 마이너스가 앞서는 것도 같은데….

아무튼 나는 아스나로 덕분에 아슬아슬하게 학급에서의 위치를 잃지 않을 수 있었다.

이 녀석은 무식하게 돌격하는 타입에 귀찮은 점이 많지만, 못된 녀석은 아니니까.

같이 있다고 싫은 건 아니고, 어떻게든 백화제까지 오해를 풀기만 하면 만사 해결.

다만 그 오해를 푸는 방법이 전혀 감이 잡히지 않는다는 것이 최대의 문제인데.

※

점심시간, 내가 아스나로를 뿌리치고 도서실에 들어가자 이미 다른 멤버들은 모여 있었다.

최근에는 매일같이 점심시간에 히마와리와 코스모스, 그리고 썬이 도서실에 있다.

어느 틈에 그게 정착되어서, 딱히 일이 없는 오늘 같은 날에도 말이다.

독서 스페이스, 한가운데의 좌석이 나. 왼쪽에 썬, 오른쪽에 팬지. 정면에 히마와리와 코스모스. 그게 모두의 정위치고, 오늘도 변함없이 그 순서다.

"여어, 죠로. 늦었네. 무슨 일 있었어?"

"아스나로를 떼어 놓느라고요."

"그래. 오해 쪽은 괜찮아? 좋지 않은 이야기가 이것저것 들리는데…."

"뭐… 지금은 별로 좋지 않지만, 어떻게든 하겠습니다."

"…그래."

아, 괜한 걱정을 시켰을지도. 노트에 뭐라고 적기 시작했어.

"으음~…. 아! 저기, 팬지! 오늘 과자는 뭐야?"

"응, 히나타. 오늘은 조금 재미있는 걸 만들어 왔어. …이거."

히마와리와 팬지, 다소 무거워진 분위기를 신경 쓴 건지 화제를 바꾸었군.

그렇게 만든 스스로에게 약간의 죄책감을 느꼈다.

"어어… 이건 와플이랑 프라이드치킨?"

"그래. 여기에 메이플 시럽을 끼얹어서 먹는 거야."

"어? …에에에엣!"

"이거… 대단하네."

팬지가 책상 위에 떡하니 내놓은 메이플 시럽을 보면서 경악하는 히마와리와 코스모스.

뭐, 분명히 놀라겠지. 나도 팬지가 처음 이걸 만들어 왔을 때에는 깜짝 놀랐다.

와플과 프라이드치킨에 메이플 시럽이라니, 이건 말도 안 된다고 생각했다.

"마… 맛있어?"

"그래. 물론이야. 자, 죠로."

"음. 히마와리, 일단 먹어 봐. 코스모스 회장도 먹어 보세요."

"그, 그럼… 먹을게."

"나, 나도, 하나만…."

와플과 프라이드치킨을 한 입 사이즈로 잘라서 메이플 시럽을 끼얹는 히마와리와 코스모스. 그대로 조심조심 덥석 깨물자….

"와아! 이럴 수가!"

"이거 놀라워! 믿기지 않지만, 아주 잘 맞네!"

"하지만 저는 프라이드치킨을 잘 못 만들어서, 그쪽은 사 왔어요. 그러니까 다음에는 아키노 선배가 프라이드치킨을 만들어 주시면 더 맛있어지겠지요."

"그거라면 맡겨 줘! 실력을 발휘해서 만들어 올게!"

최근 우리 다섯 명의 거리는 이전보다 더욱 가까워진 느낌이다.

함께 팬지의 과자를 먹고, 코스모스가 도시락을 많이 만들어서 나눠 주고, 히마와리와 썬이 분위기를 띄우면서 즐겁게 떠들기도 하면서 꽤 괜찮은 분위기다.

여러 일을 겪었지만, 최종적으로 이런 관계가 될 수 있었던 것은 정말 다행이다.

설령 아스나로의 오해가 풀리지 않는다고 해도, 백화제에서 안 좋은 기사가 배포되더라도, 이 녀석들이 있으면 어떻게든 되리라고 생각하는 것 또한 사실이다.

화무전 연습도 순조로워서 전원의 춤 실력도 상당히 늘었고, 이대로 당일까지 꾸준하게 연습하면 성공할 수 있겠지. 지금 우리의 일치단결한 모습이라면 그 정도는 간단하다.

구태여 말하자면 썬이 아직 무슨 고집인지 팬지가 가져 온 과자에 절대로 손을 대지 않는 게 조금 마음에 걸리지만, 그것도 언젠가 해결되겠지. 그렇게 믿는다.

밥을 다 먹은 뒤에 우리는 느긋하게 잡담을 나눴다.

"저기, 죠로. 최근 나 포크볼 연습을 하고 있어! 계속 직구만으로 승부하고 싶지만, 역시 변화구도 던질 줄 아는 편이 좋으니까!"

"헤에, 그래서 잘되고 있어?"

"아직 별로 안 떨어지지만, 더 연습하면 잘될 거야!"

썬이 변화구라. 지금까지 계속 직구만으로 승부했는데, 그걸 익히는 걸 보면 역시 작년의 설욕을 하고 싶은 거겠지.

"팬지, 뭐 재미있는 책 있어? 나 두근두근벌렁벌렁하는 책이 좋아!"

"글쎄. 그렇다면 도스토옙스키의 『죄와 벌』을 추천해. 조금 긴 이야기지만, 아주 두근두근벌렁벌렁할 거야. 우리 도서실에도 있는데 빌려 갈래?"

"응! 빌릴래! 고마워, 팬지!"

히마와리… 네가 책을 읽으면 고작 30분 만에 눈꺼풀과 눈꺼풀이 합체하는데 괜찮겠어?

…뭐, 됐어. 책을 읽든 안 읽든 그건 히마와리의 문제고, 그보다도 오늘은 제안할 게 하나 있었다. 지금 우리는 슬슬 댄스 연습 중에 해야 할 게 있다.

그걸 코스모스에게 확실히 전하자.

"코스모스 회장. 오늘 방과 후에는 한번 처음부터 끝까지 춰 보지 않겠습니까? 우리도 꽤 늘었으니까 슬슬 실전을 위해—"

"아, 그 문제라면 나도 제안하고 싶은 게 있어."

어라? 코스모스가 묘하게 차분한 목소리로 내 말을 가로막았다.

"어떤 겁니까?"

"한동안 우리는 화무전 연습을 쉴까 해."

"네?!"

나도 모르게 벌떡 일어났다. 이 녀석, 갑자기 무슨 소릴 하는 거지?!

"미안, 죠로. 그거 나도 찬성…."

"나도야. 미안해… 죠로."

"어, 어이, 잠깐만! 너희들 왜 그래?!"

히마와리와 썬도 코스모스의 의견에 찬성이냐?!

방과 후에 화무전 연습을 그만두면 모두가 모일 시간이 줄어들잖아!

게다가 제대로 연습을 안 했다간 당일에 영향이….

"죠로, 이유는 분명히 설명할 테니까 진정해."

"…알겠습니다."

"실은 최근 화무전 연습에만 신경 쓰느라 학생회 일이 꽤나 쌓였어. 댄스 쪽은 안정되었으니, 이 정도면 당일에도 문제없이 할 수 있을 것 같아서. 그쪽을 우선하고 싶어. 물론 개인 트레이닝을 빼먹을 생각은 없지만, 방과 후에 함께 연습하는 건 일단 중지하고 싶어."

으흠. 요는 코스모스가 바빠졌으니까 참가할 수 없다는 소린가.

하지만 그게 왜 방과 후 연습 중지로 이어지지?

코스모스가 참가할 수 없어도 히마와리나 썬은….

"저기, 죠로. 나 백화제에서 테니스부 일을 거들어 달라는 얘기를 들었어. 그러니까 그쪽도 좀 해야겠다고 코스모스 선배에게 의논했어."

"나도 야구부 일이 있어서 말이지! 미안, 죠로! 난 야구부 녀석들을 무시할 수 없어. 그걸 코스모스 선배에게 이야기했어."

그래서 코스모스가 아예 화무전 연습을 중지한다고 말했나.

하지만 이제 1주일 남았는데? 그럼 그쪽을 우선하면 되잖아.

아니, 그런 말을 해도 이미 늦었나….

"…그렇게 된 거야. 그리고 나는 내일부터 점심시간에 도서실에도 오지 않을 거야."

"그건!"

나쁜 소식은 혼자서 오지 않는다더니 정말로 그렇다. 코스모스가 도서실에 안 오게 된다고?

그럼 우리 다섯 명이 모이는 건 오늘로 끝이란 소린가….

"왜 갑자기…."

"아스나로 문제야."

아스나로?

그야 오해는 풀고 싶지만, 점심시간에는 확실히 뿌리치니까 모여도 문제없잖아!

"최근 죠로는 매일 점심시간에 아스나로의 밀착 취재를 따돌린 뒤에 도서실에 오잖아? 아마도 그게 원인이겠지만, 꽤 지친 듯 보여."

"아뇨, 그런 건 신경 안 써도…."

“안 돼, 죠로. 지금 네 상황은 내가 상상했던 것보다 훨씬 안 좋아. 처음에는 기사가 배포되어도 모두에게 잘 설명하면 괜찮을 거라고 생각했지만, 아무리 네 소문을 부정해도 아무도 귀를 기울이지 않아. 이렇게 된 것에는 내게도 책임이 있어. 처음에 네가 의논했을 때 문제를 가볍게 보지 말고 더 착실히 대처했으면 이렇게 되지 않았을지도 몰라. …정말로 미안해.”

“괘, 괜찮다니까요! 내 문제는 신경 쓰지 말고 다 함께—”

“그럴 순 없어. 이대로 우리가 함께 있고, 그 기사가 정식으로 배포되면 네 상황은 지금… 아니, 지난번 이상으로 악화돼. 그 때도 나 때문에 너를 그렇게 괴롭혔는데, 이번에는 그 이상이라니… 절대로 안 돼.”

코스모스가 그렇게 말하자, 썬과 히마와리도 어두운 표정을 지었다.

괜찮다니까! 그 이야기는 해결했어!

게다가 나는 다른 녀석들에게 미움 사는 것보다도 이 녀석들과 함께 있을 수 없는 쪽이….

“그러니까 우리는 모이지 말자. 네가 처음에 말했잖아. 소문을 수습하기 위해선 일단 우리가 일절 관계를 끊으면 된다고.”

분명히 그 말을 꺼낸 건 나다. 오해로 얽힌 녀석들과는 일절 엮이지 않는다.

그게 제일 간단히 오해를 푸는 방법이라고.

이전에는 거부당했지만, 지금 그걸 하겠다고 코스모스가 말하는 것이다.

코스모스의 말은 정말로 옳다. 아스나로가 세 다리 기사가 오류였다는 기사를 쓰게 하기 위한 기사회생의 수로서 가장 그럴듯하다고 할 수 있겠지.

그러니까 본래 기뻐해야 할 말인데… 애석하게도 그럴 순 없겠어….

“저기, 나도 조금 참을게! 점심시간에도 안 오고, 죠로랑 말도 안 할게!”

“나도 한동안은 점심시간에도 안 올게. 잘될지는 모르겠지만, 야구부 녀석들만이라도 오해하지 않도록 제대로 전하고 싶으니까!”

히마와리와 썬까지 점심시간에도 도서실에 오지 않는 건가.

게다가 한동안 말도 할 수 없게 되다니…. 화해하기 전으로 돌아가는 거잖아!

그렇게 고생해서 간신히 화해했는데…. 왜 그게 없어지는데!

“이야기는 이상이야. 그럼 조금 이르지만, 난 학생회 일이 있으니까 가 볼게.”

“나도! 테니스부 애랑 이야기할 게 있어!”

“나도야! 야구부끼리 백화제 이야기를 해야 하거든!”

멍해 있는 나를 무시하고 일어서는 코스모스와 히마와리와 썬.

왜 그렇게 담백한 태도지? 할 말 더 없어?

최근 계속 친하게 지냈잖아? 저기…. 그런데… 제길!

결국 나는 아무 말도 하지 못하고, 세 사람을 지켜볼 수밖에 없었다.

"그래서 죠로는 어떻게 할 거야?"

세 사람이 없어진 도서실에서 담담히 내게 말을 붙이는 팬지.

왜 이 녀석은 이렇게 냉정하게 있을 수 있지?

나는 꽤나… 아니, 상당히 쇼크를 받았는데…. 너에게 그 세 사람과 보낸 시간은 그 정도였어? 크게 중요하지 않았던 거야?

"아키노 선배의 이야기를 생각하면, 죠로도 한동안 도서실에 오지 않는 편이 좋아. 물론 약속이 있지만, 지금은 예외로 치면 돼. 당신이 도서실에 안 오게 돼도 나는 아무 말도 안 할 거고 화도 안 내. 안심해. 나도 오해를 푸는 게 좋다고 생각해."

헤에…. 그럼 나는 너랑 한동안 엮이지 않을 수 있다는 거네.

그거 잘됐군. 분명히 말해서 너의 그 모습을 볼 수 있을 가능성이 적은 이상, 나는 도서실에 올 이유가 없어. 어쩐 일로 좋은 면도 있잖아.

팬지, 너는 절대로 나한테 거짓말을 안 하지. 그러니까 아무 말도 안 하고, 화도 안 내겠지.

"나라면 걱정 안 해도 돼. 계속 혼자 지냈으니까 원래대로 돌아가는 것뿐이야. 그러니까 죠로는 자신을 우선해. 화무전은 이제 괜찮다고 아키노 선배가 말했잖아?"

"그래…. 네 말이 맞아…."

하지만… 그건 '쓸쓸하다'든가 '슬프다'와는 다른 감정을 말할 뿐이지?

꽤나 불안한 얼굴을 하면서도 용케 그런 담담한 목소리를 낼 수 있군.

"……그래서 죠로는 어떻게 할 거야?"

"나는 점심시간에도 방과 후에도 도서실에 올게. …지금까지와 다름없이."

"그래. 조금은 나를 이해해 주네. 아주 기뻐."

그럼 처음부터 그렇게 말하라고. 귀찮은 여자 같으니.

※

방과 후. 썬과 히마와리가 각자의 동아리 활동을 하러 가기 위해 교실을 나간 뒤, 나는 나대로 댄스 연습을 위해 체육복을 들고 자리에서 일어서자 아스나로가 곁으로 다가왔다.

오늘도 착실히 밀착 취재를 할 생각인 모양이다. 하아…. 여러모로 피곤하군.

"자, 오늘도 잘 부탁드립니다. 죠—"

"미안. 아스나로 있어?"

그때 씩씩한 목소리가 교실 안에 울렸다.

"어라? 코스모스 회장…이네요."

갑작스러운 내방자에 놀라는 아스나로. 다른 아이들도 학생회장인 코스모스가 갑자기 우리 반에 나타난 것에 놀란 기색이었다.

"지금 잠깐 시간 될까?"

하지만 그런 시선을 개의치 않고 코스모스는 똑바로 아스나로의 앞으로 다가왔다.

한 손에는 항상 애용하는 노트. 어딘가 진지한 기색의 눈빛이 자리에 긴장감을 조성했다.

"괜찮긴 한데… 가능하면 죠로의 밀착 취재를 가고 싶어서…."

"그래. 그럼 최대한 짧게 할게. 사실은 앞으로 당분간 나는 학생회 업무, 히마와리와 썬은 각자의 동아리에서 하는 백화제 준비가 있으니까 화무전 연습은 안 해. 그 얘기를 전할까 해서."

코스모스는 내 쪽은 일절 보지 않고 똑바로 아스나로에게 그렇게 말했다.

약속대로 나와 엮일 생각이 없나….

"그렇습니까! 그런데 그걸 왜 저한테 말씀하시나요?"

코스모스는 '화무전 연습은 안 하니까 나를 밀착 취재하더라도 함께 있는 모습을 볼 수 없어서 의미가 없다'고 말하고 싶겠지.

아스나로 녀석, 알면서도 능청을 떠는군.

"어머. 그 이유를 모르다니 뜻밖이네. 너라면 잘 알 거라 생각했는데?"

"죄송합니다. **구체적으로** 말씀해 주시면 알 것 같네요."

"**잘못된 기사**가 실리지 않도록 네게 충고하러 왔어. 한 차례 실패한 네게 말이야."

"그 실패는 두 번 다시 하지 않기로 결의했으니 걱정하실 필요 없습니다."

분위기 엄청나다. 아스나로도 코스모스도 웃는 얼굴이지만, 눈이 전혀 웃질 않는다.

내게는 두 사람 사이에 빠직빠직 불꽃이 튀기는 것처럼도 보였다.

코스모스의 목표는 내 밀착 취재의 저지.

아스나로의 목표는 코스모스에게서 내 이름을 끌어내는 것이겠지.

"하고 싶은 말씀은 끝났습니까? 그럼 저는 백화제 기사를 위해서 죠로의…."

"아, 백화제 말이지. 그건 좋은 화제야. 너희 신문부는 백화제에서 배포하는 특집호를 만들지? 그럼 화무전 연습이 없는 도중에 다른 정보를 모으면 어때?"

"안심하시길! 다른 부원들이 확실히 화무전 이외의 백화제 기사를 모으고 있으니, 저는 화무전 기사를 모으는 데에만 주력할 생각입니다!"

두 사람 모두 한 발짝도 양보하지 않아서 상황이 더욱 달아올랐다.

아스나로, 전부터 근성 있는 녀석이라고 생각했지만, 코스모스를 물고 늘어지다니….

"하지만 너도—"

"그리고 코스모스 회장. 당신의 행동 자체가 제게 기삿거리가 된다고 생각하는데요?"

"윽!"

아스나로가 던진 말에 코스모스가 떫은 표정을 지었다. 하지만 분명히 아스나로의 말이 옳다.

내 밀착 취재를 중단시키기 위해 코스모스는 아스나로에게 직접 말하러 왔겠지.

하지만 그 행동 자체가 아스나로에게는 의심스러운 재료에 불과하다.

우리를 가장 의심하는 건 아스나로다. 그런 아스나로에게 암암리에 나를 따라다니지 말라고 말하면 그 자체가 오해로 이어진다.

"그건 그럴지도 모르지만…. 아니, 네 말이 맞아."

설마 했던 전개다. 아스나로가 코스모스에게 말씨름에서 이기다니.

재색겸비, 용모수려 학생회장인 코스모스에게 아스나로가 이겼다.

"하지만 마지막으로 일단 이 말을 전하겠어. 나는 오늘 백화제 건으로 각 동아리의 진행 상태를 확인하면서 각 동아리가 활동 시간을 잘 지키는지 조사할 생각이야. 신청도 없이 본래 시간보다 오래 활동하는 동아리가 있다는 이야기가 들려서."

"신문부는 문제없을 겁니다. 적어도 제가 아는 범위로는…."

자기 예정을 말하는 것으로 아스나로에게 '오늘 코스모스는 나와 일절 함께 있지 않는다'라고 전한 것이다.

"그럼 나는 이만. 괜히 시간을 빼앗아서 미안해."

그렇게 말하고 코스모스는 빙글 등을 돌려서 우리 교실에서 나갔다.

끝까지 내게 말 한마디도 없고 시선도 보내지 않고….

"…그럼 우리도 갈까."

"죠로…. 저는 밀착 취재를 하지 않겠습니다."

이 무거운 분위기의 교실에 더 있고 싶지 않아서 아스나로에게 이동을 재촉하자, 예상 밖의 말이 나왔다.

밀착 취재를 안 한다. 그럼 혹시 오해가 풀렸나?!

"코스모스 회장이 백화제 진행 상태를 신문부에 물으러 온다면 제가 준비한 기사도 설명하고 싶으니까요! 그 기사 이외의 화무전 기사도 준비했어요! 물론 내일부터는 또 밀착 취재를 하겠으니 잘 부탁합니다!"

뭐야… 괜히 좋아했네….

오늘만 안 하는 거고, 내일부터 또 밀착 취재가 계속되나. 그도 그런가.

그럼 나는 얼른…. 음? 메일이 왔네. 코스모스가 보낸 거잖아.

「미안해. 네 밀착 취재를 막고 싶었는데, 불에 기름을 끼얹었어.」

「신경 쓰지 마세요. 고맙습니다.」

게다가 코스모스 덕분에 오늘은 밀착 취재가 없으니까.

딱히 의미가 없는 건 아니었어. 땡큐, 코스모스.

※

내가 도서실에 들어가자, 먼저 온 팬지는 접수처에서 혼자 책을 읽고 있었다.

여전히 감정이 결여된 듯한 모습이지만, 평소보다 기분이 좋겠지.

내 모습을 확인하더니 꽤나 기쁜 듯이 땋은 머리를 만지작거렸다.

하지만 딱히 말은 없었다. 나는 터벅터벅 도서실 안쪽으로 들어가서, 이전에 코스모스가 가져온 카세트 플레이어를 기동. 그대로 혼자서 묵묵히 댄스 연습을 시작했다.

그러자 춤을 추는 내 옆에 팬지가 다가와서 근처의 의자에 얌전히 앉았다.

원. 투. 스리! 으음…. 이거 늘긴 했나?

계속 누군가와 짝을 지어 연습했으니 혼자선 잘 모르… 아, 그렇지.

“저기, 팬지.”

“왜?”

으음. 거절당할 가능성도 크지만, 밑져야 본전이니까 말해 보자.

“너 지금 한가해?”

“그래. 바쁘진 않아.”

읽던 책을 타악 덮고 어딘가 기대하는 눈을 하는 팬지.

이 녀석이라면 내가 무슨 말을 하려는지 알겠지.

아. 왠지 무진장 석연치 않지만… 어쩔 수 없나.

“그럼 내 춤 연습에 어울려 주겠어?”

“…왜?”

목소리의 톤을 살짝 올리며 질문을 던지는 팬지.

이 녀석… 분명히 알면서 묻는 거지….

“화무전 댄스는 파트너랑 추는 거야. 그러니까 혼자보단 둘이서 추는 편이 연습이 되니까.”

이 녀석은 운동 신경이 별로 좋지 않을 것 같지만, 그래도 없는 것보단 낫다.

"난 운동이 별로야. 댄스도 전혀 해 본 적 없어."

"딱히 처음부터 기대하는 것도 아냐. 최소한이라면 내가 가르쳐 줄 테니까 같이 하자."

"……."

그로부터 10초 정도 팬지는 아무런 대답도 없이 묵묵히 땋은 머리를 만지작거리며 담담히 나를 보았다. 최근 이 녀석과 보낸 시간이 길었던 덕분에 왜 아무 말 없는지 알겠다.

말하자면 **아직 부족하다**고 호소하는 것이다.

제길…. 왜 나는 연습 상대를 얻기 위해서 이런 고생을 해야 하지?

알았어! 말하면 되잖아, 말하면!

"……너랑 추고 싶어."

"어쩔 수 없네. 이 정도로 참아 줄게."

그 말과 함께 의자에서 일어서서 내 손을 꼭 잡는 팬지.

아…. 정신에 막대한 대미지를 입었다. 진짜 힘든 한마디였어.

"그럼 시작한다."

"응. 열심히 해 볼게."

하아…. 원래는 히마와리나 코스모스랑 추고 싶었는데.

왜 나는 이렇게 귀여운 맛이 없는 여자랑 춰야 하는 거지?

사실은 예쁘다는 걸 알아도 눈앞에 있는 게 이래선….

"어렵네."

팬지는 운동을 잘하는 이미지가 아니었는데, 그건 역시나 예상대로.

평소의 냉정한 태도이긴 하지만, 움직임은 어색했다. 나도 초보지만, 그 이상 가는 생초보다.

"진짜 못하네."

"불평하기 전에 요령을 더 잘 가르쳐 줘야 하잖아."

"힘내 봐."

"더 구체적으로 가르쳐 주지 않으면 아무리 지나도 늘지 않아."

때때로 밀착하는 팬지의 몸에서 부드러운 감촉이 전해지고 마음 편한 향기가 풍겼다.

제길…. 여기에 그 모습이면 완벽한데….

아예 눈을 감고 연습하면 괜찮을까?

그러면 머릿속으로 그 모습을 끄집어 낼 수 있고… 아니, 그만두자.

춤 경력이 짧은 내가 그런 짓을 하면 팬지가 다칠지도 모른다.

얌전히 포기하고 계속 연습이나 하자.

"죠로, 지금 건 어때? 잘했으려나?"

간신히 서로의 발을 밟지 않고 춤을 춘 게 자랑스러웠는지, 팬지가 기분 좋게 말했다.

고작 그 정도로 기뻐하다니, 너도 꽤나 값싸군.

말해 두겠는데, 나는 전혀 행복하지 않아. 오히려 불행의 끝에 있어.

오해는 풀리지 않고, 그 녀석들은 연습하러 안 오고, 정말로 엉망이다.

"그런 식으로 그 녀석들이 돌아올 때까지 내 연습에 어울려 줘."

"알았어. 이 기회에 잔뜩 연습해서 실력을 길러 모두를 놀라게 해 줘야지."

결국 그로부터 한동안… 세 사람이 댄스 연습에 돌아올 때까지 나는 팬지와 댄스 연습을 한다는, 영문 모를 나날을 보냈다.

그리고… 드디어 운명의 백화제가 시작되었다.

나를 좋아하는 건
너뿐이냐

우리의 백화제

제 5 장

"어~이! 이 전시물은 이쪽이면 돼?"

"그쪽이면 OK! 또 누가 선생님한테 모조지 한 장만 더 받아 와!"

"괜찮아요! 제가 먼저 준비해 뒀습니다!"

"땡큐! 아스나로!"

아침에 내가 교실에 들어가자, 아주 정신없는 광경이 눈에 들어왔다.

그도 그렇겠지. 오늘은 백화제 당일.

아무리 학생들의 의욕이 없는 이벤트라도 당일 하루 정도 애써 보는 건 작년과 같다.

"아, 죠로! 좋은 아침이에요!"

"안녕, 아스나로."

두 손에 모조지를 든 아스나로가 부산하게 내 옆으로 와서 고개를 꾸벅.

포니테일이 정면에서 추욱 늘어지는 게 조금 재미있다.

"어라? 히마와리는 같이 안 오나요?"

"그래. 녀석은 테니스부 준비를 거들어야 하니까. 딱히 사귀는 것도 아니고."

자…. 조금 전에도 말했지만 오늘은 백화제 **당일**이다.

기억 못 하는 사람을 위해 그날 아스나로의 말을 다시 옮겨 보자.

'안심하세요. 피해자의 이름은 가렸고, 아직 배포하지 않았습니다! 이건 백화제 때 배포할 특집호에 쓸 예정인 기사니까요. 그러니 제가 죠로의 밀착 취재를 하는 기간은 백화제 특집호가 배포되기 전날까지입니다! 그때까지 당신의 행동에 따라서 이 기사의 내용을 바꾸도록 하지요!'

이거다. 아스나로는 이전에 활짝 웃으면서 나에게 '인간 말종, 키사라기 아마츠유! 세 여성을 대유린!'이라는 기사를 보여 주었다. 애석하게도 그 기사는 실수라는 형식으로 학생들에게 배포되었지만, 그게 사실인지 아닌지까지는 전달하지 않았다.

그게 증명되는 것은 백화제 당일이다.

즉, 오늘까지 나는 어떻게든 아스나로의 오해를 풀고 잘못된 기사였다고 정정시키기 위해서 분투하고 카리스마 그룹에게 공격을 받는 등, 여러모로 고생했다.

자, 그 결과는…!

"그런가요! 뭐, 그건 내일을 기대해 주세요!"

실은… 아직 모르겠다….

아스나로가 있는 신문부가 만든 백화제 특집호는 내일, 백화제 2일차에 배포된다.

그러니까 오늘은 시험 결과에 두근거리는 수험생 같은 마음으로 그저 아스나로가 세 다리 의혹이 착오였다는 기사를 써 주길 빌 수밖에 없는 입장이다.

"일단 오늘도 밀착 취재를 하도록 할 테니 잘 부탁드립니다!"

"…알았어."

1주일 전에 코스모스가 제안한 일시 교류 정지의 보람도 있어서, 내가 보기에 승산은 반반. 어느 쪽으로 굴러가도 이상하지 않다.

백화제 이틀 전까지 코스모스나 히마와리와 내가 전혀 어울리지 않은 것은 괜찮지만, 팬지와는 계속 함께 있었으니까.

점심시간에는 매번 아스나로를 따돌리고 도서실에 왔기 때문에 현장을 들키진 않았지만, 방과 후에 따라오지 않은 것은 코스모스와 충돌했던 그날뿐이다.

이후로는 매일 방과 후, 도서실에 아스나로가 나타났다.

그리고 팬지가 화무전 멤버가 아님에도 불구하고 나와 댄스 연습을 하는 현장을 의심의 시선으로 지켜보았다.

더불어 이틀 전부터 최종 확인을 위한 총연습을 코스모스와 히마와리와도 했다.

뭐, 그 녀석들도 아주 서먹서먹해서 제대로 이야기도 안 했지만….

아스나로 대책이란 건 알겠지만… 솔직히 꽤나 힘들었다.

…하아, 잘 풀리면 좋겠는데, 아스나로의 저 모습을 보면 어떻

게 판단해야 할지 모르겠고~

내 불행 수치를 보면 세 다리 확정 기사가 배포될 것 같지만, 아스나로의 착한 마음이 작용해서 어떻게든 되기를 빌 뿐이다.

"그렇게 말하는 아스나로는 신문부 일을 거들지 않아도 돼?"

"걱정 마시길! 신문부는 지금까지 만든 신문을 동아리방에 두기만 하면 되니까, 어제 중에 준비를 모두 완료했습니다!"

뭐? 지금까지 만든 신문이라고?

"어이, 그건 내…."

"안심하세요! 어디까지나 갖다 놓는 건 작년까지의 신문이니까요!"

그 말은 올해는 괜찮아도, 내년은 안 된다는 소리잖아?

하지만 그건 실수로 나온 기사니까 비치하지 않겠지? …확인이 필요하군.

"죠로는 오늘 화무전을 열심히 하세요! 응원할 테니까요!"

…순간 또 이상한 오해를 산 건가 싶었지만, 아마도 아니겠지.

아스나로는 순수하게 나를 응원해 준다.

최근 밀착 취재의 영향으로 나는 계속 아스나로와 함께 있었다.

그러면서 안 건데, 이 녀석은 제법… 아니, 상당히 좋은 녀석이다.

어디의 세 사람과 달리 방약무인으로 마구 나를 휘두르지도 않고, 신문부에서 이것저것 조사를 한 영향인지 지식도 풍부해서 이야기하면 재미있다.

같은 반 여자애들에게 미움을 사고 코스모스나 히마와리와도 거리를 둔 지금, 말을 걸어 주는 여자인 아스나로는 꽤나 귀중하고 고마운 존재다.

뭐, 내일 기사에 따라서는 악마로 돌변하겠지만….

정말이지 전부 오해였다는 걸로 이야기가 정리되고, 다 같이 친해지면 좋겠는데.

"죠로, 왜 그러나요? 그렇게 빤히 저를 보고?"

"아무것도 아냐."

"그렇습니까! 그럼 제 매력을 깨닫고 반했다는 걸로 하죠!"

"네 멋대로 해석하지 마."

"아하하하! 죠로는 농담이 안 통해서 문제입니다!"

그런 가벼운 대화를 나누며 나 또한 우리 반의 전시물 준비를 거들었다.

※

드디어 시작된 백화제. 15시 현재, 관객은 제법 많았다.

그렇다고 해도 우리 학생은 의외로 할 일이 없다. 단순한 발표 전시회니까.

교실에 몇 명이 교대로 대기하고, 다른 사람들은 자기 담당 시간까지 다른 반이나 동아리의 발표를 구경하러 다닌다. 그런 와중에 나는… 아스나로와 함께 신문부에 들렀다.

"'아쉽게 패배한 야구부! 코시엔의 꿈을 놓치다!'라…."

"그건 작년 7월에 만든 신문이군요! 이 부분은 제가 썼습니다!"

내가 손에 든 신문의 일부를 가리키며 자랑스러워하는 아스나로.

내가 지금 손에 들고 있는 것은 작년에 야구부가 도전했던 지역 대회 결승 다음 날 신문이다.

1면에는 눈물을 흘리는 야구부 멤버와 웃으며 멤버를 격려하는 썬의 사진.

…옛날 생각나네. 이때 나는 썬이 사실은 침울해하는 것을 깨닫고 다급히 구장 밖으로 나가서 튀김꼬치 가게를 찾았지.

그랬더니 기적적으로 근처에 튀김꼬치 가게가 있어서, 거기 있던 튀김꼬치를 전부 샀다.

그 튀김꼬치 가게, 올해도 하려나? 작년에는 매상이 별로라고 미남 점원이 투덜거렸지만, 튀김꼬치 자체는 제법 맛이 있었다. 이기든 지든 이번에야말로 썬에게 튀김꼬치를 한턱내고 싶으니까 올해도 가게를 열어 줬으면 좋겠는데.

"죠로, 야구부 기사가 그렇게 재미있습니까?"

"그래. 올해야말로 꼭 썬이 코시엔에 갔으면 해."

"죠로는 정말로 썬을 좋아하는군요! 사실은 사귄다든가…."

"아냐! 나랑 썬은 단순한… 음?"

어라? 스마트폰이 진동하네. 이런 시간에 누구지… 어라, 썬이잖아?

그러고 보니 썬이랑 이야기하는 것도 오래간만이군.

야구부원들의 오해를 푼다면서 아침에도 쉬는 시간에도 교실에 거의 없었고.

…그런데 무슨 일이지?

"여보세요. 썬? 무슨 일이야?"

[죠…죠로…냐….]

음? 왠지 평소의 후덥지근한 열혈 보이스도, 이전에 들었던 냉혈 보이스도 아닌, 꽤나 힘없는 목소리로군. …아항, 썬 녀석 나를 놀리는 건가?

익명으로 들어온 보라색 만주를 꾸역꾸역 먹었다가 배탈이 나 화장실에서 못 나가게 되었다. 그러니까 화무전에는 못 나간다! 그런 소리군! 아무리 썬이라도 그건—

[미, 미안해…. 익명으로 들어온 보라색 만주를 우적우적 먹었다가 배탈이 나 화장실에서 못 나가게 되었어. 그러니까 화무전에는 못 나가….]

진짜냐! 꾸역꾸역이 아니라 우적우적이지만 똑같아!

잘도 그런 걸 먹는구나! 아무리 봐도 수상하잖아!

"어, 어이! 썬, 괜찮아?! 내가 구급차를…."

[아니, 필요 없어…. 판도라의 상자가 조금 열렸을 뿐이야.]

그건 조금으로 안 끝날 문제인데?

[그러니까 미안해. 나는 조금… 우호오오!]

아, 전화가 끊어졌다! [우호오오!]에서 전화가 끊어졌다!

"썬? 어이, 썬! 여보세요! 여보세요!"

제길! 전화가 끊어졌으니까 불러 봐야 소용없다는 걸 알지만… 역시 틀렸나!

이 타이밍에 썬이 출장 사퇴라니, 진짜 그냥 못 넘어갈 일인데….

이미 화무전 시작까지 시간이 얼마 안 남았는데….

"…우, 우호오오…."

"죠로, 무슨 일입니까? 얼굴이 새파란데요?"

이런…. 평소라면 아스나로의 걱정 어린 눈동자에 무심코 마음이 풀어졌겠지만, 지금 내게는 그럴 여유가 없었다.

어, 어, 어, 어쩌지?! 썬이 화무전에 못 나간다면… 자, 잠깐!

허둥대기 전에 일단 연락해야지! 서둘러서 코스모스에게 연락하자!

"아스나로, 미안! 난 잠깐 전화 좀 할게!"

"네? 아, 네! 알겠습니다!"

아, 아무튼 진정하고 스마트폰에 '사람 인' 자를 써서 삼키…는 게 아니라!

터치 패널을 조작해서 코스모스에게 전화를 거는 거야! 그래, 삐빅 하고.

부탁이야…. 이 상황에서 전화가 안 되면… 받았다!

[여보세요.]

“코, 코스모스 회장!”

[무슨 일이시옵니까, 키사라기 공? 대단히 서두르시는 목소리 아닙니까?]

무슨 일이시옵니까, 아키노 공? 대단히 사무라이다운 목소리 아닙니까?

화무전 때문에 긴장했나? …아니, 지금 그런 걸 신경 쓸 때가 아냐!

“저, 저기…. 썬이 화무전에 못 나가게 되었다고….”

[어찌 그런 흉사가 있단 말이오!]

놀라는 건 알겠는데, 슬슬 사무라이에서 돌아와 줘.

전에도 이런 말투일 때가 있었는데, 이거 장난 아니게 부자연스러워.

“아까 전화 통화를 했는데, 몸이 꽤 안 좋은 모양이었어요. 구급차를 부를 정도는 아닌 모양이지만, 한동안 화장실에서 못 나올 것 같다고….”

사실은 판도라의 상자가 열린 모양이지만, 그건 덮어 두자.

썬의 재앙도, 썬이 남긴 희망도, 나는 별로 알고 싶지 않고.

아무튼 썬에게 이상한 짓을 한 범인은 반드시 찾아내서 처리한다.

올해야말로 코시엔에서 활약할 썬의 몸에 위해를 가하다니, 하늘이 용서해도 내가 용서하지 않는다.

[그럼 이쪽에서 대리를 찾아야만 하지 않겠소이까?]

"하지만 이제까지 전혀 연습도 안 했던 사람에게 갑자기 나가라고 부탁하는 건…."

[아무도 없는 것보단 낫소이다. 화무전은 한 명의 남자와 세 명의 여자가 교대로 춤을 추는 것이 가장 큰 볼거리이기에…. 소생 쪽에서 어떻게든 찾아보도록 하지요.]

애초에 못 나가게 된 녀석이 남자인데.

"내 쪽에서도 찾아보겠습니다! 아무튼 누굴 찾거든 연락해 주시겠습니까? 물론 나도 찾거든 바로 연락하겠습니다."

[알겠소.]

거기서 나는 일단 사무라이 코스모스와의 통화를 마쳤다.

이거 진짜냐…. 하필이면 백화제 당일에 썬이 탈락하다니….

평소에 절대로 몸 상하는 일은 하지 않아서 '내 몸은 카네모토 클래스야!*'라며, 연속 시합 출장 세계 기록 보유자와 영문 모를 경쟁을 하던 썬이….

※카네모토 클래스야! : 카네모토 토모아키. 일본 프로야구 선수로 '철인(鐵人) 카네모토'라고도 불리며, 1492시합 연속 풀이닝 출장 세계 기록 보유자.

“저기~ 죠로.”

“뭐야… 아스나로?”

“지금 죠로의 말을 듣고 추측했습니다만, 혹시 누가 화무전에 못 나가게 된 겁니까?”

“그래. 썬이 배앓이를 해서 못 나가게 되었어. 그러니까 대리를 찾아야 해.”

하지만 어쩐다? 나나 코스모스가 부탁한다고 누가 참가해 줄까?

아직 오해는 풀리지 않았다. 그런 와중에 말해도 아무도 승낙하지 않을 가능성이 크겠지. …이런. 이거 정말로 큰일이다.

최악의 경우 나뿐만이 아니라 코스모스나 히마와리에게도 뭔가 피해가….

“죠로. 그렇다면 제가 나갈까요?”

“어? 아스나로가? 화무전에? …진짜로?!”

“네. 괜찮아요. 전 운동 신경에는 제법 자신이 있고요!”

“고마워! 정말 고마워!”

이런 행운이!

역시나 아스나로! 아마 내게 잘해 주는 여자 랭킹 1위의 자리를 차지할 만하다!

“알았어! 그럼 바로 코스모스 회장에게 연락할게! 고마워!”

“아뇨. 죠로에게 기삿거리를 제공받았으니 특별 사례로 치죠.”

"그래! 그럼 서로 쌤쌤인 걸로 치지!"

"오, 좀 살아난 기색이네요. 그럼 얼른 코스모스 회장에게 연락해 보세요. 이렇게 된 거 저도 화무전을 즐기고 싶으니, 멤버를 동시에 발견한다는 더블 부킹은 피하고 싶으니까요."

"알았어!"

아무리 코스모스라도 이렇게 짧은 시간에 대리를 찾을 수는 없겠지.

아까 전화하고 5분도 안 지났다.

이야, 아스나로가 함께 있어서 다행이야! 얼른 코스모스에게 전화하자!

[여보세요.]

"코스모스 회장! 화무전에서 춤출 마지막 한 명을 찾았습니다!"

저쪽이 전화를 받는 것을 확인한 순간 나는 기세를 타고 소리치듯이 말했다.

"[아, 그래? 사실 나도 지금 막 발견한 참이야.]"

응? 아까랑 달리 사무라이 어조가 아니지만, 조금 이상하지 않아?

왠지 지금 코스모스의 목소리가 스마트폰만이 아니라 내 뒤에서도—

"너희를."

"오오오오! 나, 나왔다아아아!!"

쫄았다! 사다코스모스가 뒤에서 나타난 줄 알았어! 하지만 평소의 코스모스였다!

아마 우물이나 비디오테이프가 아니라 학생회실에서 온 거겠지만!

…그런데 왜 여기 있지?

"안녕, 죠로, 아스나로."

하지만 그런 나의 외침을 깨끗하게 무시하고 코스모스는 부드러운 미소를 지었다.

"아, 안녕하세요…."

"안녕하세요. 코스모스 회장."

그 미소에 두려움을 느낀 나와 아스나로가 가볍게 꾸벅.

솔직히 언뜻 봐선 부드럽고 다정하지만, 뒤에서 뿜어져 나오는 오라가 장난 아니다.

"너희 둘을 찾고 있었는데 설마 같이 있었다니. 어떤 의미로 운이 좋았어."

어라? 코스모스, 아스나로를 찾고 있었나.

혹시 코스모스는 아스나로를 화무전 멤버로 권유할 생각이었나?

그럼 이미 아스나로가 나가 준다고 말했다고 전해야지.

"저기, 코스모스 회장. 아스나로가 화무전에 나가 준다고 말했습니다! 그러니 멤버는 더 이상 안 찾아도 됩니다! 그렇지, 아스나로?"

"네! 그렇습니다!"

"그래. 나도 더 이상 멤버를 찾을 필요는 없다고 생각했어. … 그럼 죠로에게 전하려던 용건은 이걸로 끝이야."

대단하다, 코스모스. 아스나로가 화무전에 참가한다고 말할 걸 처음부터 알고 있었던 듯한 말투잖아. 하지만 뭔가 분위기가 이상한데….

"그럼 아스나로, 네게 얘기하고 싶은 게 있으니까 같이 학생회실로 와 줄 수 있을까?"

"어어, 화무전 때문입니까? 그거라면 죠로도 함께…."

"아니, 그는 필요 없어. 아스나로, 학생회실에는 너 혼자만 오면 돼."

"하지만…."

"자, 잠깐 기다려 보세요! 왜 나는 필요 없습니까?"

무심코 두 사람 사이에 끼어들어서 소리치는 나. 아니, 왜 이렇게 되는데?

"이유를 말할 필요는 없어. 죠로는 몰라도 되는 이야기야."

네~ 알겠습니다! 그럼 죠로는 얌전히 있겠습니다!

…가 아니잖아! 여기서 쫄지 말라고!

"화무전 이야기라면 나도 가겠습니다."

"하지만…."

"저도 죠로랑 같이 있는 게 좋습니다! 죠로가 가지 않으면 저도 안 갑니다!"

"하아… 알겠어…."

한숨과 함께 살짝 짜증내는 목소리로 코스모스가 내 동행을 허락했다.

여자들의 대화에 섞이는 건 좀 그렇지만, 이 상황은 예외겠지.

"그럼 갈까. 시간도 아깝고."

대체 코스모스는 아스나로에게 무슨 이야기를 하려는 거지?

내가 몰라도 되는 이야기라고 하니 오히려 궁금해지는데….

※

"일단 두 사람 다 거기에 앉아 주겠어?"

학생회실에 들어가는 것과 동시에 우리는 얌전히 그 지시에 따라서 파이프 의자에 앉았고, 코스모스 또한 책상을 사이에 두고 우리 정면의 파이프 의자에 앉았다.

"자, 그럼 이야기를 시작할까. …아스나로, 화무전에 참가해 준다고 그랬지?"

애용하는 코스모스 노트를 좌악 펼치고 일단은 부드러운 목소리.

하지만 그것이 학생회실에 깔린 무거운 분위기를 씻어 내는 것으로는 이어지지 않았다.

"네. 쇼로가 곤경에 처했으니까…."

부끄러운 듯이 포니테일을 흔들면서 대답하는 아스나로.

소박하고 귀여운 움직임이다. 아주 약간 분위기가 풀어졌다.

"하지만 나는 너의 화무전 참가를 결코 인정할 수 없어."

그렇지만 그 풀어진 분위기는 코스모스가 단적으로 던진 말에 순식간에 얼어붙었다.

"어째서입니까? 썬을 대신할 멤버는 아직 찾지 못했잖아요?"

코스모스의 말에 아스나로의 눈이 날카로워졌다. 불만이 있다는 듯한 시선이다.

"그건 네가 걱정할 필요 없는 이야기야."

"이대로 가면 화무전은 멤버가 부족해서 중지되는데요? 이런 쓸데없는 이야기는 치우고 얼른 제 참가를 인정하고 조금이라도 연습을 해야 한다고 생각하는데요?"

"쓸데없는 이야기가 아냐. 지금부터 네게 할 이야기란 화무전과도 관련이 있으니까."

이런. 뭔가 분위기가 아주 심상찮은 흐름이다. 어떻게든 이야기를 수습해야겠는데.

"저기, 코스모스 회장. 지금은—"

"쇼로, 괜히 끼어들지 말아 줘."

윽! 코스모스 녀석, 내가 끼어들려고 했더니 엄청 날카로운 눈으로 째려보았다.

"아스나로, 네 마음을 모르는 것도 아냐. **이전까지의 나**였다면 아마 네게 동조해 그 행위를 묵인했을지도 몰라."

"갑자기 이야기를 돌리지 말아 주시겠습니까? 무슨 말인지 모르겠습니다."

정체 모를 박력을 띤 코스모스에게 움츠러드는 기색도 없이 아스나로는 대담하게 대답했다.

하지만 마음속으로는 쫄았겠지. 옆에 있는 내 손을 꾹 붙잡았다.

으음…. 나는 이 손을 맞잡아야 하나?

분명히 언뜻 보면 코스모스가 방약무인한 것으로 보이지만, 이 녀석이 의미도 없이 이런 짓을 할 것 같지는 않아….

"…그래. 그럼 이야기를 되돌리지."

양쪽 다 한 발짝도 물러나지 않는다. 마치 이전에 있었던 방과 후의 연장전 같은 분위기다.

코스모스는 날카로운 눈빛인 채로 계속해서 말을 꺼냈다.

"아스나로, 너는 앞으로 죠로에 대한 오해를 부르는 기사를 쓰지 않도록. 그리고 이전의 기사가 착오였다는 신문을 작성해 학생들에게 배포하도록. 이건 부탁이 아니라 명령이야."

"왜 코스모스 회장에게 그런 소리를 들어야만 합니까?"

나도 아스나로의 의견에 찬성이다.

물론 나로서는 기쁜 일이지만, 아무리 그래도 기사 내용까지 지정하는 건 너무하잖아.

"그 이유를 지금부터 말할 건데… 다시 한번 묻겠어. 죠로가 있어도 상관없어?"

"네, 상관없습니다."

"그래. 알았어…."

한순간 코스모스의 눈이 슬픈 빛을 띠었다. 어딘가 아스나로에게 동정하는 듯한, 자기가 앞으로 할 말을 주저하는 듯한 눈이었다. 하지만 그걸 알아차린 것은 나뿐이겠지.

아스나로는 변함없이 당찬 자세를 지키고 있었다.

"다만 그 전에 저도 한마디 하겠습니다만, 방금 전에 당신이 한 말을 기사로 써도 되겠습니까? 솔직히 말하자면 이건 상당한 특종감이라서."

분명히 코스모스의 행동은 자기 목을 조르는 짓이다.

아무리 학생회장이라고 해도 신문부의 영역에 흙발로 들어오는 건 룰 위반이다.

"'학생회장의 폭거! 신문부에게 기사 내용을 지정!'이라면 좋은 기사가 될 것 같습니다."

아스나로, 전부터 생각한 건데 코스모스를 싫어하는 거 아냐?

왜 이렇게까지 죽어라고 물어뜯으려 들지? 다른 식으로 말해도 될 텐데….

으음…. 이래선 코스모스가 다소 열세일까….

“마음대로 해. 그 정도 각오는 이미 했어. 하지만 아스나로….”

지난번에도 심하게 당했고… 어라? 왠지 코스모스가 꽤나 냉정하네?

아스나로가 그런 말을 했는데도 전혀 신경 쓰는 기색도 없이 입만 움직이잖아.

“모두를 속이고 죠로를 계속 속여 온 네가 그런 말을 해도 될까?”

…에? 모두를 속여? 그리고 나를 계속 속였다는 게 무슨 소리야?

아스나로는 그저 내가 묘한 행동을 했으니까… 아, 아니! 아스나로, 어떻게 된 거야?!

엄청난 기세로 눈을 부릅뜨고 있잖아!

“그, 그건…!”

“미안하지만 나는 학생회장이야. 건전한 우리 학교의 이미지 비디오에 사용되는 화무전에 더러운 생각을 가진, 부정에 가까운 행동을 저지른 자의 참가를 인정할 순 없어.”

어이, 어이, 어떻게 된 거야? 왜 아스나로가 이렇게 쫄았어?

"그러니까 죠로가 없는 곳에서 말하자고 한 거야. 애석하게도 이번에는 이미 예습이 끝났으니까."

"무, 무슨 이야기입니까?"

"호오. 이 상황에서도 잡아떼게? 그럼 이쪽도 그만한 대응을 하도록 할게. …자, 아스나로, 각오는 됐어?"

"……."

"그럼 계속해서 말하지."

무서워! 코스모스, 무서워! 무진장 무서워!

그렇게 무서운 분위기인 채로 코스모스는 애용하는 노트를 훌훌 넘겨 어느 페이지에서 멈추더니 조용히 말하기 시작했다.

"처음에 묘하다고 생각한 건 죠로가 '아스나로가 항상 따라붙는다'라는 말을 점심시간에 했을 때야. 아무리 신문부라고 해도 한 여학생이 한 남학생을 따라다니는 건 이상하지? 신문부에 소속된 사람은 너 이외에도 있을 텐데, 너만 죠로의 곁을 떠나지 않았어."

그 말을 듣고 보니 분명히 그랬다. 그런데 그게 왜?

"그리고 또 하나, **항상** 죠로를 따라다녀야 할 네가 어째서인지 점심시간만큼은 절대로 모습을 보이지 않았어. 그게 계속 마음에 걸려서 나름대로 이유를 생각했어."

"저, 점심시간에는 항상 죠로가 도망쳐서…."

그렇다. 나는 항상 점심시간만큼은 아스나로를 따돌렸다.

그러니까 없더라도 이상하지 않겠지.

"그럼 왜 도서실에 찾으러 안 왔을까? 너 정도의 정보 수집 능력이라면 죠로가 이전부터 점심시간에 반드시 도서실에 있다는 정도는 알았을 텐데?"

"큭!"

정말 지당한 말씀입니다…. 그렇지! 내가 아무리 도망쳐도 최종적으로는 도서실에 있으니까, 거기에 있으면 반드시 붙잡을 수 있잖아!

"즉, 너는 처음부터 점심시간에는 죠로의 밀착 취재를 할 생각이, 도서실에 올 생각이 없었던 게 아닐까? 따로 할 일이 있었겠지?"

"그런 거 아이라! 항상 죠로가 내재긴기디!"

"그러고 보니 너는 냉정함을 잃으면 사투리가 나오지 않았던가? 상당히 동요한 걸로 보이는데?"

"큭!"

"네 최대의 실패는 나를 얕본 거야."

코스모스 씨, 멋져! 그런 대사, 나도 한번은 해 보고 싶어!

"자…. 계속해 볼까."

노트를 팔랑팔랑 넘기다가 어느 페이지에서 우뚝 그 손을 멈추는 코스모스.

아무래도 필요한 정보는 모두 노트에 적혀 있는 모양이다. 정말이지 무시무시한 녀석이다.

"사실은 썬이 야구부의 매니저에게 확인해서 안 건데, 아무래도 화무전에 뽑힌 그녀는 자기가 화무전 멤버로 뽑혔다는 걸 안 직후에 메일 하나를 받았다는 모양이야. 모르는 주소로부터 온 거라서 혼란스러워 했지만, 내용을 확인해 보고 수긍해서 화무전 참가를 거부한 거지. 이게 그 메일이야. 전달받았어. 참고로 이게 날아온 것은 죠로가 화무전 멤버로 뽑힌 날 **점심시간**이라나 봐. 송신 시간은 분명히 점심시간 시작 5분 뒤였던가."

스마트폰을 꺼내 나와 아스나로 앞으로 내밀었기에 화면을 보니….

「화무전 멤버로는 아키노 사쿠라와 히나타 아오이가 뽑혔다. 학교를 대표하는 미녀 둘과 함께 춤추는 마지막 한 명은 정말로 화무전의 분위기를 띄우겠지. 두 사람의 배경으로서.」

어이, 너무 심한 말이잖아. 이런 메일이 오면 누구든 참가하기 싫어지지.

"이 메일은 교내의 여학생 거의 전원이 받았어. 받지 못한 것은 나, 히마와리, 학생회, 테니스부, 신문부 멤버들, 그리고 팬지뿐이었던 모양이야."

"그, 그 메일을 보낸 게 내라는 말이간?"

"그런 걸로 간주해도 좋아. 너는 신문부에서도 특히나 정보 수집 능력이 뛰어나지. 전교생의 연락처 정도는 간단히 입수할 수 있을 테니까.”

“내는, 그런 메일 아이 보냈다! 애초에 보낼 이유도 없수다!”

분명히 아스나로의 말은 옳다. 가령 아스나로가 나를 속였더라도 화무전 참가 희망자를 줄이는 것과는 관계없다.

“그럼 이쪽은 어떨까? 죠로의 기사가 배포된 이후로 그 화제가 가장 입에 오르내린 시간대는 점심시간이었던 모양이야. 누가 어딘가에서 죠로의 화제를 꺼내고, 그게 서서히 퍼졌던 모양이더군. 나는 점심시간에 도서실이나 학생회실에 있었으니 몰랐지만, 야마다가 이 이야기를 확인했어. …요는 점심시간에 네가 죠로를 고립시키기 위해 행동한 시간대였겠지?”

설마 했던 야마다 재등장! 회계야! 다들 잊지 말도록! 배경 캐릭터지만.

“내도 점심시간에는 만날 부실에 있었으니까네, 그런 이야기는 모르는기요!”

“즉, 처음부터 죠로의 밀착 취재를 할 생각이 없었단 소리네. 고마워, 네 입으로 그 말을 듣고 확신이 더욱 강해졌어.”

“크윽!”

멋져! 코스모스가 완벽할 정도로 아스나로의 입에서 ‘점심시간에 밀착 취재를 할 생각이 없었다’는 언질을 받아 냈습니다! 1회전은 코스모스의 승리!

“다음은 이거야. 이전에 신문부 기사가 실수라는 형태로 게재

되었던 적이 있었지?"

훔칫! 하고 아스나로의 몸이 크게 떨렸다.

"신문부가 배포하는 신문은 매일 아침에 당번제로 누군가가 인쇄해. 즉, 그 기사 배포가 잘못이 아니라 의도한 것이라면 새벽에 인쇄하기 전에 기사를 교체할 필요가 생기지. 그러기 위해서는…."

"내는 죠로의 기사가 나온 날 인쇄 당번 아니었수다! 그기사 조사하면 다 나와요!"

"물론 조사했어. 기억 못 하려나? 이전에 방과 후에 내가 신문부에 갔지. 그날 백화제에서 신문부가 어떠한 활동을 할지 확인하는 김에 죠로에 대한 잘못된 정보가 실린 신문을 누가 인쇄했는지도 확인했어."

"기억하지매! 내 그날 신문부에 있었으이!"

아스나로가 인쇄 당번이라서 기사를 교체했다고 생각했지만, 이런 말을 들으니 그렇지도 않은 모양이다. 하지만 그렇다면 왜 코스모스는 이렇게 자신만만한 태도지?

"그래. 분명히 그날 너는 신문부에 있었고 나를 맞아 주었어. 누구보다도 먼저 내게 백화제에 쓸 기사를 보여 주었으니까 인상적으로 기억해."

"그라요! 글코 조사했으면 내 아이 했다는 걸 알 거라요!"

"그래. **인쇄 당일**에는 네가 기사를 교체하지 않았다는 걸 알았어."

그렇게 말한 뒤에 코스모스는 눈을 날카롭게 뜨며 한 호흡 뜸을 들이다 다음 말을 던졌다.

"**전날**에… 기사를 교체했지?"

"힉!"

"신문부는 매일 18시에 활동을 끝마치고, 마지막으로 다음 날의 기사를 체크해서 문제가 없으면 인쇄실로 가져가. 그러니까 교체할 타이밍은 두 번 있어. 하나는 새벽에 기사가 인쇄되기 직전. 그리고 또 하나가 전날에 부원이 모두 나간 뒤야."

"그, 그건…."

"너는 죠로의 밀착 취재를 하는 동안에는 집에 갈 때도 반드시 우리와 함께 있었어. 하지만 딱 한 번 밀착 취재를 했지만 귀갓길에 네가 없었던 날이 있었지? 그건 죠로와 함께 화무전 멤버를 설득하는 날이었어. 시간은 분명히 18시 25분. 그때 너는 할 일이 있다면서 자리를 떴어."

그쪽이냐! 그러고 보니 내 기사가 나오기 전날, 아스나로는 나와 코스모스의 권유가 실패한 것을 확인한 뒤에 할 일이 있다면서 먼저 갔지!

"아, 아이다! 내 그날 결국 신문부에 아이 갔다! 그건 우리 동아리방에 있는 인쇄실 열쇠 대여 신청서를 확인하면…."

"내가 안 했을 것 같아?"

아닙니다! 이 인간 분명히 했습니다! 봐, 노트에서 종이 한 장이 나왔어요!

"이게 내가 신문부를 방문했을 때 복사한, 열쇠 대여 신청서야."

코스모스가 나와 아스나로의 앞으로 그 종이를 스윽 내밀었다.

그날 대여 신청자를 보니 거기에는 아스나로의 이름이 분명히 없었다.

"보, 보더라요! 이걸로 다 증명되지 않았네?"

응, 이걸로 2회전은 아스나로의 승리로군.

분명히 신문부에 가지 않았다고 증명… 응? 코스모스가 또 종이 한 장을 꺼냈군.

"참고로 이쪽은 내가 신문부를 방문하기 전… 야마다가 쉬는 시간에 신문부를 방문해서 복사한 열쇠 대여 신청서야."

"뭐?!"

다음에 제시된 열쇠 대여 신청서. 그쪽에는 아까 본 종이에서 공백이었던 부분에 '하네타치 히나'라고 적혀 있었다. …우, 우와아아아!

"즉, 네가 그날 방과 후에 나를 맞아들인 것은 자기 기사를 보여 주는 것 이외에 또 하나의 목적이 있었어. 그건 나보다 먼저 동아리방에 가서 열쇠 대여 신청서를 수정하는 것이었지."

2회전도 코스모스의 승리! 게다가 승리하는 방식이 아주 기가 막혀!

처음부터 그쪽을 내밀면 되었을 텐데 아스나로의 도주로를 완전하게 짓밟았어!

그리고 야마다, 배경인데도 우수해! 대체 언제쯤 등장할 것인가?

"그러니까 말했잖아? 나를 얕보지 말라고."

바로 이것이 귀(鬼)부인의 아바시리 포위망!

즉, 그건 실수로 실린 게 아니라 아스나로가 의도적으로 실은 건가?

방과 후, 신문부 동아리방에 아무도 없을 때 몰래 가서 기사를 수정하고….

다급히 아스나로를 보니 몸을 바들바들 떨고, 시선은 우왕좌왕 어쩔 줄을 몰라 했다.

꽤나 당황한 기색이었다. 진짜로… 아스나로가 한 것처럼 보였다.

"그래서 말이지. 이상의 정보를 통계적으로 보고 나는 확신했어. **너는 처음부터 죠로가 세 다리를 걸치지 않았다는 걸 알면서 그를 의도적으로 몰아붙였다고.**"

"기다려 보세요. 왜 아스나로가 그런 짓을 했다는 겁니까?! 난 아스나로에게 원한을 살 짓을 한 적이 없어요!"

"아스나로, 네 목적은 두 가지. 하나는 '죠로를 고립시키는 것'. 또 하나는 '죠로의 곁에 있는 것'. 그게 내가 내놓은 결론이야."

아스나로가 나한테 그런 짓을 한 목적이 그거?! 왜 그렇게 되는데?!

"왜 고립시키려는 녀석의 곁에 있으려고 합니까?! 그런 짓을 해도 의미는…."

"아스나로. 너는 죠로를… 좋아하지?"

아하! 과연! 다시 말해, 아스나로는 처음부터 나에게 조금 그런 마음을 가지고 있어서, 그래서 그런 짓을… 아니, 진짜로?!

아니, 아스나로의 플래그는 옥상에서 부러졌잖아! 날 벤치에 앉혔잖아!

"하지만 네게 예상 밖이었던 일이 일어났어. 그게 화무전 멤버, 썬의 행동, 팬지의 존재, 이상 세 가지야."

화무전은 그렇다고 해도 썬의 행동과 팬지의 존재는 뭔데?

"너는 처음에 그 기사를 죠로에게 보여 줘서 밀착 취재라는 대의명분을 얻으면서 죠로 스스로 우리와 거리를 두도록 유도했어. 하지만 죠로가 화무전 멤버로 뽑혔고, 그가 우리와 거리를 둘 수 없게 되었지."

그래. 나는 처음에 세 사람을 최대한 피할 생각이었다.

그 제안을 하자 우선 세 사람이 싫어했다는 것도 있지만, 최대의 원인은 화무전이다.

사실은 사퇴하고 싶었지만 그럴 수 없었기에, 얌전히 지내면서 오해를 풀려는 생각으로 넘어갔다.

"그래서 너는 자기도 화무전 멤버로 들어가려고 했어. 하지만 그 경우 거슬리는 것이 나와 히마와리. 그리고 그 외의 발탁 멤버야. 화무전 멤버가 열 명까지는 투표로 뽑히는 사람으로 채워지는 이상, 너는 이 중에서 여덟 명을 사퇴시켜야만 했지."

"그, 그건…."

"하지만 그중 두 명, 나와 히마와리는 너와 다른 사람이 있는 앞에서 당당히 화무전 참가를 밝혔어. 그 상황에서 우리 둘의 참가 의지를 철회시키기란 어렵다고 본 너는 목표를 나머지 여덟 명으로 좁혔지?"

그 말에 반발하려고 아스나로가 똑바로 코스모스를 노려보았지만, 할 말을 찾을 수 없었겠지. 그저 입을 뻐끔거릴 뿐, 말을 꺼내지 못했다.

"그래서 그녀들이나 다른 여학생에게 괴문서 같은 메일을 보내 참가 의욕을 떨어뜨리고, 멤버를 못 찾는 궁지로 우리를 몰아넣었어. 그렇게 해서 추천이라는 형태로 너는 화무전 멤버로 들어가려고 한 거야. '화무전에 뽑힌 남자는 뽑힌 여자 셋 중 누군가와 반드시 맺어진다'. 전설이 뒷받침하는 기정사실을 손에 넣기 위해서라도."

"아, 아냐… 내는, 그런…."

"게다가 의도적으로 기사를 유출해서 죠로의 평판을 떨어뜨려 전교 여학생들이 그와 춤추길 꺼리게 만들고 반에서는 고립시켰어. 자신만이 그의 곁에 있기 위해서."

거기까지 생각하고 실행했나! 무시무시하군, 아스나로!

"하지만 네가 행동하기 전에 먼저 움직인 사람이 있었지. 그게 썬이야. 아무리 너라도 남자인 썬이 화무전에 여자 역할로 참가할 거라곤 생각 못 했지? 그러니까 오늘 익명의 형태로 이런 걸 그에게 보냈지? 그러면 당일 결원이라는 형태로 너는 화무전에 참가할 수 있으니까."

우리 앞에 나타난 것은 만주였다. 보라색의 흉흉한 만주. 우와, 진짜 수상하다….

"여기에 뭐가 들었는지는 애석하게 지금으로선 모르지만, 조사해 보면 알 수 있겠지."

아니, 코스모스는 그 만주를 회수하기 전에 썬이 못 먹게 막아 줘야지!

그리고 썬은 용케 이걸 먹었네! 보통 이런 건 아무도 안 먹잖아!

"그리고 마지막으로… 팬지. 너의 가장 큰 고민은 그녀였겠지."

코스모스의 입에서 팬지의 이름이 나온 순간 아스나로의 몸이 움찔 하고 크게 흔들렸다.

“죠로에 대해 강한 연심을 품은 팬지는 너에게 가장 거슬리는 존재였겠지? 그리고 죠로와 팬지의 사이를 보고 너는 백화제가 끝나더라도 두 사람이 교류를 끊지 않을 거라고 판단했어. 그러니까 아마도 내일 게재되는 신문에 나와 히마와리의 이름은 없어도 팬지의 이름은 있지 않을까?”

“아, 아아….”

“이걸 확신한 건 지난번 방과 후에 너와 이야기했을 때야. 나와 히마와리와 썬이 도서실에 가지 않겠다고 해도 너는 완강히 밀착 취재를 계속하겠다고 했어. 그건 팬지와 죠로를 단둘만 두지 않으려는 거였지?”

그래서 그런 조사도 했나! 코스모스, 정말 대단해!

“자, 슬슬 마무리 시간이야.”

천천히 노트를 넘기다가 한 페이지에서 코스모스가 손을 멈췄다.

“아스나로. 너는 죠로에게 연심을 품고 그를 독점하려고 했어. 그리고 그걸 위해 기사를 날조하여 그를 협박하고 여학생들에게 메일을 보내 그녀들의 화무전 참가 의욕을 꺾었으며 의도적으로 잘못된 기사를 신문에 게재하여 죠로를 학급에서 고립시켰어. 이게 틀림없다면 지금 당장 너는 이전의 기사가 착오였다는 신문을 제작해 학생들에게 배포하도록 해.”

이상하네? 내가 아는 코스모스는 평소엔 어른스럽지만 중요한 순간에는 부끄러움을 타는 소녀였을 텐데…. 이 듬직한 사람은 뭐지?

아니, 이런 감상은 나중에 하도록 하자. 그보다 먼저 해야 할 일이 있다.

"아, 아스나로…. 저기… 코스모스 회장의 말… 사실이야?"

어느 틈에 내 손을 꾹 붙잡고 있던 감촉은 사라졌다.

말을 걸어도 아스나로는 나를 보지 않았다. 고개를 숙이고 있을 뿐이었다.

"……다들, 너무해."

다들 너무하다니…. 그건 히마와리와 코스모스와 팬지 이야기일까?

"내, 내는… 내는, 계속 죠로의 곁에 있고 싶었어. 그런데 교실에선 계속 히마와리가 곁에 있고, 방과 후에는 코스모스 회장이 있어. 사실은 내가 같이 있고 싶은데! 죠로를 좋아하지도 않는 사람이 곁에 있어. 그런 건 너무해! 이상해!!"

눈에서 눈물을 뚝뚝 흘리면서 스커트 자락을 꽉 붙잡고 아스나로는 소리쳤다.

"하지만 겨우 기회가 왔어! 얼마 전부터 히마와리도 코스모스 회장도 죠로랑 얘기하지 않고, 같이 지내지 않게 됐어. 그러니까 이번에야말로 기회라고 생각했더니 산쇼쿠인이 죠로를 내한테서 빼앗아 갔어….”

내가 썬이나 히마와리, 코스모스와 다툰 그때 말인가.

그러고 보면 그 즈음부터 아스나로와 더 많이 얘기하게 되었지.

“하지만 너도 알고 있었지? 팬지는 죠로를—”

“알아! 그런 건 알아! 그러니까 산쇼쿠인에게서 죠로를 되찾으려고 내는 애썼어. 교실에 있을 때 죠로랑 열심히 이야기했사! 하지만 죠로는 내를 봐 주지 않아! 항상 히마와리와 썬만 봤어!”

뭐, 그 무렵에 난 그 녀석들과 화해하고 싶다는 생각을 계속하고 있었고….

“그래도 내는 포기 아이 했어! 내 비겁하다는 걸 알지만, 죠로가 히마와리와 이야기할 때 끼어들어서 열심히 죠로가 내를 보도록 했어!”

그런 적이 있었나? …있었다! 아직 히마와리와 화해하기 전, 그 녀석한테 말을 걸려는데 아스나로가 먼저 가로채는 바람에 내가 주춤했지!

“하지만… 내는 산쇼쿠인에게 못 이겨. 봐 버렸어…. 얼마 전에 신문부 활동으로 늦게 돌아가던 날, 큰 나무 밑에서 서로 마주 보던 죠로와 산쇼쿠인을. 그때는 깜짝 놀랐어. 산쇼쿠인에게 그런 비밀이 있다니….”

그러고 보니 처음에 아스나로에게 세 다리 이야기를 들었을 때, 밤에 나와 팬지가 마주 보고 있는 모습을 목격했다고 그랬지. 그때 아스나로는 팬지의 비밀을 안 건가.

"역시 너는 팬지의 진짜 모습을 알고 있었구나. 그래서 못 이긴다고 생각했던 거야?"

코스모스의 질문에 고개를 끄덕이는 아스나로.

아니, 잠깐만! 아스나로가 아는 것도 놀랍지만, 어떻게 코스모스까지 팬지의 비밀을 아는 거지?! 그걸 아는 건 나와 썬뿐이잖아?!

"너무해… 너무하잖아…. 히마와리도 코스모스 회장도 산쇼쿠인도, 내보다, 훨씬, 훨씬 예뻐. 그것만으로 죠로의 곁에 있을 수 있다니 너무하잖아!"

아니, 딱히 이 녀석들과 같이 있는 게 예쁘다는 이유 때문만은 아닌데….

그렇긴 해도 아스나로는 대체 언제부터 나를… 응? 설마… 아니, 설마~

"분명 내가 제일 죠로를 좋아해! 계속, 계속! 작년 여름, 야구부원 모두가 도전했던 지역 대회 결승 때부터 계속! 내는 죠로를 좋아했는데, 이런 건 너무하잖아!"

"그래. 너도 그때… 사랑을 했구나."

미안. 아스나로, 코스모스. 진지한 상황인 건 알겠는데, 이 말만큼은 좀 해야겠다.

저~엉말로 너희들 다 그걸 너무 좋아하는 거 아냐?! 무슨 특이점이냐?!

"그때 시합 중에 날아온 파울볼로부터 몸을 던져 날 지켜 준 죠로. 공에 맞아 쓰러진 죠로를 보고 다들 웃었지만, 내 아이였사. 정말 멋지다고 생각했어."

미안. 그거 조금 정정해도 돼?

그때 말이지, 나는 너를 감싼 게 아니라 그저 속이 마왕인 줄도 모른 채 미녀를 보려고 우헤헤헤, 하며 관객석을 이동하다가 파울볼에 정통으로 맞았을 뿐이야! 감싼 거 아냐!

저~~~~엉말로 미안!

"그러니까 내만 있으면 돼! 죠로랑 같이 있는 건 내면 돼! 죠로랑 친하게 지내는 녀석은 필요 없어! 썬도, 히마와리도, 코스모스 회장도, 산쇼쿠인도, 다들, 다들 없어지면 돼!! 후우…! 후우…!"

한껏 소리친 뒤에 격하게 숨을 몰아쉬며 어깨를 떠는 아스나로.

감정이 북받친 것은 누구의 눈에도 명백했다.

"아스나로, 그건 무리야."

"그럴 리 없어! 모두가―"

"아냐!"

아스나로의 말을 가로막으며 코스모스가 역설했다.

“네가 뭘 하든 남의 마음을 네 마음대로 할 수는 없어. 너와 죠로가 다른 인간인 이상, 반드시 문제가 생겨나. 애초에 너는 네 뜻대로 움직이는 죠로와 함께 있고 싶어? 그를 구속해서 인형처럼 조종하고 싶어?”

“아, 아냐! 내 그런 생각 안 해!”

“즉, 너는 죠로에게 자유를 주는 거네? 그 시점에서 전부 뜻대로 되지 않고, 될 리도 없잖아.”

“아, 아으….”

“정말로 연애란 건 어렵네. 출제자에 따라 해답이 변하는 단적인 예이려나. 나도 내 고집에 남을 끌어들여서 잔뜩 폐를 끼친 끝에 실패로 끝난 경험도 있고.”

그건 이전의… 그 사건 말일까. 코스모스의 씁쓸하고 적적한 표정으로 바로 알 수 있었다.

“아무리 말해도 전해지지 않아. 아무리 애원해도 이루어지지 않아. 노력은 반드시 이루어진다는 말은 연애에 한해선 거짓말이야. 이루어지지 않는 쪽이 훨씬 많겠지.”

“…….”

“하지만 그렇기 때문에 이루어졌을 때의 기쁨이 더없이 크다고 생각해.”

조용히 노트를 덮으며, 평소의 진지한 미소도, 소녀틱한 미소도 아닌, 따뜻한 미소를 코스모스가 보였다. 괜히 더 아름다워서 무심코 가슴의 고동이 크게 울렸다.

"그래서 아스나로, 너는 앞으로 어쩔 거지?"

"내, 내는…."

코스모스의 질문에 아스나로는 순간 주저했지만 곧 그것을 지웠다.

그리고 눈물을 글썽거리는 눈으로 똑바로 나를 바라보았다.

"죠로… 저기, 이런 형태가 되었지만, 내는… 으음, 저는 정말로 죠로를 좋아합니다! 당신을 누구보다도 좋아할 자신이 있습니다! 그러니까, 그러니까!"

아스나로가 잔뜩 힘을 담아서, 결의에 가득찬 목소리로 말했다.

"저를, 당신의 바로 옆에 있게 해 주세요."

아스나로가 바로 옆에… 그건 사귀어 달라는 말이겠지.

흠. 아주 사치스러운 이야기다. 아스나로는 자기를 히마와리나 코스모스, 그리고 팬지에게 외모로 뒤진다고 말했지만, 충분히 귀여운 여자애다. 게다가 성격도 나쁘지 않다.

이렇게 용기를 내어 내게 고백해 줘서 정말로 고맙다.

하지만, 아스나로….

"…당연히 거절하지."

너는 내가 절대로 용서할 수 없는 짓을 했어.

“그, 그런…!”

“미안해, 아스나로. 나는 너에게 연애 감정이 없어. 또 그런 말은 아니잖아? 나를 누구보다도 좋아할 자신이 있다니, 어떻게 비교하는 건데? 그런 편리한 계측기가 어디에 있어?”

아스나로가 눈을 크게 뜨고 멍하니 있는 모습을 보니 죄책감이 들었다.

분노 때문에 내가 꽤나 심한 소리를 했다는 자각은 있다. 하지만 그 생각은 나중에 하자. 아무리 죄책감이 들어도, 아무리 상대를 상처 입히게 되더라도….

“인정할 수 있는 건 네가 나름대로 노력했다는 사실뿐이야.”

하기로 마음먹었으면 한다. 그게 내 모토다.

“다만 그 방식은 인정할 수 없어. 네가 대체 무슨 짓을 저질렀는지 알아? 코스모스 회장이 화무전 멤버를 모으려고 얼마나 고생했는지 알아? 하급생한테까지 필사적으로 고개를 숙이면서 부탁하고 다녔어. 그건 모두 너 때문이야.”

“미, 미안해…. 하, 하지만, 내는 죠로가…!”

“시끄러. 나 따윈 아무래도 좋아!”

나는 아직 본론을 말하지 않았다. 내가 제일 용서할 수 없었던 점을 이 녀석에게 말하지 않았다.

“네가 썬한테 무슨 짓을 했는지 알아? 썬에게 손댄 것만큼은 절대로 용서 못 해. 썬은 올해 코시엔에 가기 위해 필사적이야. 그 귀중한 연습 시간을 우리를 위해 할애해서 댄스 연습에 함께 해 주었어. 그런데 너는 그런 썬에게… 내 친구에게 주는 만주에 손을 댔어. 이것 때문에 썬에게 무슨 일이 생기기라도 해 봐. 그냥 안 넘어갈 테니까….”

“히익!”

“그러니까 내가 너를 곁에 두는 일은 영원히 없을 거라고 생각해. 이상.”

내가 생각 끝에 분명히 그렇게 말해 주자, 아스나로의 눈동자에서 뚝뚝 눈물이 흘러내렸다.

넘쳐난 눈물은 멈출 줄 모르고, 아스나로는 그저 계속해서 울었다.

눈물을 닦으려고 팔로 눈을 북북 문질렀지만, 그래도 역시 눈물은 멎지 않았고 아스나로는 몇 번이나 자기 팔로 눈물을 훔쳤다.

“……그렇구나.”

그로부터 얼마 지난 뒤 아스나로는 달관한 듯한 힘없는 목소리로 말했다.

그리고 두 다리에 힘을 주고 파이프 의자에서 일어섰다.

“코스모스 회장. 시키는 대로 이전의 기사가 착오였다고 쓴 신문을 학생들에게 배포하겠습니다. 썬에게도 확실히 사죄하겠습니다. 그리고 화무전 건으로 여러모로 폐를 끼쳐서 죄송합니다….”

“고마워, 아스나로. 나는 신경 쓰지 않아도 돼.”

입가를 떨면서 억지로 미소를 짓는 아스나로에게 코스모스는 조용히 대답했다.

“그럼 서둘러서 새로운 신문을 만들어야 하니까 저는 이만! 죠로, 코스모스 회장, 실례하겠습니다!”

새빨갛게 눈이 부은 채로 고개를 꾸벅 숙인 뒤 아스나로는 학생회실 출구로 향했다.

그리고 문 앞에서 한 차례 우뚝 멈춰 서더니,

“…내 아이 되는 기였사.”

마지막에 사투리로 뭐라고 말하더니, 학생회실을 나갔다.

“너는 정말로 썬을 좋아하는구나.”

잠시 뒤에 스마트폰을 만지작거리면서 코스모스는 그렇게 말했다.

“설마 제일 용서할 수 없었던 게 너 자신이 아니라 썬 때문일 줄은 몰랐어.”

“별로 신경 안 써. 썬은 올해야말로 꼭 코시엔에 갔으면 해. 중학교 때부터 계속 응원했고, 노력한 것도 알고… 아니, 알고 있으니까요.”

감정적이 되는 바람에 난폭한 반말 투로 말했다가 다급히 경어로 수정.

“후후후. 편한 대로 말해도 돼.”

하지만 코스모스는 아무래도 좋은지 부드러운 미소로 나를 바라보았다.

“너희는 정말로 좋은 친구들이구나. 그런 일이 있었는데도 불구하고 서로가 서로를 소중히 생각하고 굳게 맺어졌어. 이번 일로 절실하게 느꼈어.”

나는 얼굴을 맞대고 칭찬을 듣는 걸 좋아하지 않으니까, 그렇게 감상을 말하지 마.

“나는 코스모스 회장이 무서운 존재라는 걸 이번 일로 절실히 느꼈어요. 아스나로에게 언급할 때에는 진짜로 무서웠거든요?”

“이번 특별석은 나였으니까. 지난번과 달리 일반석이 아닌 만큼 힘 좀 썼다고 할까?”

“무슨 말인지 모르겠습니다.”

“죠로는 아직 나를 잘 모르는구나.”

“근본적으로 알려는 노력을 하지 않으니까요.”

“쌀쌀맞긴.”

이 대화, 왠지 전에도 누군가랑 한 것 같은데… 아니, 지금은 그게 아니라!

내 오해 문제는 아스나로가 뒤에서 암약했던 것을 코스모스가 증명하고, 정정 기사를 배포시키기로 했기 때문에 잘 끝났다고 치겠지만 아직 문제가 하나 남아 있었다.

그것은 화무전이다.

이대로 가다간 댄스 멤버 중 마지막 한 명을 찾을 수 없어서 틀어지게 된다.

"그보다 진짜로 화무전은 어떻게 되는 겁니까? 아스나로가 참가하지 않으면…."

"썬 대역은 이미 찾았어. …아니, 그 말은 틀렸으려나. 처음부터 썬은 화무전에 참가할 생각이 없었으니까."

"네?"

"방금 전에 말했잖아. 너희는 서로가 서로를 소중히 생각한다고. 그러니까 말이지."

코스모스의 갑작스러운 발언에 놀라는데, 그 반응이 기뻤는지 자신만만한 웃음이 돌아왔다.

그게 뭐야? 썬은 멤버가 부족하니까 남자인데도 참가하잖아?

그런데 처음부터 참가할 생각이 없었다니, 그게 무슨 소리냐고?

"너는 이상하다고 생각 안 했어? 애초에 화무전이란 남자 한 명과 여자 세 명이 춤추는 거야. 거기에 아무리 멤버가 부족하다고 해도 남자를 한 명 더 늘리는 걸 내가 허락할 것 같아?"

"하지만 썬에게서는 '참신해서 좋아'라고 코스모스 회장이 그랬다고….”

“그래. 너는 또 썬의 거짓말에 그대로 속아 넘어갔구나.”

진짜냐?! 그럼 썬은 왜 그런 거짓말을 했지?

“먼저 내가 썬에게 들은 내용부터 말할게. 그는 ‘내가 **그녀**를 어떻게든 설득하겠어! 죠로는 분명 **그녀**와 함께 화무전에 참가하고 싶다고 생각하니까, **그녀**를 멤버에 넣어 줘!’라고 나에게 말했어. 그래서 나는 그에게 ‘그렇다면 히마와리와 나도 협력할 테니까 같이 힘내자’라고 대답했지. 네가 **그녀**도 화무전에 참가하길 바란다고 생각하는 건 나도 처음부터 알고 있었고.”

“그, **그녀**…? 대체 무슨 소릴….”

“이거야.”

그렇게 말하고 코스모스가 꺼낸 것은 투표용지.

화무전에 참가하길 바라는 여자 이름이 적힌 종이였다.

거기에는 한 여학생의 이름이 내 필적으로 적혀 있었다. 내가 쓴… 투표용지다.

“어, 어떻게 그게… 내가 쓴 투표용지라는 걸 알았습니까?”

“학생회에서 서기를 맡았던 네 글씨만큼은 절대로 잊지 않아. 지금까지 내가 얼마나 네 글씨를 봤다고 생각해? 사실은 익명 투표니까 룰 위반이지만, 알아 버린 이상 간과할 순 없었어.”

그래. 나는 현재 그만두었다고 해도 원래 학생회 서기였다.

의사록이나 자료 작성. 코스모스는 내 글씨를 볼 기회가 얼마든지 있었겠지.

"나도, 히마와리도, 썬도 계속 너에게 어떻게든 사과를 하고 싶었어. 이전에 우리는 나란히 너에게 무척이나 폐를 끼쳤으니까."

이미 그 이야기는 끝난 거잖아…. 그러니까 일일이 신경 쓰지 말라고….

"여러모로 고생했어. 방과 후에 네가 오기 전에 댄스에 참가해 달라고 부탁도 했고, 네가 편의점에 우산을 사러 간 사이에 그녀의 드레스를 고르기도 하고. 하지만 이렇게 놀라게 만들 수 있었던 이상 서프라이즈는 대성공일까?"

그래서 편의점에 갔을 때 썬은 배앓이를 해서 화장실에 30분이나 틀어박혔던가!

"썬은 처음부터 끝까지 계속 널 위해 행동했어. 그녀가 화무전에 참가한다는 게 다른 학생들에게 알려지지 않도록 소중한 야구부 활동 시간을 줄이면서 댄스 연습에 참가하고, 몸이 안 좋아진 척까지 하면서, 그저 너를 위해서 그녀를 참가시켰던 거야."

너무나도 큰 충격에 멍해질 수밖에 없었다. 썬, 그렇게까지 해 주었나….

"아까 연락도 했고, 슬슬 히마와리가 그녀를 데려오지 않을까?"

"그, 그럼… 화무전의 마지막 멤버는—"

"그야 물론 당연히 나잖아."

내가 끝까지 말하기 전에 학생회실 문이 열리고 그 녀석이 나타났다.

평소처럼 양 갈래로 땋은 머리에 안경이 아니라서, 머리를 풀고 안경을 벗고 가슴의 무명천을 끄른 모습.

몸에 두른 드레스는 그때 꽤나 열심히 쳐다보던 일본풍의 분위기가 감도는 드레스.

정말로 잘 어울린다. 무심코 이 자리에서 껴안고 싶어질 만큼 아름다운 모습이다.

"어때? 어울린다고 말해 주면 기쁘겠어."

그 녀석의 이름은….

"팬지…."

"어울린다는 말을 듣고 싶었는데, 못됐어."

내가 멍하니 있는 모습을 보고 가볍게 웃는 팬지. 놀라서 그럴 정신이 아니라고.

"얏호~ 죠로! 어때, 팬지 엄청 예쁘지?"

또 옆에는 히마와리도 있었다. 싱글벙글 기쁜 듯이 웃으며 어딘가 자랑스러워하는 기색이었다.

"코스모스 선배! 죠로가 깜짝 놀랐어! 작전 대성공이네!"

"그래. 조금 예상 밖의 사태는 일어났지만 대략 예정대로야, 히마와리."

사이좋게 하이터치를 주고받는 히마와리와 코스모스. 멍하니 있는 나는 완전히 방치다.

"너, 너희들… 언제부터…."

"처음부터야."

"뭐?!"

"그렇다곤 해도 나도 처음에는 싫어했거든? 화무전처럼 눈에 띄는 장소에는 나가기 싫다고 몇 번이나 말했어. 하지만 세 사람이 끈덕졌어. 그러니까 정확하게 말하자면 방과 후에 도서실에서 연습을 시작하기 조금 전부터일까."

내가 아스나로와 함께 조금 늦게 도서실에 갔을 때의 그건가? 무슨 이야기를 했는지 조금 궁금하긴 했지만, 거기서 팬지가 댄스 참가를 결정했다니….

"팬지, 좀처럼 승낙하질 않았는걸! 아주 힘들었어!"

"나도 이런저런 설득의 말을 준비했지만 전혀 통하지 않았으니까. 정말 힘들었어."

"하지만 마지막에는 썬이 부탁하자 팬지가 '나간다'고 말했으니까 기뻤어!"

"그는 정말로 대단했어. 그런 식으로 굳건히 '죠로를 위해 부탁해!'라며 엎드려 빌 줄은 솔직히 나도 몰랐어. 팬지도 거기서는 곤혹스러워했지."

썬, 무슨 짓을 한 거야? 팬지를 아직 좋아하잖아?

나는 딱히 그런 거 부탁 안 했어….

"멤버가 부족했던 것뿐이라면 나는 안 나갔어. 하지만 모두가 죠로를 위해 행동하는데 나만 아무것도 안 할 순 없잖아. 그러니까 연습도 함께했거든?"

그건 혹시 백화제 이틀 전까지의….

"설마 최근까지 너희가 연습에 안 왔던 건…."

"물론 너와 팬지가 댄스 연습을 할 수 있도록 한 거야. 죠로라면 아무도 연습할 상대가 없으면 팬지와 연습할 거라고 믿었어. 우리는 우리대로 분명히 연습을 했고."

찡긋 윙크하면서 코스모스가 내 질문을 가볍게 긍정.

당했다…. 완전히 당했다. 설마 처음부터 전부 계획했다니….

그보다 그런 거라면 나한테도 알려 줘!

특히나 팬지, 너는 나한테 거짓말 안 한다고 했잖아!

"난 분명히 말했어. '이 기회에 잔뜩 연습해서 실력을 길러 모두를 놀라게 해 줘야지'라고."

나를 놀라게 해서 어쩌려고! 그 이전의 이야기로 내가 완전히 뒤집어졌어!

좀 더 알아먹도록 말해! 그딴 말로 어떻게 알라고!

"저, 저기, 죠로! 정말로 미안! 잔뜩 폐를 끼쳐서! 저기, 그러니까, 어어….”

히마와리가 머뭇거리고 시선을 이리저리 움직이면서 그런 말을 하니까 무심코 웃음이 나왔다. 정말이지 알기 쉬운 녀석이야.

“됐어. 신경 안 써. 피차 마찬가지야.”

“…응!”

[그러면 잠시 뒤 화무전이 시작됩니다! 여러분, 체육관으로 모여 주세요!]

“어어. 야마다도 부르고 있으니 슬슬 가 볼까. 이제 우리가 춤만 잘 추면 화무전은 대성공. 다들 준비됐어?”

“네!” “괜찮습니다.” “네네~”

그리고 코스모스의 재촉에 따라 우리는 학생회실을 나가 체육관으로 향했다.

※

“우~! 긴장되네!”

체육관 무대 뒤쪽에서 노란 드레스를 입은 히마와리가 몸을 작게 떨었다.

“죠로. 춤추는 순서는 히마와리, 나, 팬지니까? 실수로라도 실수하면 안 돼.”

핑크색 드레스를 입은 코스모스는 냉정한가 싶었는데 의외로 그렇지도 않은 모양이었다.

마지막 말이 뭔 소리인지 모르겠다.

“죠로, 이 머리 장식 어때? 어울린다고 말해 줘.”

팬지가 타박타박 내 옆으로 다가와서 자기 머리 장식을 어필했다.

솔직히 말하자면 아주 잘 어울린다.

하지만 왠지 칭찬하기 싫은 마음이라서 적당히 대답했다.

“헤에~ 예쁘잖아.”

“…못됐어.”

울컥한 모양이지만 난 모른다. 애초에 내가 착실히 약속을 지켜도 보여 주지 않고선 히마와리나 코스모스가 말한다고 보여 주다니, 역시 네 뇌의 구조는 이상해.

“다들, 준비 다 됐구나! 오! 죠로, 멋지게 차려입었는데!”

우리가 무대 뒤에서 긴장하고 있는데, 교복 차림의 썬이 웃으며 나타났다.

그 모습을 보니 배탈이 났다는 것도 거짓말이었던 모양이다.

“썬, 너 이 자식….”

내가 원망스럽게 바라봐도 미소가 무너지는 일은 일절 없었다.

오히려 불에 기름을 붓듯이 한층 뜨거운 미소가 되었다.

"하하하! 상식적으로 생각해, 죠로. 익명으로 보낸 보라색 만주를 먹을 리 없잖아?"

그야 그렇지만! 너라면 먹을지도 모른다고 생각했어!

"게다가 나는 처음부터 말했거든? '해야 할 일'이 있다고. 이것도 그중 하나야!"

분명히 전에 팬지를 어떻게 생각하냐고 물었더니 썬은 그렇게 말했다.

하지만 설마 그 '해야 할 일'이란 게 팬지를 화무전에… 아니, 그게 아니지.

이런 생각을 하는 건 멋쩍지만, 이제 알았어.

썬이 말했던 '해야 할 일'이란 나를 '기쁘게 하는 것'이겠지.

"그럼 갈까, 죠로."

팬지가 내 옆으로 와서 자기 손을 잡으라는 듯이 스윽 오른손을 내밀었다.

아주 그럴싸한 움직임이다… 하지만.

"아니, 이런 상황에서 미안하지만… 그 손 못 잡아."

"어째서?"

내가 손을 안 잡아서 고개를 갸웃거리는 팬지. 다소 불만스러운 눈이다.

"아니, 그게…."

미녀의 통명스러운 시선에 나는 뒷머리를 긁적이면서 곤혹스러운 표정.

뭐, 딱히 이 녀석의 기분을 해치려는 건 아니니, 얼른 가르쳐주자.

“네 순서는 마지막이잖아?”

“……그, 그러네….”

잡을 것을 잃은 손을 꼼지락거리면서 살짝 얼굴을 붉히고 고개를 돌리는 팬지.

얼굴에 드러나지 않아서 알기 어렵지만, 그 행동에 부끄러워하는 기색이 역력했다.

그리고 그 대화를 마지막으로 중후한 음악이 체육관에 울리며 화무전이 시작되었다.

※

[그러면 지금부터 제124회 백화제 첫날의 메인이벤트, 화무전을 시작하겠습니다!]

어둠이 체육관을 뒤덮었다.

어두컴컴한 체육관 안에서 나와 히마와리는 신중하게 무대로 올라가서 가운데에 섰다.

“이제 곧 시작이다.”

"코스모스 회장이랑 히마와리 선배의 드레스 차림이 기대돼."

"올해 남자는 누구랑 사귀게 될까? 코스모스 회장이나 히마와리와 사귈 수 있다니 부러워…."

어두워서 안 보이지만, 관객석에서 들리는 술렁거림으로 꽤나 많은 사람이 모였음을 알 수 있었다. 이거 실패할 수 없겠군….

그렇게 살짝 결의했을 때 조명이 무대를 밝게 비추고 우리의 춤이 시작되었다.

"좋아! 가자, 죠로!"

처음에 흐르는 곡은 쇼팽의 '강아지 왈츠'다.

히마와리가 춤에 맞춰서 천진난만하게 뛰기 시작했다.

"어, 어이…. 그렇게 날뛰지 마! 내가…."

"아하하하하! 안 들려~!"

이 녀석과 춤추는 게 제일 힘들겠다 싶었는데 예상대로다.

작은 몸 안에 숨은 파워를 완전 개방했고, 이미 나는 춤추는 건지 휘둘리는지 모를 상태였다.

"있잖아, 죠로."

"왜?"

댄스 음악과 학생들의 갈채가 울리는 체육관 무대 위에서 히마와리가 나에게만 들릴 정도로 작은 목소리로 물었다.

"죠로는 지금 좋아하는 사람 없어?"

"없어."

그 질문에 나는 곧바로 대답했다. 외모만 보면 제대로 꽂힌 녀석은 무대 뒤에서 스탠바이하고 있지만, 연애 감정이 있냐고 하면 그렇지 않다.

이번에도 최종적으로 나는 속아 넘어갔다. 열 받는다는 감정이 살짝 앞섰다.

“그래!”

히마와리가 씨익 웃고 내 손을 잡는 힘이 살짝 강해졌다.

어라? 혹시 이건.

“그럼 나랑 똑같네!”

크, 그런 흐름인가!

거기선 ‘그럼 나한테도 찬스가 있네!’라고 말해야지!

살짝 기대했던 내 순정을 돌려줘! 아니, 기대한 내가 바보인가….

“에잇! 와잣! 타압!”

과연 이게 댄스의 기합 소리인 걸까.

뭐, 됐어…. 히마와리는 즐거운 모양이고, 학생들도 분위기가 달아오른다면 그걸로 좋아.

“여엉차!”

마지막으로 처억 포즈를 잡는 동시에 곡이 끝났다.

동시에 성대한 박수 소리에 휩싸이면서 체육관의 조명이 일단 꺼졌다.

그리고 다시 조명이 켜졌을 때, 거기에 있던 것은 히마와리가 아니라 코스모스였다.

"그럼 열심히 해 볼까."

"네."

다음에 흐르는 곡은 마찬가지로 쇼팽의 '환상즉흥곡'.

코스모스는 히마와리와 달리 날뛰지 않으니까 아까보다 훨씬 편하다.

"어때, 죠로? 네 취향의 드레스라는 자부심은 있는데?"

살짝 파인 가슴, 코스모스의 외모와 어울리는 어른스러운 드레스.

하지만 그 색깔이 옅은 핑크색인 것은 끝내 버리지 못한 소녀의 마음일까.

"뭐, 나쁘지 않네요."

"그거 다행이네. 히마와리에게 골라 달라고 한 보람이 있었어. 참고로 히마와리의 드레스는 내가 골랐거든?"

과연. 어른스러운 드레스를 고르는 히마와리와 애 같은 드레스를 고르는 코스모스.

그렇다면 서로의 드레스를 골라 준다면 어울리는 게 나오나. 좋은 생각이다.

"그러고 보면 너랑 전화했을 때의 나는 어땠을까? 나는 긴장해서 연극을 하면 어조가 조금 이상해지니까 걱정이었어."

"그랬군요. 뭐, 속아 넘어갔습니다."

그러고 보면 이 녀석, 긴장해서 연기를 하면 사무라이 말투가 되었지.

그렇다면 그때 전화 통화할 때 사무라이 말투였던 것도 긴장해서 연기했기 때문인가.

아, 그렇게 생각하니 분하네. 거기서 알아차렸으면….

"……."

…아스나로는 괜찮을까? 앞으로 나와 어색한 관계가 되는 건 어쩔 수 없다고 생각하지만, 이번 일로 다른 이들과 어색해지지 않으려나…. 조금 걱정이다.

"아스나로라면 안심해도 돼."

"무슨 말입니까?"

"그녀의 비밀은 나와 너, 그리고 썬밖에 몰라. 앞으로를 생각하면 다른 사람… 특히나 같은 반인 히마와리는 모르는 편이 좋을 테니까."

나의 다소 편치 않은 얼굴에서 아스나로 문제라고 알아차렸을 테지.

코스모스가 부드러운 미소를 지으며 그렇게 말했다.

"썬도 아스나로에게 화난 게 아니라고 했으니까 괜찮아."

"…정말로 처음부터 끝까지 고맙습니다, 코스모스 회장."

"고맙다고 해야 하는 건 나야. 네 덕분에 화무전을 무사히 치를 수 있었어. 팬지는 네가 참가하니까 참가해 주었어."

"그럼 포상을 요구해도 될까요?"

"오, 평소 모습으로 돌아왔나 보네. 그럼 어려운 문제지만, 내 나름대로 해답을 내놓도록 할까?"

그렇지. 그럼 살짝 밀착률을 높여서 가슴 농도를 올리는 건 어때?

아, 그만두자. 또 걷어차인다.

…그 뒤로 코스모스는 한동안 뭔가 생각하면서 춤을 추었다.

"…그래. 정답일지는 자신이 없지만, 일단 대답해 볼게."

곡이 종반에 접어들자, 뭔가 깨달은 것처럼 온화한 미소를 짓는 코스모스.

"앞으로를 생각하면 복잡하지만, 오므라이스 이상으로 호감을 갖는 너한테 이 정도야 못 할 것도 없고, 지금 내 마음에 솔직히 따라서 행동해 볼게."

비교 대상이 여전히 이상한 것에 클레임을 걸어도 될까?

"어쩌려는 겁니까?"

"이러려는 거야."

마지막으로 끝을 맺는 포즈를 취하고, 방금 전과 마찬가지로 박수가 울리며 체육관의 조명이 꺼졌다.

"우옷!"

순간 내 몸을 코스모스가 휘익 잡아당겼다.

"무, 무슨…!"

그때였다. 내 뺨에 뭔가가 닿았다.

윤기 있고 부드럽고, 이전에도 딱 한 번 맛본 적 있는 감촉이다.

아니, 어두컴컴해서 잘 모르겠지만… 이거 그거지?! 코스모스 녀석, 나한테!

"저, 저기… 내 해답이 몇 점이었을까. …무, 물어봐도 될까?"

"배, 백점 만점이야…."

"다행이야…. 그, 그럼 난 이만!"

암흑 속에서 마지막으로 들린 목소리와 함께 코스모스의 손의 감촉은 사라졌지만, 뺨에 남은 달콤한 감촉은 아직 사라질 것 같지 않군….

엄청난 상이었다…. 팬지에게 안 들키게 하자.

자, 드디어 마지막이다. 다음 여자와 내가 춤추면 화무전은 무사히 종료.

참고로 그 녀석이 누구인지를 코스모스는 멋지게 숨겼던 모양이다.

화무전 멤버로 신청할 때도 '본인이 이름을 비밀로 해 달라고 했으니까'라는 이유를 교사에게 전하며 그대로 밀어붙였다나.

역시나 학생회장님이다.

그런 생각에 잠겨 있는데 내 두 손을 어색하게 붙잡는 감촉이 느껴졌다.

…드디어 납셨나. 외견만 보면 내 이상형인 여자가.

다른 학생들은 이 녀석을 보고 어떻게 생각할까? 의외로 냉정한 반응을 보일까?

어둠 속에서 "남자들끼리 춤추는 걸로 끝이라던데 괜찮나?"라든가 "썬은 불참하게 됐다니까 다른 사람이겠지."라든가 "그 두 사람 뒤에 춤추다니 불쌍해…."처럼, 다음에 나타날 사람이 누굴지 전혀 예상 못 하는 게 확연한 소리가 들렸다. 자, 관객의 반응은 어떨까?

아주 조금 두근거리면서 기다리자, 체육관 조명이 차례로 켜지고 환성이 울렸다.

"우와! 엄청난 소리잖아."

"아주 떠들썩하네."

냉정한 반응인 녀석은 아무도 없었다. 전원이 놀라고 있었다.

"어이! 저 학생은 몇 학년 몇 반이야?! 저런 미인, 본 적이 없어!"

"모, 몰라! 하, 하지만 정말 예쁜데…. 저렇게 예쁜 사람, 처음 봤어."

"코스모스 회장보다도, 히마와리 선배보다도… 미인일지도."

"어~이! 난 3학년 1반 스나다라고 해! 네 이름을 가르쳐 줘!"

관객들의 목소리에 내 고양감이 마구마구 치솟았다.

그래. 역시 팬지는 미인이야!

어떠냐, 너희들! 나는 이제부터 이런 미인과 춤을 춘다! 부럽지? 푸하하하하!

"잘해 보자, 죠로."

이 녀석은 이런 목소리 속에서 용케 그렇게 냉정하게 있군. …음? 아닌가.

팬지 녀석, 표정으로는 드러나지 않지만 긴장했어. 손이 바들바들 떨리고 있잖아.

이럴 때에 주위를 신경 쓰면 지는 건데, 지금 팬지에게 그걸 전하려면 꽤 고생이겠군.

……뭐, 해 볼까.

"팬지, 걱정 마. 이럴 때에 주위를 신경 쓰면 지는 거야. 그 점에서 너는 전혀 문제없잖아."

"…무슨 의미야?"

아름다운 눈동자를 깜빡거리면서 팬지가 의문을 던졌다.

그래서 나는 자신만만하게 웃으면서 대답을… 그때 팬지의 말을 전했다.

"너는 나한테 빠져서 주위가 안 보이잖아?"

"…그래. …맞아."

내 말이 잘 전해졌는지, 팬지가 우아한 미소를 지었다.

그리고 차츰 긴장이 풀어진 걸까. 내 손을 붙잡은 힘이 강해지고 떨림이 멎었다.

"그럼 춤을 추는 동안은 평소보다도 더 죠로에게 빠져야지."

"마음대로 해."

마지막으로 흐르는 곡은 쇼팽의 '화려한 대원무곡'.

그야말로 화무전을 마무리 짓기에 어울리는 명곡이다.

"저기, 죠로. 한 가지 묻고 싶은 게 있어."

관객들의 환성과 명곡이 흐르는 무대에서 팬지가 내게 말을 붙였다.

"뭔데?"

혹시 특기인 에스퍼 능력으로 코스모스와의 그걸 알아차렸나?

그렇다면 각오를 조금 해 두는 편이 좋겠지.

"내가 당신 집에 간 날부터 왜 당신은 나를 위해 이런저런 일을 한 거야?"

…이런. 이거 코스모스와의 문제 이상으로 들키고 싶지 않은 걸 들킨 모양이네.

"너, 너를 위해 뭘 한 적 없어…."

"당신의 거짓말이 나한테 통할 리 없잖아."

"으윽!"

키이이이익! 그럼 말하고 싶지 않은 마음도 좀 이해해! 조용히 있어!

"계기는 그날 귀갓길. 내가 했던 말이지?"

아~ 이거 조용히 있을 마음이 없는 거구나. 적나라하게 폭로하려는 거야.

"'친구는 많이 있는 편이 좋아. 즐거운 추억도 만들 수 있고'."

그런 내 절망을 더욱 키우듯이 그날 밤 귀갓길의 말을 팬지는 담담하게 반복했다.

"정말이지… 그건 당신을 위해 한 말이거든? 나를 위한 말이 아냐."

"네 경험담이라고 말했잖아…."

"그래. 내 경험담으로 한 말이야. 그리고 당신은 그 말을 진지하게 받아들여서 나를 위해 내게 친구를 만들어 주려고 했지?"

제길. 아무 말도 없기에 안 들킨 줄 알았는데….

"처음에는 중간고사 공부 모임. 거기에 히나타랑 오오가를 불러서 나더러 봐주게 했어. 당신은 자기가 즐겁기 위해서라고 했지만, 또 하나의 목적이 있었어. 그건 나와 두 사람을 가깝게 만들려는 거였지? 그래서 그때 분명히 '얕은 속셈이 뻔히 보여'라고 말했는데도 전혀 몰랐잖아? 역시 나를 전혀 모르고 있어."

씨익 웃지 마! 지금 네가 그러면 진짜로 두근거리니까 하지 마!

"다음에는 점심시간의 도서실. 당신은 작전 회의를 한다면서 히나타와 아키노 선배를 부르고, 거기에 오오가까지 불렀잖아? 그대로 자연스럽게 점심시간에 모두가 모이도록 할 생각이었을지도 모르지만, 너무 부자연스럽지 않았어?"

아. 이 녀석 진짜 봐주는 게 없네. 나로서는 꽤나 자연스러운 흐름이라고 생각했는데….

"마지막으로 화무전 연습 장소. 아무리 그래도 그건 너무하잖아? 그 바람에 히나타와 아키노 선배, 그리고 오오가도 알아차렸어. 죠로가 나와 모두를 친하게 만들려는 거라고."

네에~ 전부 말해 버렸습니다! 게다가 다른 사람들에게도 들킨 모양입니다!

진짜냐…. 그렇게 알기 쉬웠어? 그럴 리 없다고 생각했는데….

"그러니까 다시 한번 물을게, 죠로."

팬지가 수정 같은 눈으로 나를 똑바로 바라보며, 그대로 담담히 입만 움직였다.

"내가 당신 집에 간 날부터 왜 당신은 나를 위해 이런저런 일을 한거야?"

"…네가 항상 나랑 있으려고 하니까."

"당연하잖아? 나는 당신을 좋아하는걸?"

"그렇더라도. 너는 도가 지나쳐. 항상, 점심시간에도 방과 후에도 나랑만 있으려고 하잖아. 슬슬 다른 녀석들이랑 말을 트라는 마음에 그랬어."

"죠로, 그건 질문에 대한 답이 아냐. 내가 알고 싶은 건 당신이 그런 일을 한 이유야. 나한테 친구가 있는 편이 좋다고 생각한 이유가 아냐."

"아니! 너는 진짜…."

"부탁이야. 가르쳐 줘… 죠로."

팬지가 내 손을 세게 붙잡고 조르듯이 말했다.

이 상황에서 그건 비겁해! 평소의 땋은 머리 안경이라면 여유롭게 튕겨 냈을 텐데!

"너, 너한테… 감사하니까…."

"무슨 의미야?"

"좀 알아먹어라."

"싫어. 당신 입으로 듣고 싶어."

끄오오오오오! 이 왕가슴 미인이지만 망할 여자가아아아! 젠장, 귀엽잖아!

이제 몰라. 이렇게 되었으면 될 대로 되라다.

"내가 힘들어도, 아무리 미움 받아도, 너는 꼭 내 옆에 있으려고 했어. 그러니까 나는 혼자가 아니었어. 언제든, 반드시 네가 있었어. 그게 감사하니까, 저기, 그러니까, 사례를 하고 싶었어! 모처럼의 고교 시절이잖아. 친구를 더 만들어서 즐겁게 보내는 쪽이 낫겠다 싶어서…. 하지만 이것만큼은 잊지 마. 나는 네가 상당히 싫어."

더는 말 안 할 거니까! 이 이상 내가 할 말은 아무것도 없으니까!

"…당신은 대단해."

"뭐가?"

"나는 말이지, 당신을 이 이상 좋아할 수 없을 정도로 좋아해. 하지만 지금 말을 들으니 전보다 더욱더 좋아하게 되었어. 그러니까 대단하다고 말한 거야."

그런 말을 태연히 할 수 있는 네가 나보다 훨씬 대단하다.

"그럼 이것저것 가르쳐 준 사례로 나도 한 가지 중요한 걸 가르쳐 줄게."

"아니, 됐어."

"서양에서 팬지의 꽃말이 뭔지 가르쳐 줄게. 어차피 어리석은 당신은 모르잖아?"

또 이거냐. 팬지의 자기 멋대로 모드는 외모가 바뀌어도 절찬리 계속 중.

내친김에 독설까지 토해 냈다. 짜증나기 이를 데 없다.

"잘 들어. 가르쳐 주기 부끄러우니까."

곡이 종반으로 들어가는 가운데 팬지가 손만이 아니라 몸을 내게 밀착시키면서 달콤하게 미소 지었다.

아, 이거 끝내준다…. 가슴의 감촉이 엄청나. 아아… 왠지 어질거린다.

"노란색 팬지는 '기억'. 앞으로도 멋진 추억을 많이 만들어 가자."

"이제까지 멋진 추억이라곤 거의 없는데?"

내가 불평을 하자, 그건 가볍게 무시. 팬지는 신경도 쓰지 않고 말을 이어 갔다.

"흰색 팬지는 '사랑의 마음'. 당신을 향한 마음은 항상 행동으로 보여 주고 있으니까."

"그렇게 보여 준 결과 막대한 폐를 끼치게 되었는데."

"보라색 팬지는…."

이 녀석, 자기는 모르고 있겠지…. 아까부터 점점 얼굴이 붉어지고 있어.

뭐, 말해 봤자 헛수고니까 얌전히 들어 주자. 슬슬 춤도 끝이고.

"'당신 생각으로 머리가 가득해'야."

그렇게 우리가 춤의 마지막 포즈를 취하고 음악이 끝나자, 성대한 박수가 체육관을 채웠다. 그 모습을 보며 나는 확신했다.

올해 화무전은 대성공이다. 사건은 많이 있었지만, 무사히 끝낼 수 있었다.

내게 더없이 이상에 가까운 형태로….

그렇게 달관하고 있자 서서히 막이 내려가고 관객석이 전혀 보이지 않게 되었다.

"화무전의 전설… '화무전에 뽑힌 남자는 뽑힌 여자 세 명 중 한 명과 반드시 맺어진다'를 생각하면, 내일 우리는 결혼할지도 몰라."

"애석하게도 그 전설은 올해에 한해선 통용되지 않는가 봐."

"그 대답은 반쯤 쓸쓸하고 반쯤 안심이야."

여전히 포지티브 싱킹 전력 전개인가. 참나, 귀찮은 녀석이야.

"잘 해냈잖아! 죠로!"

"우왓! 써, 썬!"

내가 방심하고 있자, 무대 뒤에서 달려온 썬이 내 어깨에 손을 둘렀다.

"팬지, 예뻤어! 나 말이지, 보면서 두근두근했어!"

"고마워, 팬지! 화무전은 대성공이야!"

코스모스와 히마와리는 팬지의 곁으로 달려가서 달성감 넘치는 표정을 지었다.

히마와리는 당장이라도 팬지에게 안길 기세다.

"그럼 마지막으로 내가 한마디 해도 될까? 특히 **당신**에게 이 이야기를 전하고 싶어."

그렇게 말하면서 팬지는 한 인물을 지그시 바라보았다.

그것은 코스모스도 히마와리도 아니라 내 어깨에 손을 두른 남자… 썬이었다.

"어어… 산쇼쿠인, 왜 그래?"

"팬지, 왜 그래?"

"뭐 마음 상하는 일이라도 있었어, 팬지?"

팬지의 갑작스러운 행동에 세 사람은 나란히 고개를 갸웃거렸다.

참고로 나도 이 녀석의 행동의 의미를 전혀 알 수 없었다. 뭐 하려는 거지?

"당신들 덕분에 죠로와 멋진 추억을 만들 수 있었어. 고마워…. **히마와리, 코스모스 선배, 썬**."

어이어이, 진짜냐. 팬지가 이 녀석들을 별명으로 불렀어….

세 사람 다 놀랐군. 눈을 쟁반만 하게 뜨고 있어.

하지만 그래…. 팬지는 계속 세 사람을 성으로 불렀지.

별명으로 부르는 건 나뿐이었다.

하지만 세 사람까지도 별명으로 불렀다는 것은 팬지에게 이 녀석들이 별명으로 부를 만한… **친구**라는 존재라고 전하고 싶었던 거겠지.

"에헤헤헤! 응! 즐거운 추억이 생겼어! 팬지!"

히마와리가 평소보다 50% 정도 환한 미소로 폴짝폴짝 뛰며 떠들었다.

"앞으로도 사이좋게 지내자! 팬지!"

코스모스가 팬지의 두 손을 꼭 붙잡고 소녀틱하게 미소 지었다.

"헤… 헤헤헤! 그거라면 다행이야! 화무전, 완벽하게 끝냈구나! **팬지**!"

마지막에는 썬이 눈에 눈물을 글썽이고서 엄지를 척 세운 주먹을 팬지에게 내밀었다.

잘됐구나, 썬. 혼자만 계속 팬지를 성으로 불렀지.

이제 간신히 별명으로 서로를 부르게 되었다. 당연히 기쁘겠지.

그 대화를 끝으로 무대의 조명이 일단 꺼지고, 그 사이에 우리는 무대 뒤로 퇴장했다.

이렇게 나에게 여러 의미로 추억에 남을 백화제는 끝을 고했다.

나를 좋아하는 건
너뿐이냐

나는 너를 만난 적 있다?

"왜 내 탓이야?!"
백화제가 끝나고 다음 주 화요일 아침.

내가 썬과 잡담을 하는데, 교실 안에 새된 여자 목소리가 울렸다.

거기서 벌어진 것은 여자들의 캣파이트. 이전에 나에게 자기식 정의를 행사하던 카리스마 그룹 중 한 명이 다른 멤버에게 차가운 시선을 받고 있었다.

"하지만 네가 '죠로가 건방져서 열 받아'라고 한 게 계기잖아?"

"그래~ 우린 딱히 그런 생각까진 안 했고~"

아. 그런 거구나~ 이건 그거다. 카리스마 그룹 특유의 '희생양' 작전이다.

이번 소문이 터졌을 때 저 녀석들은 철저하게 나를 규탄했다.

하지만 그 행위가 잘못이었다는 게 백화제 둘째 날에 증명되었다.

그럼 어떻게 될까? 이대로 가다간 저 녀석들 전원의 입장이 우리 반에서 안 좋아진다.

그러니까 그걸 피하기 위해 카리스마 그룹은 '악당'을 만들어냈다.

우리는 잘못 없다. 잘못은 우리를 선도한 이 녀석에게 있다는 식으로.

그렇게 해서 이번에 '악당'으로 뽑힌 것은… 처음에 내게 불평했던 A코인가.

"너, 너희들…."

바들바들 입술을 떨면서 분노를 드러내며 눈동자에 공포의 빛을 띠는 A코.

앞으로 자기가 카리스마 그룹에서 쫓겨나 외톨이가 되는 상상을 하고 겁먹은 거겠지.

"썬, 내가 잠깐 다녀올게."

"음! 죠로라면 그렇게 말할 줄 알았어!"

참나, 휘말리는BOY는 더 안 한다고 결심했지만, 마지막으로 딱 한 번만 해 볼까. 정말로 고개가 절레절레 내저어진다….

"저기, 잠깐 괜찮을까?"

내가 일어서서 카리스마 그룹 안으로 들어가자, 전원이 다 움찔 몸을 떨었다.

"아! 죠로, 미안해! 못된 짓 많이 해서 미안! 정말로 반성하니까!"

"정말로 미안해! 너무 심했지! 이제 안 그럴 테니까!"

"이거 봤어! 차, 착각해서 미안해! 그러니까 봐줘~… 응…?"

그렇게 말하면서 카리스마 그룹 중 한 명이 신문을 내밀었다.

거기에는 '신문부 부원의 착오! 거짓 소문의 진실'이라는 타이틀로 내 소문이 모두 오해였다는 내용의 기사가 실려 있었다. 뭐, 나는 나대로 확인했지만….

"그래, 괜찮아. 신경 쓰지 마. 그리고…."

카리스마 그룹의 사죄에 그만한 태도로 답하면서, 얼굴을 절망의 A코에게 돌렸다.

"뭐, 뭐야…?"

내가 쳐다보자 A코는 울 것 같은 얼굴을 했다. 울지 말고 참아야지?

네 화장이 지워지면 한 마리 요괴가 교실에 탄생하게 될 테니까.

"나도 오해 살 행동을 해서 폐를 끼쳤으니까 사과하고 싶었어."

"어?"

"그리고 대단하다고 생각해. 모두가 말하고 싶었던 걸 용기를 내 말했잖아. 나로선 절대로 못 할 일이야."

비기 '모두' 시리즈 받아치기! 이걸로 A코는 카리스마 그룹에서 설 곳을 잃지 않겠지.

"고, 고마워…. 하, 하지만 미안해! 내가 괜히 착각해서…."

"됐어. 아까도 말했지만, 내가 아무 짓도 안 했으면 일어나지 않았을 일이고."

"…죠로."

감격의 말과 눈동자. A코도 다른 카리스마 그룹도 나에게 반짝반짝하는 시선을 보냈다.

"또 내가 이상한 짓을 하거든 말해 줘. 폐 끼치지 않도록 할 테니까."

언뜻 보면 멋진 행동을 하는 것 같지만, 속으로는 바들바들 떨고 있었다.

아니, 분명히 카리스마 그룹은 우리 반에서 엄청나게 영향력 강한 존재야.

그런 녀석들과 두 번 다시 다투고 싶지 않아.

그러니까 조금이라도 불씨가 될 만한 건 모조리 끈다!

알겠어? 세상에는 올바른 녀석이 그릇된 녀석에게 사과해야만 하는 때도 있어.

모난 돌이 정 맞는다. 평화로운 인생을 보내는 나는 그걸 위해서 카리스마 그룹과의 불씨를 끈 것뿐이야. 으음, 이거면 또 새로운 공격을 가해 오거나 하지 않을 테니 정말로 다행이다….

그럼 얼른 자리로 돌아가자. 이 녀석들과 같이 있는 건 솔직히 무섭고.

"기다렸지, 썬."

"음! 하나도 안 기다렸으니까 신경 쓰지 마! 멋졌다고! 역시나 내 절친!"

휴우. 사실은 썬이 있으니까 무슨 일이 있어도 도와주리라고 생각했던 건 입이 찢어져도 말하지 않는다…. 뭐, 잘 해결되었으니—

"멋지게 해결했네요! 죠로!"

그때 뒤에서 발랄한 여자 목소리가 들렸다. 그 녀석은 그대로 내 정면으로 돌아왔다.

"안녕하세요! 죠로, 썬!"

"안녕! 아스나로!"

"어, 어어…. 안녕…. 아스나로."

설마 아스나로가 내게 말을 걸어올 줄은 꿈에도 몰랐기에, 나는 무심코 주춤거렸다. 아니, 내가 무슨 말을 하면 좋을까?

"죠로, 그렇게 난처한 얼굴 하지 마세요! 저기… 그러니까 제가 쓴 기사는 모두에게 잘 전해졌다고 확인했으므로 당신에 대한 오해는 잘 풀렸습니다. 그리고… 두 사람에게 크게 폐를 끼친 것, 죄송합니다!"

웃는 얼굴에서 진지한 표정으로 바꾸고 나와 썬에게 깊이 고개를 숙이는 아스나로.

정말로 반성하는 것이 잘 전해지는 움직임이었다.

"헤헤헷! 신경 쓰지 마, 아스나로! 나도 남보고 뭐라고 할 처지가 아니니까!"

"나도 썬의 의견에 찬성이야. 다들 잘못할 때는 있으니까 신경 쓰지 마."

"…그렇게 말씀해 주시니 다행입니다."

떨리는 목소리로 눈가를 문지르는 아스나로. 응, 그 사건은 다 끝났으니 물에 흘려 버리자.

"그럼 영원히 무리라고 해도 조금 더 애쓸 수 있겠습니다!"

"…어? 어이, 아스나로, 그건—"

"그리고 또 하나, 뉴스를 전하겠습니다. 아무래도 오늘 우리 반에 전학생이 한 명 온다는 모양입니다!"

내 질문에 대답할 생각이 없다는 듯이, 살짝 눈이 붉게 충혈된 아스나로는 내 말을 가로막고 웃으며 그렇게 말하더니 포니테일을 흔들며 가 버렸다.

어, 어어… 응. 지금은 보류하도록 하자.

이 이상의 충격은 아무래도 힘들다.

"너희들~ 자리에 앉아라."

조례 시작과 함께 평소처럼 다소 나른한 목소리로 교실 문을 여는 우리 반의 담임. 그 뒤에 한 여학생이 있었다. 아스나로가 말했던 전학생이겠지.

앞머리를 가지런하게 자른 생머리, 살짝 둥글둥글한 눈. 가슴이 없는 게 아쉽군. 무명천을 감고 있는 어디의 도서위원급으로 납작하다.

하지만 얼굴만 놓고 보면 우리 학년에서 상위 랭크에 군림할 게 틀림없다.

이거 코스모스와 히마와리의 양대 파벌이 흔들리겠는데….

"아, 이미 아는 사람도 있을지 모르는데, 오늘부터 우리 반에 들어오게 된 전학생, 요우키다. 요우키, 자기소개를 부탁해도 될까?"

오, 바로 자기소개 타임인가. 그럼 여기선 배경 캐릭터답게 흔해빠진 '좋아하는 남자 타입은?'이라고 물을 준비를 하고…. 응? 왜 요우키가 이쪽으로 오지?

물끄러미 이쪽을 보고… 미소를 지었습니다. 아주 귀여운 모습이십니다.

"……오랜만이군, 키사라기 아마츠유."

음. 간신히 여기에 도달했군. 그럼 우리의 관계에 종지부를… 아니, 그게 아니지!

무심코 말을 받긴 했지만, 그게 아냐! 이세계 배틀 편은 아직 시작 안 했어!

"어어… 오랜만?"

어쨌든 이렇게 말하긴 했는데, 얘 누구야? 짚이는 데가 없는데….

"혹시 너 나를 잊어버린 거야? 너무하네. 나는 똑똑히 기억하는데."

오오! 남자 같은 말투! 남자 말투의 미소녀는 실제로는 처음 봤다!

그리고 내 말을 듣더니 킥킥 웃으면서 화난 기색도 없군. 다행이군, 다행이야.

“무조건 네게 잘해 주고 열심히 봉사해 주는 여자. 그게 나야. 성격은 약간 모났지만 좀 참아 줘. 앞으로 잘 부탁해.”

어라? 그 말, 어디서 들은 적이 있는 것 같은데….

누가 말했더라? 어어… 나다!

비 오는 날에 엄마의 진짜 모습을 보기 전에 내가 투덜거렸던 한마디다!

“어, 어떻게… 그걸?”

갑작스러운 전학생의 폭탄 발언에 반 아이들도 담임도, 그리고 나도 멍해진 가운데 요우키는 가만히 내 손을 잡더니 손등에 자기 입술을 댔다. …이, 이봐!

“앞으로 성심성의껏 봉사할게. 잘 부탁해.”

1년 전, 7월.

구장을 뛰쳐나간 나에게 이글이글 타오르는 태양이 여름에 어울리는 햇살을 쏟아부었다.

체력이 남아도는 고등학교 1학년 남자에게도 이건 꽤나 힘들다.

"일단은 찾아야지…. 어딘가에 있으면 좋겠는데…."

오늘 야구부원 모두가 도전한 지역 대회 결승전을 떠올리면서 나는 말을 흘렸다.

마지막의 마지막 순간… 9회 말에 우리 학교는 역전당해서 졌다.

그 사실은 좀처럼 받아들이기 힘든 것이었지만, 넋 놓고 있을 수도 없다.

"썬, 기다려."

내 친구의 이름을 중얼거리면서 나는 필사적으로 어떤 가게를 찾고 있었다.

그것은 '튀김꼬치'를 파는 가게다.

오늘 시합에서 져 눈물을 흘리는 멤버들 사이에서 유일하게 계속 웃으면서 모두를 위로하던 야구부 에이스 썬. 하지만 그건 단순한 허세다.

사실은 가장 분하고 낙담한 것이 썬이다.

누구보다도 코시엔에 가고 싶어 한 게 썬이란 사실을 나는 잘 안다.

그런 그의 기운을 북돋워 주는 게 절친인 나 이외에 누가 있을까.

그러니까 나는 썬을 웃으며 맞아 줄 생각이다. 그가 좋아하는 음식인 튀김꼬치를 가지고.

그러기 위해 튀김꼬치 가게를 찾는데, 구장 주변에는 없을지도 모르겠다.

“여기에는 없어. 그렇다면… 아!”

주위를 두리번거리자… 있다. 발견했다.

내가 지금 서 있는 장소에서 조금 떨어진 곳에 서 있는 노점.

거기에 ‘따끈따끈한 튀김꼬치 가게’라고 적혀 있었다. 틀림없다. 저기서 튀김꼬치를 파는 거야!

“실례! 나한테….”

아, 이런이런. 본모습을 최대한 숨겨야만 하니까.

어떤 때라도 말 씀씀이는 둔감순정BOY. 조심스러운 말투를 명심하자.

“실례합니다. 저에게 이 가게의 튀김꼬치를 전부 팔아 주실 수 있을까요?”

언뜻 봐도 50개 이상 될 듯한 튀김꼬치를 가리키며 점원에게 그렇게 말했다.

머리카락이 음식에 들어가지 않도록 머릿수건을 두르고 있는 모습을 보니 프로로서의 의식이 느껴지는 사람이다.

"응?"

튀김꼬치 가게치고 용모가 단정한 미남 점원이 의아한 눈으로 나를 보았다.

귀여운 느낌의 외모이기에 마음씨 착한 사람이라고 생각했는데, 그도 아닌 모양이다.

"너, 무슨 소리야?"

"어어…. 이 가게의 튀김꼬치를 다 달라고 했습니다…."

"장난이라면 얼른 돌아가. 귀찮아."

어이, 짜샤. 가게 이름과 달리 전혀 따끈따끈하지 않은 점원이군.

이쪽은 손님이라고. 손님이 사겠다면 팔아 줘야지. 뭐, 그 마음은 모를 바도 아니지만.

갑자기 고등학생이 나타나서 가게에 많이 있는 튀김꼬치를 전부 달라고 하면, 그렇게 생각할지도 모르지. 그 생각을 그대로 말하는 건 둘째 치고.

"아뇨, 저기…. 장난이 아닌데요."

"그럼 진짜로 하는 말이야?"

"…네."

"그래? 의심해서 미안해. 난 아무래도 만사를 나쁜 방향으로 생각한다는 소리를 곧잘 듣거든. 반성했어."

사죄를 확실히 하는 걸 보면 나쁜 사람은 아니군.

그럼 이쪽도 그에 걸맞은 태도로 나가야지.

"아뇨, 괜찮습니다."

빙그레 순정 스마일. 갈고닦은 나의 스킬에 빈틈은 없다.

"전부 다 해서 60개…. 다시 튀겨서 주는 게 낫겠네. 조금만 기다려 주겠어?"

"아! 조금 서둘러 주실 수 있을까요? 좀 급한 일이 있어서."

썬을 위한 튀김꼬치를 샀는데, 썬이 돌아가 버렸습니다!

이런 일이 일어나면 웃음거리도 안 된다. 나는 점원에게 조금 빠른 어조로 말했다.

"급하단 말이지. 알았어. 그럼 나도 힘 좀 써 볼까."

"감사합니다!"

우와, 빨라! 이 사람 뭐야?! 엄청난 속도로 다시 튀기고 있어!

너무나도 빨라서 손이 몇 개나 있는 걸로 보인다. 그야말로 천수관음이다.

"기다리는 동안에 거기 시식품을 먹어도 돼. 어차피 너한테 다 팔면 오늘은 가게 닫을 거고."

"우와! 감사합니다!"

말하면서도 손은 쉬지 않는다. 실력 있는 사람이다. 게다가 꽤 좋은 사람이기도 하다.

마침 배도 좀 고팠으니 얌전히 호의를 받아들이자.

돈 내고 산 건 다 썬이 먹을 거니까, 나는 못 먹고.

작게 자른 시식용 튀김을 이쑤시개로 쿡 찔러서 입에 넣었다.

우물우물 씹어 보니 그건 상상 이상으로 맛있었다.

이거라면 썬도 기뻐하겠군.

“맛있어?”

튀김꼬치를 만들면서 점원이 다소 날카로운 눈으로 나를 보았다.

“네! 아주 맛있습니다!”

“…그래.”

어라? 왜 그러지?

솔직하게 감상을 말하며 칭찬했는데, 꽤나 가라앉은 표정을 짓네.

“그럼 왜 안 팔리지?”

점원이 약한 속내를 드러내듯이 말했다.

“안 팔리나요?”

“그래. 개점한 직후에는 좋았는데, 지금은 적자의 연속이야. 잘 나가는 날이라도 끽해야 열 개. 오늘은 하나도 못 팔았어…. 1년 동안 내 저녁밥은 팔고 남은 튀김뿐이고…. 가족들도 슬슬 그만둘 때라고 그러지.”

진짜냐. 이렇게 맛있는데, 세상 참 어렵군.

“맛으로는 자신이 있는데…. 뭐가 문제일까?”

꽤 심각해 보이네….

그렇다고 내가 뭘 할 수 있냐고 해도 어렵다.

"너는 어떻게 생각해? 내가 만든 튀김꼬치에 무슨 문제가 있는 것 같아?"

어이, 묻지 말라고. 맛있다고 말했잖아.

망해 가는 가게를 재건하는 건 성(姓)에 산이나 바다가 들어가는 사람*에게 부탁하라고.

"어어… 딱히…."

"없나. 문제는 없는데… 왜 안 팔리지?"

이런. 완전히 푹 가라앉았다. 엄청나게 어두운 분위기이시다.

아, 하지만 잠깐만. 나라도 할 만한 소리는 있어. 엄청나게 아마추어 같은 말이지만….

"튀김꼬치가 맛있어도, 그것만으로는 부족한 거 아닐까요?"

"무슨 의미야?"

내 말에 점원의 눈이 째릿. 조금 무섭다.

"예를 들자면 말입니다, 아무리 맛있는 요리가 있어도 그게 맛있다고 알리지 않거나 흥미를 갖게 하지 않으면 의미가 없겠죠? 사람들이 그걸 먹으면 알아줄지도 모르지만, 거기까지 도달하지 않으면 의미가 없습니다."

※성(姓)에 산이나 바다가 들어가는 사람 : 만화 『맛의 달인』의 주인공인 야마오카(山岡) 지로. 원래 성은 카이바라(海原)다.

"…헤에. 계속해 봐."

왜 명령조인데? 뭐, 됐어.

"그러니까 흥미를 유발하게 하면 어떨까요? 예를 들어서 전단을 만든다든가. 처음 보는 디자인의 튀김꼬치… 예를 들자면 여자들이 좋아하는 하트 모양으로 한다든가. 그리고… 야구장 근처니까, 여기를 찾아올 만한 사람들에게 맞춰서 홍보 문구를 만들어도 좋을지도 모르죠. '튀김꼬치 먹고, 시합에 승리!'라든가…."

"그래. 홍보 문구의 센스는 괴멸적이지만, 참고가 되는 의견이군. 맛을 바꾸는 게 아니라 손님층에 맞춘 광고나 먹을 만한 동기… 그걸 생각하란 소리로군."

꼭 한마디가 더 많네, 이 자식.

뭐, 참고가 되었으면 됐겠지. 뭐라고 중얼중얼거리면서 튀김꼬치를 만들고 있고.

그로부터 10분 정도 지났을 때 모든 튀김꼬치가 팩에 담긴 상태가 되었다.

"기다렸지. 이게 다야."

"고맙습니다! 아, 그 전에 돈을…."

이 정도 양의 튀김꼬치를 손에 들면 지갑을 꺼낼 수가 없다.

그러니 나는 먼저 요금을 계산한 뒤에 거스름돈을 받았다.

"어뜨뜨. 안 떨어뜨리게 조심해야지."

이거 예상 밖으로 많군. 신중하게 가져가지 않으면 슬픈 결과를 낳을지도 모르겠다.

"조심해~"

점원이 간신히 우거지상을 풀고 희미한 웃음을 보였다.

단정한 얼굴이니까 그런 표정을 하는 편이 손님도 모일 거라고 생각했지만, 그 말은 하지 않았다.

"그럼 전 이만."

"잠깐. 받자마자 사람을 믿는 건 좋지 않아. 돈 낸 만큼 튀김꼬치가 있는지 확인하라고."

이 사람 꽤나 꼼꼼하네…. 뭐, 하라니까 하겠지만….

"어어…. 네! 다 있습니다!"

"그럼 OK. 그리고 또 하나."

뭐가 더 있나? 아직 시간에 여유는 있지만, 가능하면 얼른 가고 싶은데.

썬, 분해하는 모습을 누구에게도 보이기 싫어서 얼른 돌아갈지도 모르고.

"포기할까 했는데 네 덕분에 힘이 났고 좋은 아이디어도 얻었어. 그렇지. 내 튀김꼬치는 분명히 맛있어. 자신감을 가지고 앞으로 손님층을 의식한 상품 구상이나 선전에 도전해 볼게."

"어어…. 실패하면 왠지 제가 미안한데…."

"문제없어. 너는 어디까지 조언만 했을 뿐이잖아. 그걸 어떻게

살릴지는 나 개인의 문제야. 신경 쓰지 마. 그리고 실패했다고 해도 감사의 마음이 훨씬 강해. 이렇게 망해 가는 가게에서 튀김꼬치를 많이 사고 맛있다고 해 준 데다가 충고까지 해 줬잖아."

"아뇨…. 별말씀을."

"그러니까, 음…. 네 이름을 가르쳐 주겠어? 언젠가 기회가 닿으면 사례를 하고 싶어."

부끄러운 기색이면서도 결코 내게서 눈을 돌리지 않고 똑바로 바라보며 말했다.

뭐, 이름 정도는 괜찮지 않을까. 어차피 앞으로 만날 일은 없을 테고.

"내 이름은 치하루. 치가사키(茅ケ崎) 시의 '茅'에 춘하추동의 '春'을 써서 치하루(茅春)야."

"제 이름은…."

2권 끝

◈작가 후기◈

때로는 그릇된 것이 올바른 때도 있다. 라이트 노벨 작가 R.

자, 제가 집필하는 『나를 좋아하는 건 너뿐이냐』입니다만, 사실은 제1차 편집 회의에서 몇 번이나 어떤 문제가 일어났습니다.

그것은 주요 등장인물이 모두 별명이기 때문에, 다들 본명을 헷갈린다는 문제.

참고로 기념해야 할 제1회 편집 회의에서 신나게 틀려 댄 건 저입니다.

명함집에 명함을 넣은 뒤에 키사라기 아마츠유를 당당히 '키사라기 아**메**츠유'라고 말했다.

다름 아닌 주인공을. 역시나 작가님이라고 칭찬이 쏟아질 것이 틀림없겠지.

지금이라면 모르겠거니 하고 슬쩍 이름을 고쳐서 개명해 버릴까 순간 고민했을 정도로 창피했다.

하지만 자신의 실패를 받아들여야 다음 스텝이 있기에 그대로 갔다.

그리고 안심할 겨를도 없이 다음 회의 때부터 터졌다.

매번 누군가가 본명을 틀리는 것이다.

너희 진짜 언제까지 틀릴 거냐고 할 정도로 돌아가면서 틀려 댔다.

그리고 몰래 세어 봤지만 구태여 말하지 않았다.

왜 말하지 않았냐고? 그건 딱히 배려심 때문이 아니다.

그 이유는 내 담당 편집자에게 있었다.

그 남자의 이름은 K. 본명을 말하는 게 미안하니까 K도 씨라고 부르자.

담당 편집자의 명예를 지키는 건 작가로서 당연하다. 안심해 주세요, 콘DO 씨.

유일하게 정확한 본명을 말하는 그가 실수하거든 말해 주려고, 계속 신이 나서 스탠바이하고 있었다.

하지만, 하지만 말이다. 이 K도 씨, 무시무시할 만큼 틀리질 않아.

슬슬 분위기 좀 파악하고 틀리라고, 망할 자… 어이쿠, CON도 씨! 라는 생각까지 했다.

실수 현장을 잡으려고 코스모스(유일하게 누구도 틀리지 않았다)의 본명을 물어도 똑똑히 '아키노 사쿠라'라고 말하는 지경.

그것도 놀라 어안이 벙벙한 얼굴로. 성격이 못됐다. 나의 욕구 불만은 쌓여만 갈 뿐.

어쩔 수 없이, 읍참마속의 심정으로 밝혔다. 이 사람만이… 이 사람만이 틀리질 않습니다! 라고 비교적 텐션 높게 떠들며 이 이야기는 막을 내렸다.

그리고 세월은 흘러서 2월.

무사히 1권 원고를 넘기고 발매일 즈음이 되었을 때 함께 식사를 했다.

그때 우여곡절을 거쳐서 〈툼 레이더〉라는 영화 이야기가 나오자, 미스터 노 미스테이크=K 씨는 말했다.

"안졸리나 졸리도 땋은 머리 아니었습니까!"

그것은 제9부의 주인공 이름일까?

왜 그 센스를 1권 회의 때 작렬해 주지 않았던 거지….

또다시 내 욕구불만은 쌓여만 갔다.

하지만 아스나로의 본명을 물었더니 신음하였기에 조금 만족했다.

이상 『나를 좋아하는 것은 너뿐이냐』 1권 제작 뒷이야기였습니다.

다음에는 전격소설대상 수상 작가 세 명(마츠무라 씨, 미카가미 씨, 저)의 뜨거운 플롯 제작 뒷이야기를 할 예정입니다.

그럼 감사와 사죄를.

이 책을 구입해 주신 모든 여러분, 감사합니다!

제 사랑과 여러분의 사랑이 공감하기를 바라면서 모든 감사를 전하겠습니다.

담당 편집자 여러분, 이번에도 많은 조언, 진심으로 감사합니다.

여전히 모난 표현을 하는 저를 교정해 주셔서 감사, 감사합니다.

브리키 님, 이번에는 정말로 고맙습니다!

이야기 속에서의 노도와 같은 패스. 정말로 죄송했습니다앗!!

교정자님, 한자와 히라나가의 혼재를 지적해 주셔서 감사합니다. 저는 혼그래츄레이션한 남자로서 한층 더 혼재를… 네, 주제넘게 굴어서 죄송합니다. 앞으로 조심하겠습니다.

나카무라 마코토, 사투리를 여러모로 가르쳐 줘서 고맙습니다. 처음에 '일단 어미에 '~네다' 같은 걸 붙이면 되는 거지?'라고 말한 저에 대한 귀한 말씀, 마음에 새깁니다.

또한 작중에서 아스나로가 사용한 사투리는 아오모리 시 부근의 사투리*이며, 장소에 따라서는 다른 표현이 있을지도 모릅니다만, 양해 바랍니다.

이와호리, 지난번 후기에서 성 잘못 써서 미안해.

이와보리가 아니라 이와호리. 다음부터는 조심할 테니까, 이와포리.

※아오모리 시 부근의 사투리 : 아오모리 현은 일본 혼슈의 북쪽 끝에 위치해 있는데, 이 지역의 사투리는 같은 일본인들도 알아듣기 어렵다고 한다(편의상 강원도 및 북쪽 지방 사투리로 번역하였습니다).

그럼 마지막으로 어떤 질문에 대답하는 것으로 작가 후기의 막을 내리도록 하겠습니다.

저는 에바를 좋아하는 게 아니라 로봇 전반을 좋아합니다(물론 에바도 좋아합니다만).

자! 가 볼까! 함께 청춘을 노래하자!!

은하미작자(銀河微作者) **라쿠다**

나를 좋아하는 건
너 뿐이냐

나를 좋아하는 건 너뿐이냐 [2]

2018년 5월 7일 초판 발행

저자 라쿠다 | **일러스트** 브리키 | **옮긴이** 한신남
발행인 황경태 | **편집 상무** 여영아
편집 팀장 김태헌 | **편집** 노혜림
제작 부장 김장호 | **제작** 김종훈 정은교
국제부 국장 손지연 | **국제부** 최재호 김미희 김형빈 천효은 박민희
마케팅 국장 최낙준 | **마케팅** 김관동 이경진 심동수 고정아 고혜민 서행민
일본판 디자인 SHINDOSHA
발행처 (주)학산문화사 | 서울특별시 동작구 상도로 282 학산빌딩
편집부 02.828.8838(전화), 02.828.8890(팩스) | **영업부** 02.828.8961~5(전화), 02.828.8989(팩스)
홈페이지 www.haksanpub.co.kr | **등록** 1995년 7월 1일 | **등록번호** 제3-632호

ISBN 979-11-256-9866-1 04830
ISBN 979-11-256-9864-7 (세트)
값 7,000원